DU MÊME AUTEUR

Aux Éditions Gallimard

L'ART FRANÇAIS DE LA GUERRE, 2011, prix Goncourt 2011 (« Folio » n° 5538).

ÉLUCIDATIONS : 50 anecdotes, 2013.

LA NUIT DE WALENHAMMES, 2015.

LA CONQUÊTE DES ÎLES DE LA TERRE FERME, 2017 (« Folio » n° 6642).

FÉROCES INFIRMES, 2019 (« Folio » n° 6836).

Aux Éditions Albin Michel

SON VISAGE ET LE TIEN, 2014.

MÉMOIRES DANGEREUSES, 2015 (avec Benjamin Stora).

UNE VIE SIMPLE, 2017 (avec Nathalie Sarthou-Lajus).

FEMMES D'ICI, CUISINE D'AILLEURS, 2017.

Aux Éditions La joie de lire

Album illustré pour la jeunesse

LA GRAINE ET LE FRUIT, 2017 (avec Tom Tirabosco).

Aux Éditions Bayard

VERTUS DE L'IMPERFECTION, 2018.

Aux Éditions de l'Iconoclaste

DANS L'ATTENTE DE TOI, 2016.

Aux Éditions du Toucan

JOUR DE GUERRE : RELIEFS DE 1914-1918, 2014.

Suite des œuvres d'Alexis Jenni en fin de volume

LA BEAUTÉ DURE TOUJOURS

ALEXIS JENNI

LA BEAUTÉ DURE TOUJOURS

roman

GALLIMARD

Le désir c'est beau.
Le dessin est là quand la vie ne suffit pas.
On devrait enseigner davantage le dessin.

Joann SFAR

Tout le monde a une histoire à raconter, pourvu qu'il ait quelqu'un pour l'écouter ; ce n'est pas l'histoire qui est dure à trouver, c'est l'auditeur.

Ahmet ALTAN

CHAPITRE I

Le moment où tout vacille

Le Narrateur

« Ça va ?, lui demandai-je en lui prenant la main.

— C'était la pire nuit de mon existence, soupira-t-il. J'ai détesté les urgences, couché sous un drap comme un linceul, dans un couloir où tout le monde passait sans regarder, chacun concentré sur ses douleurs.

— Mais tu n'avais rien ?

— Si, mon cœur menaçait de s'arrêter.

— Et elle ?

— Elle était là au matin, revenue. »

Je lâchai sa main et nous sommes restés là un long moment, assis sur un banc pendant que devant nous le soleil se levait au-dessus des toits.

Je suis le narrateur, c'est moi qui raconte l'histoire, la seule qui vaille, l'histoire d'amour. Lui, c'est Noé. Il est mon ami, je suis le sien, nous n'en avons pas tant, nous sommes l'ami l'un de l'autre et nous n'avons pas besoin de plus. Je raconte sa vie avec Felice, qui est son amie, son amante, sa femme. Jusque-là, je ne m'approchais guère des sentiments, je m'en méfiais dès que l'on commençait à les nommer, croyant ainsi les faire exister. Je vis seul depuis toujours, je m'occupe d'écrire, ça suffit comme ça. J'ai eu des flambées qui se sont éteintes, je suis capable d'amitié mais l'amour est pour moi un sentiment vestigial, comme on dit de ces organes inutiles dont la présence ne s'explique que par l'histoire de l'espèce : l'appendice qui fait mal, le nombril qui fait sourire, ou le téton des hommes qui plonge dans des abîmes de perplexité.

L'amour est un volcan. Savez-vous ce qu'est un volcan ? Une faille. Par là, tout en bloc, remonte l'âme fondue sous pression, tous sentiments mêlés, l'âme brûlante, sans ordre, violente. Alors je reste au large, je crains de me brûler, écrire me suffit comme source d'eau chaude. Noé vit au-dessous du volcan sans en paraître effrayé ; et Felice je ne sais pas. Sait-on avec les femmes ?

Je suis désuet en parlant des femmes, je tiens des propos d'homme, je suis un cismâle blanc de plus de cinquante ans et on n'échappe pas à ce qui était là quand on a grandi, cela façonne les réflexes de pensée, et parfois d'action. Mais je ne veux de mal à personne ; je vis seul.

Au matin dès 5 heures je ne dors pas, l'insomnie me laisse sur le dos les yeux ouverts, inutile de rester au lit. Quand j'ai entendu à la radio que l'on annonçait quarante-deux degrés pour cette journée de la fin de juin, j'ai texté à Noé pour savoir s'il dormait ; lui non plus. Alors nous sommes allés nous promener dans un jardin avant que tout en ville ne devienne une plaque de four, rayonnant d'une chaleur qui empêchera de penser, toute notre énergie consacrée à tenter de ne pas cuire. Nous nous sommes installés sur un banc avant que le soleil ne soit levé, l'air était blanc, sans ombres, encore frais. Nous supportons mal les intempéries, elles nous empêchent de travailler.

Je lui ai demandé comment ça allait depuis cette nuit d'hôpital, ça allait, et puis nous les avons vus arriver sur l'allée, poser leurs affaires, attacher leurs gants, et, dissimulés de glycines en fleur et de graminées frémissantes, ils ont commencé à se battre. Ils avaient vingt-cinq ans sans doute, trop jeunes pour savoir dire ce qu'ils sont alors ils faisaient, ils nous montraient la vie à nous qui avions le double de leur âge. Ils portaient des collants noirs, des tee-shirts de couleur vive et de grosses chaussures à semelles épaisses qui ne faisaient aucun bruit sur le sable tassé. Avec ses gants de boxe rouges serrés aux poignets, la jeune femme frappait méthodiquement les pattes d'ours de skaï rouge que le jeune homme brandissait à hauteur d'épaule. Jambes fléchies il accueillait les coups, chocs brefs et sans écho, skaï contre skaï, cela rythmait de façon ironique la chanson d'Orelsan qui s'écoulait d'une enceinte posée par terre. La jeune femme transpirait, ses cheveux voletaient en désordre, des auréoles humides s'élargissaient sur son dos, sa poitrine, sous ses bras, elle continuait, droite-gauche-droite, claquements successifs, souffle court, pendant qu'Orelsan, de son air de se foutre de tout, continuait de dévider son histoire, *tout va bien, tout va bien, petit tout va bien, dors, dors…*

De temps à autre le jeune homme s'arrêtait et lui parlait tendrement, il lui relevait la hauteur de ses gants et doucement remontait une mèche collée contre sa joue, la lui glissait derrière l'oreille, elle l'écoutait avec des yeux de feu, hochait brièvement la tête et reprenait, gauche-droite-gauche, un peu plus haut, à hauteur de menton, droit dans le nez, droit devant, *tout va bien, tout va bien* murmurait Orelsan de son air de ne s'attacher à rien, elle frappait les pattes d'ours qu'il lui présentait comme si elle voulait les traverser, les détruire, et atteindre son visage.

Cela sentait bon dans le jardin, l'eau en suspension striée d'arcs-en-ciel, la fraîcheur de l'herbe arrosée et les fleurs qui s'ouvrent. Nous assistions au combat de notre banc en retrait, nous étions venus bavarder dans l'haleine végétale avant que tout soit sec, mais nous nous sommes tus. Noé avait comme toujours un carnet de gros papier, il ne sort jamais sans, et il a commencé à dessiner. Je regardais de mes seuls yeux mais lui notait tout, les cheveux de la jeune femme qui s'agitaient en mèches folles, ses yeux concentrés en deux galets de lave noire, son gant lancé comme une pierre, jusqu'au choc. Il traçait au crayon gras, il rehaussait d'aquarelle et eux continuaient de taper, nous entendions leur rythme régulier de chemin de fer, un-deux, un-deux, un-deux, et le souffle court d'une jeune femme aux yeux intenses qui rayonnaient de fureur.

« Tu crois qu'ils sont en couple ?, demandai-je à Noé.

— Sinon, ils ne feraient pas ça. »

Et la jeune femme continuait de frapper, inlassable, le bruit régulier des coups flottait dans les allées du jardin comme une brume sonore, *tout va bien, petit tout va bien*. C'est dur, l'amour.

« Tu crois que l'amour peut durer ?, lui demandai-je encore.

— Trois ans. C'est neurologique.

— Mais vous ?

— Oh, nous…

— Vous durez, non ? Plus de dix ans ? Douze ans ?

— Trois à quatre fois plus de raisons d'exploser, alors. »

Et il se tut, il dessinait d'un air buté, englouti dans l'espace de couleurs et de traces où il passe le plus clair de sa vie, je n'en tirai pas davantage. Depuis que Felice n'est pas rentrée, il ne va pas très bien, Noé. C'est vrai qu'il a cru en mourir, et puis non, on l'a ranimé à l'hôpital, il n'avait visiblement rien, rien de définitif. Alors au petit matin il vient bavarder avec moi, profitant de la fraîcheur avant que le soleil ne s'allume, et il dessine comme toujours, tout le temps, sans rien dire.

Noé

J'ouvre les yeux et il fait nuit, je fixe l'obscurité mais je ne la vois pas, elle baigne mon visage comme l'eau noire dans laquelle j'étais englouti. J'ai rêvé d'une barque dont le mât était brisé, j'y étais allongé et elle prenait l'eau, une eau noire et glacée qui se glissait par toutes les fentes entre les planches qui ne me portaient plus. Au-dessus c'était la nuit, dessous c'était la nuit, mes vêtements commençaient de flotter et je m'enfonçais, bientôt je suffoquerais. « La félicité sombre », répétais-je en mon rêve, mais je ne savais pas – cela faisait partie du rêve –, s'il s'agissait de l'adjectif ou du verbe, alors je le disais encore et encore dans l'espoir de comprendre, en une de ces boucles de verbe autonome qui tournent sans fin dans les rêves parce que le sens est perdu ; mais il revient toujours toquer à la fenêtre, sous une autre forme que celle des mots qui pensaient l'annoncer, qui gisent désarticulés sur le fond de la barque en train de s'enfoncer. Le rêve ne sert à rien parce que rien ne s'y résout, mais il signale à l'endormi les terreurs diurnes qu'il n'ose pas regarder. Le mât était brisé, la coque disjointe prenait l'eau, il n'y a rien de pire qu'un naufrage nocturne, rien ne tient à rien. Mon réveil brusque me sauva. Je ne dors pas très bien en ce moment, Felice n'est plus à côté de moi, à 5 heures du matin la nuit est pliée.

Il ne servira de rien de fermer les yeux, de rester allongé, de mimer le sommeil, je me lève. Je n'allume pas, j'aime aller dans le noir, je ne veux rien déranger de l'obscurité qui m'enveloppe, c'est au fond rassurant d'être réduit à seulement soi parce qu'on ne voit pas. La place de Felice est bien en ordre, même seul je reste de mon côté, je n'occupe pas la totalité du lit comme ceux qui se réjouissent, dès qu'ils le peuvent, d'occuper toute la place. J'entrevois des formes, je sens le chat dans un parfait silence se glisser sous mes pieds, il s'étire de tout son long. Heureusement que je m'y attends, sinon je l'aurais écrasé. Je glisse, j'avance, si je décolle un pied il va se placer dessous. Il ne me comprend pas, il croit que comme lui je peux suspendre mes sauts, que je peux comme lui changer de direction au milieu d'un bond, mais je ne suis qu'un être humain, malhabile, un poids plaqué au sol. D'un pas de skieur de fond je sors de ma chambre, mon métier est de dessiner alors me passer de lumière me soulage pendant quelques heures. C'est trop tôt, guichet pas encore ouvert, volet métallique baissé, n'insistez pas.

Je m'assois sur les toilettes, le chat vient s'enrouler autour de mes jambes, mon caleçon fait un hamac, il s'y installe et ronronne. Avec le chat tous mes gestes sont suivis de l'ombre des siens, mes actes sont doublés de fourrure, c'est un chat-ombre, un chat-fantôme, un chat-calque, à peine visible mais toujours là, comme les silhouettes qui manipulent les marionnettes du théâtre japonais. Ce sont elles les personnages, somptueusement vêtues et en pleine lumière, mais vides, elles sont animées par les ombres qui murmurent autour d'elles. Je suis la marionnette de mon chat, c'est dans l'ordre des choses. Il est tôt.

Je me lève, il s'en va. Je lui donne à manger et prépare un café beaucoup trop fort, je le bois debout, je regarde par la fenêtre, l'encre du ciel se dilue par le bas, le jour va commencer. Felice emmêlée dans un drap dort dans le canapé, nous n'arrivons plus à dormir ensemble, le moindre geste qu'elle fait me réveille, un soupir d'elle me fait sursauter, elle dit la même chose de moi. Je sens sa présence, je lui tourne le dos pour qu'elle continue de dormir, je ne mange rien. Il est dimanche sans doute, je ne connais pas les jours de la semaine, ils sont pour moi tous identiques parce que je ne connais pas de repos. Avant qu'elle ne s'éveille je vais dans l'atelier, j'enfile les grolles peintes qui m'y servent de pantoufles, d'anciennes chaussures de marche moulées à mes mesures par la sueur et les solvants, enrobées d'une croûte de pigments. L'atelier est dans l'ombre, la grande table nue est sous la fenêtre, elle est le seul espace vierge comme un morceau de banquise, elle luit. Tout est en vrac sinon, par terre et sur les étagères, les dessins pendus à une corde à linge, ils flottent dans la pénombre comme des suaires phosphorescents maculés de traces.

Je ferme la porte, j'allume, tout se banalise. Je rassemble les outils, je pose sur la table une grande feuille du papier fin qui me sert à crayonner sans but, et je commence. Quoi ? Un travail, une idée, un dessin, je commence une journée de travail, je fais ça tous les jours et parfois il en sort quelque chose et parfois non, si je ne le fais pas il ne sortira rien de toute la journée. Le chat gratte mais je n'ouvre pas, il miaule doucement, je n'ouvre pas non plus, il renonce. Je dessine. Il va se recoucher, à côté de Felice sûrement, ronronner et se rendormir. Je ne sais pas comment on va faire avec Felice. Je dessine.

Et puis la porte tremble de coups violents, je sursaute, je relève la tête et la porte s'ouvre, Felice entre pieds nus, enveloppée du peignoir bleu électrique qu'elle porte au lever, elle a les yeux furieux qui balaient l'atelier, elle traverse la pièce, regarde les dessins pendus sur la corde, j'ai l'impression qu'elle va les arracher. Je ne sais pas pourquoi elle a ce regard furieux braqué sur moi, c'est elle qui n'est pas rentrée, c'est moi qui ai manqué mourir d'un écrasement du cœur, et c'est moi qui suis là, toujours là. Par la fenêtre la lumière est intense, jamais elle n'entre d'habitude, c'est plein jour et je n'ai pas vu le temps passer. Elle passe derrière la corde à linge et regarde les dessins qui pendent à l'envers, puis elle s'empare d'une chaise pliante appuyée sur le mur, elle la déplie au milieu de l'atelier et elle s'y assoit. Elle ouvre son peignoir bleu, apparaît sa poitrine nue, ses deux seins ébauchés trop légers pour tomber, son ventre arrondi plissé par la posture. Elle me regarde en face, de ses yeux intenses, deux galets de lave noire qui gardent le souvenir du volcan dont ils ont jailli.

« Dessine-moi.

— Felice, je travaille.

— Eh bien dessine-moi. Je te parle de ton travail.

— Felice, je n'arrête pas de te dessiner.

— Oui, mais toujours en regardant ailleurs. J'en ai assez que tu t'enfermes.

— Au moins tu sais où je suis : c'est toujours la même porte.

— Fermée.

— Même quand elle est fermée, je suis derrière ; à te dessiner le plus souvent.

— Fais-le en me regardant. Que je sache, enfin : toutes celles que tu dessines et qui me ressemblent, c'est moi ou c'est pas moi ?

— Les deux.

— J'aimerais savoir.

— Oui, non, et à la fin c'est toujours toi. Toi comme désir.

— Dessine-moi. »

Elle est assise devant moi, immobile, elle me regarde avec intensité, avec sauvagerie, son peignoir ouvert montre ses deux seins dont les tétons s'affirment. « Dessine-moi », répète-t-elle encore, mais avec plus de douceur.

Felice

J'aime les dessins de Noé. À vrai dire je le préfère lui, mais on ne peut l'en séparer, ce serait ôter sa peau. Il faut tout prendre, lui et ses centaines de crobards entassés dans des cartons et des placards, certains vendus et d'autres oubliés dans la cave. J'aime qu'il me les montre et qu'il me les raconte, j'aime qu'il les expose et qu'il les vende, que l'on reconnaisse son travail, son talent, son art autant que je le reconnais moi-même, mais je n'aime pas qu'il passe autant d'heures derrière une porte fermée. Pendant ce temps je rôde, je m'approche, je m'éloigne, j'entends ses grognements étouffés, des ahanements parfois, des bruits d'objets frottés et des écoulements de liquides, un brouhaha dont je ne sais pas la cause, qui doit être amplifié par mon extrême attention et mon ignorance de la pratique du dessin. Cela n'a pas tant d'importance si j'y pense froidement, j'ai assez à faire sans lui, des dossiers à lire, des plaidoiries à penser, des points de droit à vérifier, je n'ai pas besoin, ni même le temps que l'on s'occupe de moi en permanence, bien au contraire, l'indépendance me va ; mais quand il s'agit de Noé je ne pense pas froidement, et il y a des moments où tout apparaît sous une lumière crue, où son enfermement m'exaspère, où cette activité à côté de moi mais sans moi, porte fermée, me met en colère ; ou bien m'effraie de façon absurde, par la crainte que si j'ouvre brutalement cette porte il n'y ait rien, la pièce vide, aucun dessin, pas une trace, simplement un fusil accroché au mur qu'il contemplerait pendant des heures. Et tout ce temps passé derrière cette porte ne serait qu'une longue hésitation.

Il est dimanche, j'ai traîné, je suis là, pas au tribunal pas au bureau, je suis nue sous mon grand peignoir soyeux, les pieds nus, les bras nus, et il s'enferme. Je reste derrière la porte, je ne la touche pas, je sais que dedans c'est un affreux désordre, des objets empilés et des taches par terre et sur les murs, je l'entrevois même s'il ferme toujours derrière lui. Mais le chaos passe par-dessous, une porte n'est jamais tout à fait étanche sauf dans un sous-marin, des pulvérisations d'encre glissent sous le battant, forment une auréole débordant du seuil, on croirait le souffle d'une explosion qui aurait eu lieu à l'intérieur, ou l'ombre portée d'une grande illumination, ou des pétales de fleurs poussés par le vent, accumulés derrière cette porte qu'il ferme toujours pour que je ne voie pas, mais je sais.

Dedans, on pourrait dégager le sol à la pelle à neige. En enlevant tout ce qui traîne on révélerait le Pollock involontaire sur le plancher barbouillé de taches, l'honnête plancher ancien recouvert de tous les déchets du dessin, tubes écrasés, pots renversés, flacons encrassés, pinceaux secs, bouts de crayons, pastels émiettés, rognures de gomme et dessins égarés. Mais devant la fenêtre il y a la table, parfaitement vide et toujours propre, irréelle comme un montage photographique, et autour, sur une corde à linge, les dessins qui flottent.

J'en ai assez de cet atelier, j'en ai par-dessus la tête de cette bulle de chaos dans l'appartement où nous vivons, de cette menace qui tous les jours s'étend par-dessous la porte, de cette marée de traces et de débris que je contiens avec des moyens ridicules, serpillière, éponge, balai, les pauvres moyens du petit Hollandais qui met son doigt sur le trou dans la digue pendant la nuit de tempête.

Lui ne voit pas que cela déborde.

« Noé, tes chaussures…

— Oh, excuse-moi. »

Alors il s'assoit, il délace ses chaussures couvertes d'éclaboussures. Je lui demande de les enlever, de les laisser à la porte, et du côté intérieur de la porte s'il te plaît, qu'il n'aille pas mettre partout des auréoles de pigments en forme de pas, que nous ayons un lieu où vivre tous les deux, un lieu serein où le dessin n'existerait pas, où nous pourrions vivre au premier degré, lui et moi, sans penser à la marée qui monte sans jamais redescendre puisqu'elle est accompagnée d'une tempête. Alors oui : « Noé, tes chaussures ! » Il soupire comme un enfant et je me déteste de prononcer cette phrase de mère autoritaire, de femme soucieuse de son intérieur. Mais je m'en soucie, de mon intérieur, je ne veux pas qu'il soit envahi par le dessin ; et quand je dis intérieur, je parle de mon for intérieur. Mais ce n'est pas ça, bien sûr, il n'est pas question de taches, de chaussures ou de traces. Je déplace.

Ce jour de la fin de juin je l'ai entendu se lever, je l'ai entendu ne pas faire de bruit avec autour de lui le chat qui trottine, je n'ai pas bougé de l'embrouillamini de drap où je me suis enveloppée pour dormir loin de lui. Il croit être discret mais toujours j'entends sa présence autour de moi, toujours je me réveille, parfois je me rendors. Je me suis levée quand il a fait jour, je me suis enveloppée dans mon peignoir bleu, j'ai vu le soleil ardent, le ciel clair, le chat assis devant la porte fermée. Il me regarde puis il regarde la poignée en esquissant un miaulement, un demi-miaulement en fermant à demi les yeux, ce qui signifie que nous sommes d'accord, nous n'aimons pas cette porte close. J'ai hésité. J'hésite à vivre avec quelqu'un enfermé au milieu de chez moi, j'hésite à avoir la patience d'un chat, j'hésite à ne rien dire, à ne rien faire, et que nous sombrions. Quand le jour est bien plein je frappe violemment, j'entre sans attendre, passe devant les dessins pendus en me demandant si je vais les arracher, les froisser et les jeter par terre, je trouve une chaise, je m'assois. Mon peignoir bleu s'ouvre, je ne le referme pas. « Dessine-moi. »

Noé

Assise devant moi, les cheveux flous et le regard noir, tremblante de sentiments contradictoires, je la trouve d'une beauté totale. Je ne sais pas comment dire. Elle a cinquante ans, je la connais depuis dix ans, elle ne dit rien, ne fait rien, elle est là devant moi, et soudain je la trouve d'une beauté totale, si totale que le langage n'y trouve aucune prise, aucune aspérité où s'accrocher, un sentiment global qui m'envahit sans aucune digue. Je ne peux pas dire plus que ça, elle est si belle à cet instant devant moi que j'en perds le souffle. Elle rayonne, je suis un tournesol qui boit sa lumière, et je me dis : sa beauté suffit. À cet instant précis j'ai le sentiment profond, enivrant, gazeux, un sentiment qui envahit tout, que sa beauté suffit. À quoi ? À rien de spécial. Suffit. Pour tout.

Je déplace, bien sûr, ce que j'appelle la beauté est l'effet que tu me fais, l'émotion intense qui me prend à te voir, dont je ne sais pas situer l'origine, alors je me fixe sur la courbe hardie de ton nez, et mon cœur bat. La beauté c'est ça : le battement de mon cœur quand je te vois.

Mon silence est trop long, ses sentiments contradictoires peuvent basculer dans tous les sens, elle ne sait pas ce que je pense ; mais elle sourit, je chavire.

« Quoi ?

— Je te regarde.

— J'ai quelque chose ?

— Tu n'as jamais été aussi belle.

— Tu n'exagères pas un peu ? »

Elle sourit encore, je manque perdre la raison. J'aurais été danseur, j'aurais dansé ; je suis dessinateur, je tâtonne autour de moi, je saisis un crayon, je ramasse un cahier empilé sur d'autres, je l'ouvre, le feuillette, trouve une page vierge. Enfin.

« Encore ?

— Encore.

— J'ai l'air vieille.

— Tu es là. Tu es le chef-d'œuvre du temps. »

Je la dessine, c'est moins bien qu'elle, les dessins sont toujours ratés mais ils accueillent humblement le trop-plein d'enthousiasme du corps qui danse.

Quand j'eus fini, je me levai pour l'embrasser.

Le chat est entré à pas précautionneux par la porte entrouverte, il levait bien haut la queue et posait lentement ses pattes entre les objets, les taches, les feuilles renversées. Circonspect, il assurait chaque prise, il humait chaque détail, il arriva devant le peignoir bleu jeté par terre, il le flaira longuement, se roula en boule dessus, et s'endormit en ronronnant.

Le Narrateur

Mon sujet, c'est le tourbillon.

Je suis écrivain, je travaille face au mur, j'y ai épinglé une carte postale, une seule, *La Valse*. Je tourne le dos à la fenêtre, je laisse les volets fermés, je m'éclaire d'une lampe, et quand je relève la tête je ne vois rien d'autre que le mur où la valse tourbillonne. C'est mieux, rien ne me distrait, je ne suis rien d'autre que le travail de ma langue. Ce sont ceux qui n'écrivent pas qui croient aux fenêtres qui donneraient sur un beau paysage, mais la vraie posture de l'écrivain c'est face au mur. Il accomplit un travail de mineur : descendre dans le noir, abattre le front de taille, évacuer les stériles. Les wagonnets qui remontent sont appelés feuillets. Un beau paysage ne ferait que distraire, parce que l'écriture est un mouvement intérieur. Elle se fait tête baissée, le front contre le mur, patiemment.

Je regarde *La Valse* de Claudel, la statue de bronze. Ils sont deux et ils dansent, un homme et une femme qui sont très ensemble, en équilibre sur rien, leurs torses nus serrés l'un contre l'autre, un voile mousseux les enveloppe qui indique le tourbillon qui les emporte, c'est comme une robe, c'est sans doute un drap, c'est le mouvement pur.

Mon sujet est le cœur paisible de la tempête. Pris dans la valse ils ferment les yeux, ils écoutent le vent d'ouragan, leurs têtes sont alanguies l'une contre l'autre, ils tournent; au cœur du tourbillon est l'œil du cyclone, un point d'équilibre où les vents sont comme éteints, le temps ne passe plus, c'est ça qu'ils écoutent. S'ils s'arrêtaient de tournoyer, ce lieu où ils sont ensemble disparaîtrait aussitôt. Heureusement, ils dansent. On peut vivre heureux dans ce calme, à condition de continuer de danser.

Panta rhei, tout flue, c'est la loi du monde, mais dans ce flux perpétuel quelque chose tient quand même. Le point d'apaisement du tourbillon, on l'appelle l'être.

Bon, si ça devient cosmique, il faut que j'arrête ; il fait de toute façon trop chaud. Dans ces derniers jours de juin, le soleil fait couler ma cervelle fondue le long de ma nuque, je n'écrirai plus rien. J'appelle Noé.

« Tu prends un verre ?

— Passe me chercher. »

Il épingle les dessins en cours à l'envers sur la corde à linge, parce que s'il les voit trop la sensibilité s'émousse. Ils sont à disposition mais il ne les regarde pas, il attend. Nous sommes vivants, nous sommes sensibles, nous réagissons à tout ce qui est nouveau ; mais si ça dure, si la sensation dure, on ne voit plus. Ce qui était vif parce que neuf fait maintenant paresseusement partie de nous, on ne le ressent plus.

« Après quelques jours je les retourne, dit-il, et ce que je ne voyais plus me saute aux yeux, tout devient clair ; mais ça ne durera pas, je dois profiter du moment où tout vacille, et puis à nouveau les retourner très vite.

— Dans le vacillement se révèle ce que l'on ne voyait plus…, tentai-je, avide d'une formule car c'est mon métier que de formuler, il ne faut pas craindre d'être parfois pompeux.

— Oui. Si tu veux…

— C'est valable pour beaucoup de choses, non ? »

Il ne répond pas, m'indique la corde, je la franchis. Des jeunes gens qui se battaient au jardin il avait tiré plusieurs tentatives sur de grandes feuilles, à l'encre épaisse, avec des traits fulgurants de pastels gras. Sur un fond de graminées à peine esquissées, un jeune homme solidement campé sur ses jambes se protège le visage de deux ovales d'un rouge sanglant, et une femme éblouissante et furieuse, trempée d'une auréole de sueur, frappe et frappe avec ses gants rouges, mais sa chevelure est changée, son visage est changé, ce n'est pas du tout celle que nous avions vue mais c'est le même sur tous les dessins, bien reconnaissable à ses yeux violents d'encre profonde. Elle. Felice.

« Toujours elle ?

— Il n'y a qu'elle. »

Et son visage s'éclaire d'un demi-sourire, léger, éphémère, un sourire rare qui détend ses traits, une douceur qui donne envie de l'embrasser. Quand Noé parle de Felice, il a ce sourire-là.

C'est rare qu'il m'en dise tant. De toute façon il faut se méfier d'un artiste qui parle bien : soit il fabule, soit il ment ; ou alors il s'illusionne. Sur la table est posé un autre dessin, j'ai dû interrompre son travail. Felice encore, sur une chaise pliante, nue, son regard de pierre noire foudroyant le spectateur, et à ses pieds un peignoir de soie jeté en désordre sur lequel un chat dort. Le peignoir est d'un bleu si intense, d'un désordre si furieux, que de le regarder attentivement fait frémir. Un large trait de pastel du même bleu jaillit du chiffon de soie et remonte le long de ses jambes, s'enroule autour de ses hanches, et donne une douceur inexplicable à l'ensemble. Je suis ému et je ne sais pas pourquoi. Qu'est-ce qu'il fait là, ce trait ?, je lui demande.

« Ça allait bien…

— C'est quoi ?

— Eh bien… un trait ! »

Il me montre le gros bâton de pastel effectivement de la même couleur, esquisse un geste dans l'air, dont je ressens la vivacité féroce qui remonte le long des jambes de Felice.

« Mais pourquoi faire un trait qui ne représente rien ?
— C'est l'équilibre.
— L'équilibre ?
— Du dessin. »

Il n'en dira pas plus, comme toujours. Mais pourquoi cela va-t-il bien, pourquoi est-ce cela qu'il faut, pourquoi cela crée-t-il une présence émouvante alors que rien n'est dit ? Quand on écrit, on peut toujours essayer d'expliquer ce que l'on fait, parce que par le verbe on peut comprendre ce que l'on construit par le verbe. C'est illusoire mais cela s'envisage ; en dessin on marmonne, on se contente de faire. Il faudrait une traduction pour comprendre, et si on dessine c'est que l'on ne sait pas traduire. Il est des pensées qui se déploient en toute cohérence sans utiliser un seul mot, et quand un dessin me parle avec cette langue qui n'est pas une langue, cela m'agace que le langage ne suffise pas à tout, moi qui n'ai que ça.

Je regarde en silence, rongeant mon frein, assis sur la chaise pliante qui est la même que sur le dessin. Je suis tellement immobile que le chat vient sur mes genoux, s'installe confortablement et s'endort ; il ronronne, et machinalement je lui gratte l'oreille. Je crois soudain comprendre ce que dit ce grand dessin, c'est une intuition vive, un instant évident ; et puis tout disparaît.

« Ça va, entre vous ?
— Ça tangue ; mais ça ne peut pas ne pas aller : il y va de notre vie. »

CHAPITRE II

Un dîner de chiens

Noé

Les émeutes revenaient chaque samedi, j'y suis allé. J'ai mis un sweat dont je pouvais rabattre la capuche, vêtement discret mais celui-là rouge, pour que l'on n'aille pas me confondre avec ceux qui le portent noir, qui sont ceux que la police tâche d'attraper. En rouge, je ne suis pas sérieux comme agitateur, je suis très visible et peu crédible en briseur de vitrines et lanceur d'objets. Et puis j'ai vingt-cinq ans de plus qu'eux, on me reconnaîtra.

Je voulais voir la foule, alors je me suis glissé dans la rue, et il était là mon grand œuvre ! Les gens, par milliers, qui marchaient dans le même sens, la tête relevée. Je marchais à contresens pour les voir de face, je croquais. Et puis comme je cours moins vite que les autres et qu'ils se moquent bien de qui ils attrapent, c'est moi qu'ils ont eu.

Les gaz nous ont soudain envahis, ceux en noir ce sont égaillés comme un vol de corbeaux, la rue a tremblé d'explosions et puis des pas lourds d'une cavalcade rythmée, j'ai été brutalement plaqué au sol, un genou dans le dos, les bras violemment retournés et les poignets aussitôt liés. Je sentais la granulation du bitume se graver dans ma joue, son odeur d'essence huileuse envahir mes fosses nasales et ma bouche. Le vol de corbeaux des types en noir s'est posé, rassemblé, ils sont revenus avec leur capuche rabattue et un foulard sur le nez, ils lançaient des boulons qui crépitaient sur les casques et les boucliers de plastique dur. J'ai senti le genou me libérer, on m'a tiré par les épaules et assis avec d'autres contre une vitrine étoilée d'impacts. On nous a laissés là, à la garde d'un seul.

L'air était granuleux, râpeux, irrespirable, chargé de chlore, de caoutchouc brûlé et de poudre. À côté de moi un lycéen toussait, bavait, morvait, incapable de s'essuyer avec ses mains liées dans le dos comme nous les avions tous. Je me suis approché et lui ai prêté mon coude, il frotta sa face morveuse contre les plis du sweater, laissant d'affreuses traces qui avaient vaguement la forme de son visage, on a le saint suaire qu'on peut. « Merci. — On file ? — On file. » Une autopompe blindée de couleur bleue avançait contre la foule, son jet surpuissant balayait la rue, les policiers épaule contre épaule avançaient derrière et puis chargèrent. Notre gardien, homme d'âge un peu bedonnant, encombré de son équipement un peu trop étroit, regardait le front, frémit à la charge, il ne s'occupait pas de nous. Nous nous levâmes dans son dos et partîmes dans tous les sens, volée de moineaux, nous fûmes poursuivis par des cris, des ordres, une galopade de grosses chaussures, plusieurs furent rattrapés, cela ralentissait la poursuite, laissait une chance aux autres. Je courais les mains coincées dans le dos, le torse bien droit pour respirer quand même, d'une foulée régulière ; je filais dans les rues, changeai de quartier, le vacarme s'apaisait, il n'y avait plus personne. Je m'arrêtai devant une quincaillerie où j'entrai. « Vous avez de quoi couper ça ? », dis-je en tournant le dos, montrant mes poignets. Il le fit d'un coup de serpette, il en vendait.

« C'est idiot d'être en rouge, c'est trop voyant.

— C'était pour qu'ils ne me confondent pas avec ceux en noir.

— Alors ça n'a pas marché.

— Non.

— Allez, filez, je ferme. » Il baissa son rideau de fer.

J'étais libre dans la rue, au loin ça crépitait, explosait, hurlait, les gaz montaient au-dessus des toits, éclairés par-dessous de bouffées de flammes, mes yeux pleuraient. Moi je voulais dessiner, rien d'autre, dessiner *La Liberté guidant le peuple* à l'époque des autopompes blindées qui renversent sans les voir les manifestants d'occasion et les casseurs en noir, qui balaient d'un jet les pauvres barricades de trottinettes emmêlées et de poubelles renversées, redessiner le mythe après deux siècles, ne pas y comprendre grand-chose mais en être exalté, et comme Delacroix traverser le siècle en promeneur, ne pas participer aux événements mais dessiner pour eux, et préférer toujours la vraisemblance poétique à la pauvre véracité d'un reportage. Sinon, ce n'est pas la peine de se vouer au dessin.

Quand je suis rentré, il faisait nuit. Felice fit la grimace.

« Mais comme tu es sale, mon chéri ! Et tu sens le chlore. Tu es tombé dans une piscine ?

— Les gaz, ma chérie, les gaz. »

Felice

Qu'est-ce qu'il était sale quand il est rentré ! La joue écorchée pleine de cambouis, le sweat gras et morveux, et puis l'odeur… Mais il avait un sourire radieux qui tranchait sur l'état crapoteux dans lequel il était, le sourire du gamin qui est allé après l'école se castagner dans les buissons avec ses potes, qui revient avec les genoux couronnés et un accroc au bermuda. Il voulut m'embrasser, je reculai. « À la douche ! — Alors aide-moi. » Je le déshabillai, jetai en tas ses vêtements, quand il fut nu je l'emmenai à la salle de bain, et il resta là, immobile dans le bac de douche, rideau ouvert. « Eh bien ? — Viens », dit-il toujours avec le même sourire. Alors, je me déshabillai et vins, je tirai le rideau derrière moi, et dans la cascade fumante je le frottai de gel, je le recouvris de mousse, et il m'en recouvrit en se frottant tout doucement contre moi.

« Qu'est-ce que tu faisais ?, lui murmurai-je à l'oreille, ruisselante, dans le tonnerre de la douche.

— Je regardais les gens. Pour le grand œuvre… »

Noé

Il y eut ça dans ma vie : un long moment où j'eus la certitude sans mots d'aimer et d'être aimé, la joie de l'œuvre et la vie qui lui répondait sur le même ton ; la capacité de tout faire et de tout oser puisque le monde m'était accueillant : il comprenait Felice.

Et puis cette nuit où Felice n'est pas rentrée, une fissure s'est précipitée en zigzags sous mes pieds, fendant le sol, le rendant instable, menaçant de se dérober. Je ne m'y attendais pas et c'est arrivé ; depuis, je marche avec moins d'assurance, je ne fais que des pas hésitants, c'est tout le paysage qui a changé en devenant menaçant, pas contre moi mais en moi, il peut s'effondrer et je disparaîtrai dans les décombres.

Quand l'amour vacille, craintif, c'est la lumière qui s'éteint et j'hésite à vivre ; je ne vois plus comment.

Le Narrateur

Si j'ai commencé à parler d'amour, c'est que j'ai mauvais caractère. Le sujet ne m'est pas naturel mais je ne sais pas me retenir, je bavarde de ce que je ne devrais pas avec qui je ne devrais pas, ils m'agacent et je m'emporte, me voilà empêtré. Je devrais mieux choisir avec qui je parle, ou même ne pas parler du tout, mais on ne choisit pas toujours ; dans le métier que je fais, foutu métier sans règles, travailler c'est parfois passer une soirée à table en compagnie de gens que je ne connais pas, seulement de nom, des noms d'emprunt au bas d'un article ou en gros sur un livre ; et avec eux toute la soirée ne rien faire que bonne figure, briller, comme la lampe de cuivre que l'on astique pour qu'un génie en sorte, au moins le génie de la repartie, mais il y a des soirs où m'astiquer je n'en ai pas l'envie. Un peu de retrait est envisageable, on a vu des carrières fondées sur la rareté, mais c'est jusqu'à un certain seuil qu'il est délicat de fixer. Au-delà, c'est l'oubli, dont on ne ressort pas de son vivant.

« Allez, viens…

— Mais ils m'emmerdent ! Tous…

— Viens, je te dis, ils vont t'oublier sinon.

— Qu'ils m'oublient !

— Ne dis pas de bêtises, tu as besoin d'eux. Si tu tombes dans l'oubli personne ne viendra te chercher. Déjà que… avec tes livres qui vont dans tous les sens…

— Bon. »

J'allai.

Mon éditeur m'avait invité à un dîner où étaient des gens du livre, et parmi eux un écrivain bien plus célèbre que moi que je voyais pour la première fois, maigre et négligé, les joues creuses et les cheveux en serpillière espagnole, mais entouré de toutes les attentions. Nous nous sommes salués poliment, nous nous sommes flairés, il ne sentait pas très bon. Il me regardait avec des yeux plissés en meurtrières qui ne laissaient pas voir à l'intérieur, je ne savais même pas s'il y avait quelqu'un à la maison. C'est un homme très connu, très intelligent et très laid, qui dans sa vie publique accentue ceci et dissimule cela derrière un à-quoi-bonisme narquois qui fait la réputation de ses livres, qu'il distille in vivo par des mots d'esprit blasés, toujours amenés avec talent. Il charme ceux qui l'écoutent parce que l'à-quoi-bonisme dès qu'il est un peu drôle a toujours raison. Rien ne tient en ce monde si on le regarde avec un peu de distance et de dérision, cela passe pour de la lucidité mais ce n'est qu'un jeu de société auquel le Français excelle, auquel on se fait tous prendre le temps du mot d'esprit. Moi un peu moins parce qu'à mon âge tout est déjà démonté, et puis je n'aime pas que l'on joue avec la mélancolie, qui est une chose sérieuse.

J'ai été très amusé de retrouver à table un critique dont le métier était de donner son avis toutes les semaines, et qui avait voilà trois mois écrit sur moi. Je me souviens du texte, des arguments donnés et parfaitement de la date parce que j'ai mauvais caractère. Je me suis penché sur lui avec un sourire plein de sollicitude, nous étions en face l'un de l'autre, je parlais haut et tout le monde entendit.

« Ça va, votre pied ?

— Mon pied ?

— Oui, je m'en inquiète…

— Mais que voulez-vous dire ?

— Vous nous avez confié dernièrement dans un très beau texte que mon livre vous était tombé des mains, et comme c'est un gros livre qui fait son poids, je m'inquiète. J'ai eu peur qu'en suggérant que mon livre était casse-pied vous en ayez fait l'expérience concrète, sûrement douloureuse pour des orteils non préparés... Voilà, j'ai peur pour votre pied... c'était lequel ? Pas celui avec lequel vous écrivez, j'espère... Aïe !... »

Les convives sursautèrent, ils crurent que je mimais grossièrement mon propos mais c'était mon éditeur sous la table qui m'avait décoché un pointu sur le tibia pour que je cesse. Il n'avait pas tort, ça ne se fait pas, ce qui est dans le média reste dans le média, il est de très mauvais goût de feindre croire que quelqu'un a écrit ce qui a été publié. L'auteur c'est personne, le critique c'est personne, la chose écrite flotte dans l'empyrée littéraire, c'est au-delà de nos petits ego ; les critiques cinglantes n'ont rien de personnel, c'est la guerre du goût, c'est la loi d'airain de la République des Lettres. Tout est bidonné bien sûr, c'est un cirque élégant où chacun joue son rôle, le spectacle doit continuer malgré les piqûres d'aiguilles, dont aucune ne tue mais qui toutes blessent.

On ne survit dans les Lettres qu'en ne les prenant pas très au sérieux ; pas la littérature, non, c'est très sérieux la littérature, mais *ça* qui ce soir-là était autour de moi, le grand carnaval sans logique de l'encensoir et de l'éreintement. Paf !, un champagne claqua, on le servit, on pensa à autre chose, et le critique en face de moi, sans jamais me regarder grâce à des miracles de strabisme et de souplesse de nuque, annonça que l'écrivain bien plus célèbre que moi allait encore faire parler de lui. « Tenez-vous bien... sous peu il va sortir son grand roman d'amour. » Il anima les quatre derniers mots d'un vibrato qui soulignait la force de chacun. On s'extasia.

« Un roman d'amour, lui ? », demandai-je effaré.

L'exclamation m'avait échappé, j'avais parlé un peu fort, on regarda de mon côté sauf le critique qui justement ne me regardait plus. Il conclut. « Sur l'amour impossible bien sûr... Un petit livre, mais grand; son meilleur, je crois. » Et il sourit finement, saluant l'auteur qui vapotait en bout de table. Mais à quoi peut ressembler l'amour – le vrai, le grand, qui avec la guerre, et peut-être le voyage, est le seul thème de la littérature – passé au hachoir de son clavier ? Parce que ce qu'il montre dans tous ses livres, c'est qu'il ne pense qu'à ça, mais qu'il n'aime pas ça. Pourquoi ? Et tout le monde adore ça, et trouve ça vrai. Pourquoi ?

Dans ses livres l'amour est un naufrage avant même de commencer, le sexe est une obsession qui échoue avant même que de jouir, les relations humaines sont un naufrage triste, et pas même dans une tempête, au moins ça aurait de la gueule, mais dans un accident lamentable sans sortir du port, auquel on assiste sans pouvoir rien faire, sinon observer du quai, et ricaner.

Comme tout le monde j'ai lu ses livres parce qu'il est l'écrivain comme Picasso est le peintre, ils sont courts, d'une intrigue simple et d'une écriture claire, on en vient rapidement à bout. Ils sont tous le récit d'un même sinistre : le vaisseau est baptisé en brisant une bouteille sur la coque, on largue les amarres et il sombre aussitôt, il bascule dans l'eau grasse avec tous ses passagers, aucun survivant, sauf le capitaine dans son bel uniforme souillé et trempé, qui pédale fébrilement dans sa bouée orange, appelant à l'aide d'une petite voix de fausset, la casquette dorée de travers, mais personne ne viendra, trop occupés à ricaner en gardant les pieds au sec. En termes pédants : on assiste à la perdition de l'individu contemporain, englouti dans son insignifiance; et avec ceci de déprimant que cet homme et ses livres ont un succès phénoménal. C'est là le grand mystère : que tout le monde trouve ça *vrai*, ce monde-là, un monde où rien ne tient, où tout sombre, un monde où se dévoilerait la nature de l'homme en notre siècle : on le libère et il coule. Moi, j'écris sur les tueries des temps passés, ce n'est pas très reluisant mais je crois bêtement à l'art, et puis à l'amour, même je laisse à d'autres plus informés le soin d'en parler précisément. Enfin, jusqu'à cette soirée.

« Alors, c'est quoi, ce livre ?, demanda-t-on de toutes parts.

— Un homme mûr, seul, déprimé, fait retour sur sa vie : par deux fois il a connu l'amour, par deux fois il l'a perdu, une fois par manque d'initiative, l'autre par égarement adultérin ; il va mal, il vieillit, il prend un médicament pour réguler son humeur, il n'est pas si malheureux mais il ne bande plus à cause du médicament, plus rien ne peut donc être résolu, il attend la fin. Fin de partie.

— Et c'est l'amour, ça ?, m'exclamai-je incrédule.

— C'est un grand roman d'amour, parce que l'amour le plus beau c'est celui que l'on a manqué de peu, on ne l'oublie jamais. Le grand amour, de toute façon, c'est la première fois. Rien ne remplace la première fois, plus ou moins manquée cela va de soi, mais on y pense toujours. »

L'écrivain plus connu que moi acquiesça sans rien dire, mais je sentais que le sourire en coin affleurait à ses lèvres fines, il ne disait rien, on parlait pour lui. Sans doute est-ce là son génie de banquier : gérer ce qu'on lui prête. Il publie des livres à colorier, grands succès de librairie.

« Mais qu'est-ce que c'est con ! », m'exclamai-je encore.

Me voilà lancé parce que les pensées adolescentes qui font la promotion de l'impuissance, ça m'énerve chez les adultes. Tout serait dans la première fois ? Dans l'innocence et l'énergie de la jeunesse ? Et on échouerait toujours, et on ne ferait jamais mieux, puisque la vie n'est qu'une longue chute passé vingt ans ? Le vrai amour est donc l'inabouti, celui où l'on n'est pas ? Celui qui n'a pas lieu, donc rien ? Je suis rangé des voitures dans ce domaine, mais de l'entendre ça m'agace.

« Il a toujours été visionnaire !, s'enflamma le critique. Depuis vingt-cinq ans ce grand écrivain fait la chronique de l'effondrement auquel on assiste : le mâle occidental a le phallus en berne. »

Et tout le monde d'acquiescer, les hommes et les femmes. Bon, les femmes je comprends, c'est de bonne guerre, mais les hommes ? Ils se pensent en berne ? Les pauvres… Et précisément là, ça tourna mal. Misère de l'emportement.

« Mais dites-moi, vous tous qui lisez ces romans glauques avec un sourire en coin… vous tous qui les trouvez si vrais, vous menez donc une vie aussi sordide qu'il la raconte, pour vous reconnaître en lisant ces pages ?

— Oh, non…

— Moi non plus.

— Pas nous…

— Mais c'est très juste, cette vision de l'individu contemporain… et puis, ça ne vous fait pas *rire* ?

— Oui, parfois, un rire nerveux comme quand quelqu'un trébuche devant moi. La Schadenfreude ça marche toujours, c'est un réflexe reptilien. Mais qui c'est ?

— Qui ?

— L'individu contemporain…

— Mais partout… vous ne le voyez pas ? C'est une figure sociologique.

— Mais qui c'est, concrètement, si ce n'est pas vous ?…

— Et vous, dans votre vie, c'est toujours brillant, l'amour, le sexe, tout ça ?

— Oh, moi, rien du tout. Je ne vis pas, je n'aime pas, je ne baise pas : j'écris. »

L'écrivain bien plus célèbre que moi assistait à la discussion sans y prendre part, parfois il relevait une paupière de crocodile et regardait à la dérobée, on entrevoyait une vive lueur d'ironie aussitôt cachée, il vapotait mollement, entretenant l'écran de fumée. Il n'est pas sympathique mais intrigant, il attire autour de lui toute une cour d'intrigués par son hyperréalisme minutieux et vachard. C'est si drôle, disent-ils, et puis il montre ce que nous sommes, c'est-à-dire pas grand-chose, pas plus que la somme de nos ratages et de nos ridicules ; le *nous* désignant ici tout le monde, à l'exception de celui qui rit. Ceux qui l'encensent mentionnent toujours qu'il est un grand écrivain, ce que l'on ne pense à préciser pour personne d'autre, comme si c'était difficile à voir. Serais-je jaloux ? Peut-être, mais je ne crois pas. Pour autant que l'on sache quoi que ce soit en matière de rancœurs obscures.

« De toute façon, tout ça c'est du cul, lâcha-t-il en même temps que l'abondant nuage de sa machine à vapoter. Une histoire d'amour, ce n'est jamais qu'un plan cul qui tourne mal.

— Eh bien vive le cul ! », proclamai-je bien fort en me redressant, levant mon verre et le vidant d'un trait, ce n'était pas le premier. Autour de la table on commençait à s'agacer de ma grossièreté, mon éditeur tenta une nouvelle frappe, je devinai le geste, l'esquivai, il dégomma le pied de la table qui trembla, il gémit sans ouvrir la bouche, lui au moins sait se tenir.

« Que se passe-t-il ? Ça ne va pas ?

— Non, non, c'est le pied… »

Vive le cul !, dis-je, parce que le sexe dépressif qu'il décrit, le sexe comme masturbation distante en compagnie d'une femme sublime et toujours consentante, construite dans un polyuréthane gonflable d'excellente qualité, on croirait une peau, je ne m'y reconnais pas. C'est un peu loin comme expérience, mais je crois avoir joui mieux que ça, au moins dans mon souvenir.

« Donc vous, l'amour, tout ça, vous y croyez..., me demanda-t-on sans point d'interrogation, avec cet air de poser une question métaphysique à un enfant, en attente de sa réponse si fraîche que l'on répétera ensuite en riant.

— Oui...

— Allons... mais ça ne tient pas...

— La passion flambe et puis le désir s'enfuit, l'enthousiasme des débuts n'est qu'une excitation...

— L'amour n'est qu'une construction littéraire, hélas en vente libre...

— C'est un courant d'air, vent et poursuite du vent... »

Quel dîner de chiens ! Ils déchiraient tout, ils ne croyaient en rien, je ne savais pas quoi répondre. Ce n'était pas tant pour moi, m'en fous, suis rangé des burnes, mais il fallait penser à tout ceux qui s'efforcent de vivre. Et ils en rajoutaient, et ça fusait, tous participaient au ricanement universel, on aurait cru des hyènes sur le cadavre d'un buffle accompagnées de quelques vautours, ils claquaient du bec et mordaient, ils déchiraient les entrailles, ils s'en donnaient à cœur joie.

« ... et vient la lassitude, le quotidien, l'usure... steak-frites tous les jours, ça gave...

— Vous en connaissez des couples qui tiennent ? Je ne parle pas des gamins écervelés qui jouissent dès qu'ils se touchent, mais de gens lucides, conscients, qui ont un peu vécu...

— J'en connais un », dis-je. Je lançais ma dernière carte, ce qui n'était pas très malin.

« Et comment savez-vous qu'il tient ?
— Ils sont toujours ensemble... »
Et tous de rire ; et moi de penser que j'étais un peu aventureux d'avoir recours à Felice et Noé, tellement ça tanguait en ce moment, ils allaient peut-être me donner tort dans pas longtemps, mais je suis romancier, j'invente, je n'ai pas à sourcer mes arguments.
« Le désir, ajoutai-je. Ils sont gorgés de désir l'un pour l'autre... depuis des années, et maintenant encore...
— Et elle jouit ?, demanda une femme avec la petite moue de celle qui sait de quoi il retourne. Parce que les hommes, on peut leur faire confiance, c'est mécanique... mais les femmes, le plus souvent ça subit...
— Il lui donne du plaisir... »
Et elle m'acheva d'un petit rire de triomphe, c'est vrai que sans réfléchir j'avais prêté le flanc, de nos jours on ne dit pas ça.
« C'est sans doute lui qui le dit ? Ah !... la naïveté des hommes... »
Ah !... Cette exclamation suivie d'un temps de suspension ! Sur une note ouverte qui feint la surprise, mais c'est une constatation blasée qui clôt le débat. C'est toujours ainsi quand un homme évoque le plaisir des femmes : toujours une autre femme, ou même un homme animé d'intentions mauvaises, évoquera le grand aveuglement des hommes, leur naïveté de croire faire jouir, car la femme simule quand elle veut, les sondages le prouvent, la quasi-totalité des femmes a un jour simulé pour faire plaisir, pour avoir la paix, pour conforter avec une gentillesse toute féminine le mâle dans l'idée de la puissance de sa baguette magique, et aussi pour que ça ne dure pas trop longtemps. Et l'homme ne voit rien, tout à son rêve de gloire. Avec un petit sourire de mépris amusé, on me laissa avec ça.

Simuler ? Haleter, faire le petit chien, fermer les yeux et d'un air inspiré pousser de petits cris. Et ensuite dire : « C'était merveilleux, mon chéri, je n'ai jamais joui comme ça… en tout cas avec un homme… » Mais tout ça c'est du verbe, du vent. Quand le corps jouit, il fait bien autre chose que de gémir, et d'ensuite en parler. Comment imiterait-on le voile de sueur fraîche qui brusquement couvre toute la peau ? Comment imiterait-on la brusque augmentation du flot de cyprine, et son changement de consistance et de goût ? Comment penser que dans le domaine du corps le faux soit possible ? Naïveté, rivalité, ignorance, c'est bien la peine d'avoir vécu tout un siècle de démystifications pour en être au même point : l'impitoyable guerre des sexes, dont la vérité est la première victime.

Je n'osais rien dire, trop long à expliquer, trop cru, mais bêtement j'enchaînai, parce que je ne parlais pas de principes généraux mais de mes amis.

« Ils se désirent…

— Comme au premier jour ?

— Mais non, c'est idiot… Mieux qu'au premier jour, parce que la première fois on est grossier et maladroit, bien mieux qu'au premier jour, sinon cela n'aurait aucun sens de continuer…

— Allons, allons, c'est quoi ces naïvetés de romance… qu'est-ce qui peut être mieux que la première fois ? Avant que tout ne soit gâché… Voire, qu'est-ce qui pourrait être mieux qu'*avant* la première fois ? Quand le désir est intact, et l'enthousiasme encore puissant…

— Quand ça n'a pas lieu, alors ?

— Oui, souvenez-vous de Frédéric Moreau, à la fin de *L'éducation sentimentale*…

— Flaubert, Flaubert…, murmura-t-on tout autour de la table en hochant la tête et en regardant ses voisins, chacun montrant son ticket d'entrée à l'allusion, chacun cherchant du regard quelqu'un qui des fois ne saurait pas, mais avec Flaubert et cet épisode-là, aucune chance, trop connu.

— Cette scène résume tout le livre, c'est la conclusion du projet énoncé dans le titre : Frédéric va au bordel avec un ami, ils montent l'escalier, le célèbre escalier des bordels où passent tant de choses par la tête, et avant de consommer ils s'enfuient par la fenêtre. "C'est là ce que nous avons eu de meilleur", concluent-ils. Vous imaginez, s'ils avaient consommé ? Avec les putes sur le retour d'un bordel de province ? Sordide. Monter l'escalier mais pas jusqu'en haut, ça c'était bon ; après... pas la peine, alors ils filent et se réjouissent.

— Ce sont vraiment des idées de puceau », dis-je assez brutalement.

J'avais sans doute dépassé une limite, on se tut, on sourit salement, l'écrivain plus célèbre que moi vapotait avec entrain, de ses petits yeux plissés il comptait les points et je n'étais pas à mon avantage. Le critique qui ne me regardait pas lança un autre sujet, sauvé, on m'oublia. Mon éditeur me regardait avec commisération. Jusqu'à ce soir je souffrais d'oubli passif, on ne pensait pas à moi, mais j'allais souffrir maintenant d'oubli actif, on refusera de penser à moi ou alors on y pensera comme à un con insupportable, avis que l'on agrémentera de quelques anecdotes, dont le nombre augmentera si elles sont un peu drôles. J'apparaîtrai comme un clown dans le prochain roman de l'écrivain plus célèbre que moi, qui en bout de table prenait mes mesures les yeux mi-clos, comme un croquemort de western qui approche son mètre-ruban pour prévoir une jolie caisse à ma taille.

On ne parla plus d'amour jusqu'à la fin du dîner. De toute façon le sujet est trop risqué, parce que si on est sincère soit on pleure soit on passe pour un gogo, on préfère affecter de s'en foutre et de s'en moquer. Il est quand même étrange ce sujet de l'amour : on y pense tout le temps et on n'y croit pas ; ou plutôt on y croit comme à la Sainte Trinité ou à la Résurrection, on en connaît le nom, à l'occasion on le prononce, tout en étant bien persuadé de ne jamais le voir en face, parce que quand même, vous la voyez la tête de ceux qui y croient ? Alors on ironise et on dénigre, on préfère décrire finement le fiasco en l'attribuant à d'autres, on rit, on se moque, on s'en absout discrètement. L'écrivain plus célèbre que moi en tire une part de son succès, il s'emploie de livre en livre à dégonfler par avance la baudruche de l'amour, il le décrit prosaïque et toujours manqué, comme ça tout le monde sera rassuré, cela évitera d'essayer, tout le monde applaudira, chacun pour soi.

Finalement il était bien, ce dîner, j'en suis sorti gonflé à bloc, impatient d'écrire, plein de foi en mon sujet, en l'homme et en la femme, en leur aventure commune, même si ce n'est pas de moi qu'il s'agit. Surtout pas. C'est un peu hétérocentré ? Ben oui, mais le reste je ne connais pas, je ne vais pas m'en mêler et dire des bêtises.

Pour Felice et Noé je m'étais peut-être un peu avancé, mais quand je les vois ensemble, je sens un mouvement particulier de l'air qui me donne des frissons sur l'avant-bras, qui me donne une envie d'écrire. Et merde à ceux qui ne se laissent pas duper : je suis dupe, je me laisse duper, j'en suis heureux. J'aime ça.

Mais il est quand même temps de leur demander leur avis.

Vers 6 heures la chaleur se fit moins furieuse, on pouvait respirer dehors, mais dedans toujours pas, mon bureau était une étuve et son atelier un four ; ils le seraient jusqu'à ce que l'air de la nuit les refroidisse, alors je lui écrivis que jusqu'à demain on ne pouvait rien faire d'autre que de boire des bières à l'ombre. Il pensait la même chose.

Les bières nous les achetâmes chez un dépanneur dont les frigos tournaient avec un grondement de mobylette poussée à fond, évacuant de l'air chaud dans la rue comme on écope un bateau qui coule en remplissant celui d'à côté, et nous allâmes au jardin à la française, art topiaire, alignement de marronniers, statues de femmes vêtues d'un drap qui glisse. Nous nous assîmes à l'ombre sur la rambarde au-dessus du bassin, vidant une à une les boîtes glacées recouvertes d'un voile de condensation. Les enfants venaient jouer au bord de l'eau avec de petits voiliers à coque de bois stabilisée d'une quille en plomb. Avec la chaleur l'eau était devenue un miroir vert, ils posaient leur petit navire, attachaient la voile triangulaire avec un lacet, et ils le lâchaient. Une brise aux senteurs de tilleul parcourait le grand jardin, refroidissait notre front, faisait frémir les petits bateaux. Nous en avions la chair de poule, nous voulions que le vent les pousse.

Ils s'inclinaient et partaient vers le large, ils avançaient en ridant l'eau épaissie de petites algues, et nous espérions tous qu'ils parviendraient à l'autre bord d'un seul élan. C'était palpitant. Parce qu'une fois lancés les bateaux étaient hors d'atteinte, voile bloquée, pas moyen de les diriger ou de les récupérer avant qu'ils n'aient traversé. Si le vent tombait, ils étaient perdus.

Penchés, ils avançaient sans hâte, les enfants faisaient le tour à pas menus en retenant leur respiration, hypnotisés par la lente traversée du leur, espérant, croyant que cette espérance était le vrai moteur du voyage, qu'elle agissait comme un souffle. Nous les suivions de loin, nous en avions le cœur serré.

Cela arriva. Plusieurs se cognèrent, un nœud se défit, une voile faseya bêtement, ils étaient plusieurs au centre du bassin à clapoter les uns contre les autres, leur aventure arrêtée. Un petit garçon se mit à hurler, le corps immobile, la bouche ouverte vers le ciel, des larmes jaillissaient de ses yeux crispés comme s'il se pinçait les glandes lacrymales. Cela durait, les autres enfants allaient et venaient sans le voir, les parents assis à l'ombre vérifiaient que ce n'était pas le leur et retournaient à leur conversation, jetant de brusques regards excédés autour d'eux, cherchant l'indigne.

« Mais il va se déshydrater à pleurer comme ça, ce petit. »

Je sautai la rambarde et m'approchai, la bière presque vide à la main.

« C'est lequel le tien ?

— La voile s'est dééééétaaaachééééee…

— La bleue ?

— Ouiiii… »

Je lui confiai ma canette, j'ôtai mes chaussures et remontai mon pantalon sur les mollets, j'entrai dans le bassin. J'eus aussitôt de l'eau jusqu'au genou, mon pantalon allait être ruiné avec toute cette chlorophylle. Le fond glissait, j'avançais à petits pas en crispant les orteils. Je rapportai le bateau de bois et le gamin se remit à hurler avec ma canette à la main, l'effet était saisissant.

« C'est paaaas celui-làààààà !

— Lequel alors ?

— L'aaauuutre bleuuu… bleuuu claaaiiiir… »

Un autre tournait en rond, la voile plutôt verte à mon avis, mais lui la disait bleue. Pieds nus et pantalon trempé, verdâtre jusqu'aux genoux, j'avais l'air fin. Je sentais l'inquiétude monter sur les bancs des adultes, on cherchait les parents, on craignait le pédophile.

« Prends celui-là, dis-je. Et rends-moi ma bière.

— Nooooon ! »

Et il partit en courant sur ses petites jambes, mini punk à chien avec sa canette de roteuse à dix degrés à la main, il emprunta la grande allée de gravier blanc où il disparut dans l'air ondulant de chaleur. Je rattachai la voile et remis le bateau à l'eau. Noé m'attendait en dessinant ce qu'il voyait, le vert opaque du bassin, les gamins autour, les virgules des petits navires et la terrible nuit verte des arbres de parc alignés qui nous entouraient en silence.

« Sauvetage raté…

— Oui, dis-je en me rechaussant. Mais c'est ça l'amour.

— Sauver les gamins ?

— Lancer son bateau. On le pose, on espère que le vent soufflera assez pour qu'il atteigne l'autre bord. Et s'il ne souffle plus, ou que le nœud lâche, on n'y peut rien. Alors ça fait peur, d'oser. »

Cela le fit rire, il pignochait l'aquarelle qui séchait très vite, ajoutait des détails, renforçait une ombre, il ne dit rien de plus. Bon courage pour arracher deux mots qui se suivent à un dessinateur. Mais il montre, c'est déjà pas mal.

« On y va ? »

Je voulais parler avec Noé, mais je suis allé chahuter dans le bassin, je n'étais pas plus avancé. J'ai continué de ronchonner en moi-même à propos de ce dîner de chiens, car ainsi va ma cervelle : une fois saisie d'un sujet, elle tourne en rond dans son mauvais jus, je ne peux plus en sortir. À chaque tour elle me ramène des phrases, des idées, des aphorismes, des bouts de raisonnement et des fulgurances éphémères qui disparaissent aussitôt après avoir été prononcées. J'en tiens la liste pour n'en rien perdre, c'est un travail.

L'amour impossible est de tous les amours le plus emmerdant car il n'a pas lieu. Le considérer comme une grande chose c'est un puritanisme ou une trouille, ce qui revient au même.

On n'aime pas le bonheur, on le méprise même un peu : le bonheur est bête parce qu'il n'a pas d'arrière-pensées, le bonheur est bas puisqu'il s'exprime en liquides organiques à l'odeur forte. Et puis il est risqué : s'il est là c'est qu'il peut disparaître.

L'amour impossible est grand, il est propre, il n'a pas besoin de mouchoir pour s'essuyer puisque tout est mental. Comme rien n'a lieu on reste au sec, rien ne change. Ouf, sauvé.

L'amour impossible mime une vision tragique de la vie mais c'est surtout une façon de se faire des frissons sans toucher à rien, comme regarder d'interminables séries sur un petit écran : c'est faire des heures de canapé.

L'amour impossible c'est venir au jardin, rôder les mains vides autour du bassin, ne jamais apporter de bateau pour ne pas avoir à le poser sur l'eau; c'est ne jamais trembler pendant la traversée où l'on ne maîtrise rien, c'est ne jamais sentir sa petite voile gonflée d'espoir et de crainte. L'amour impossible, c'est rester pour toujours un enfant triste et solitaire, juste bon à faire un écrivain.

Dans cette ville de cyniques, où personne ne croit en rien de peur de se faire avoir, je voudrais parler de Felice et Noé qui sont les seules personnes de plus de vingt-cinq ans à croire à ce qu'ils vivent. Je voudrais parler de ça, de l'amour d'un homme et d'une femme, parler de l'impossible qui a lieu, parler de ceci qui n'a aucun témoin, de ceci tellement intime qu'il est invisible à ceux qui ne le vivent pas, je voudrais parler de ceci dont on ne peut qu'interpréter les signes ou inventer les scènes. Je voudrais savoir pourquoi deux personnes peuvent rester côte à côte, se frotter longuement l'une à l'autre, et y prendre plaisir ; et continuer pendant des années.

CHAPITRE III

Le dessin dans la vitrine

Noé

La plus grande part de ma vie se déroule parmi les images. J'en vois, j'en crée, j'en rêve, c'est impalpable mais on peut les partager, c'est par là qu'elles sont vraies. Avec Felice nous aimons follement les expositions, je dis follement. Pas pour la culture, ce ne serait que raisonnablement, mais pour nous, pour regarder ensemble. La contemplation est un état psychique qui ouvre tous les sens, et quand nous contemplons ensemble tout alentour est aspiré par nos sensations exacerbées, elle qui m'accompagne bue avec autant de désir, de soif, et d'attention qu'est bue l'image exposée sur les murs, l'image qui est ma vie même, avec celle qui est ma vie même.

Je vais la chercher au tribunal, j'attends qu'elle paraisse, et elle apparaît. Je ne suis jamais déçu. J'adore qu'elle soit pimpante avec tous les clichés du féminin, car ce qu'elle porte au moment où elle descend les marches, au moment où je la touche et l'embrasse, l'élégant uniforme un peu froid qu'elle porte au travail devient sous mes yeux le joyeux déguisement de cette femme qui vient à moi en souriant, et il se met à vibrer comme s'il était vivant, chargé de nos élans. Quand je la vois, je crois aux signes, autour d'elle les signes joueurs désignent un sens bien réel, une incarnation qui m'emplit de joie, le tailleur sombre et cintré, le petit chemisier dont le col blanc déborde, la jupe serrée, les chaussures trop étroites pour courir, mais qui voudrait courir ? Je la tiens contre moi, elle se tient à moi, et nous allons ensemble voir des images.

Nous y venons toujours ensemble, j'aime y venir avec elle, la tenir par la hanche, la sentir chalouper à chaque pas, la sentir respirer au même rythme que moi ; et être éblouis tous les deux en même temps de la giclée de pigments qui nous éclabousse. Si tu es là, toutes les images peintes sont érotiques.

Nous avions assisté à une exposition d'Ettore Sottsass, je dis assister parce que vivre ce qui était montré était plus intense que de voir. Dans une grande pièce plongée dans la pénombre, tout était de lui, les tapis qui couvraient le sol, les meubles biscornus et colorés, les lampes qui tamisaient la lumière délicatement, comme on tamise la farine pour que le gâteau soit très doux. Il n'y avait personne et des recoins, nous nous sommes assis, moi adossé à un meuble et elle adossée à moi ; de la pointe du pied elle fit sauter ses fins souliers qui restèrent devant nous, l'un debout et l'autre couché. Le tapis était moelleux, nous regardions les meubles, j'ai posé mes mains sur ses épaules et j'ai lentement massé sa nuque, elle se cala plus profondément contre moi. Un gardien passa, très jeune et souriant, il vit les deux chaussures basculées comme au pied d'un lit, c'était bien ça, et il ralentit son pas. Nous nous sommes regardés, il fallait que je dise quelque chose.

« C'est très apaisant », dis-je. (Je parlais des caresses.)

« Oui, il a passé du temps en Inde, ça l'a beaucoup inspiré. » (Il parlait des meubles.)

Toujours souriant, heureux que nous appréciions les œuvres, il nous laissa. Felice riait en silence, je le sentais aux petites secousses qui faisaient trembler ses épaules.

« Ça te fait rire ?

— Non, tout est parfait. Continue… »

Dans le reste de l'exposition, il y avait des photos, des textes et des publications, et dans les miscellanées de ce génial touche-à-tout, je trouvai cette phrase : « Si l'on n'y veille, toutes les histoires d'amour finissent à la poubelle. »

C'est effrayant.

Quand j'ai lu ça je la serrais contre moi, j'en ai ri, je lui ai montré et nous nous sommes serrés plus fort l'un contre l'autre car nous veillions, nous ne faisions rien d'autre, nous passions notre temps à veiller ; nous sommes allés voir la suite, photos, images, merveilleux objets colorés. Mais quand j'y pense maintenant, c'est effrayant.

J'ai l'impression qu'il m'échappe cet amour, que je ne sais pas m'en occuper, que je ne sais pas le retenir, il n'y a rien de plus impalpable qu'un sentiment ; même si je sais que l'impalpable se partage et que j'y consacre la plus grande part de ma vie. Mais quand il s'échappe en se livrant à d'autres partages, comment le retenir, comment le saisir ?

Felice

Dans l'agence je n'ai pas fait carrière, je suis toujours petite main. On m'envoie ici ou là, pas si loin mais ça fait des heures de train et des avions, je connais l'Hexagone par tous ses angles et je vais souvent au travail avec une valise à roulettes qui grelotte derrière moi. Ce que les associés ne veulent pas faire on m'y envoie, je suis l'image de l'agence pour les petits cas, ceux qui ne valent pas exactement le coup, pour faire semblant de s'en occuper. On me demande de sourire comme une hôtesse, de me tenir droite, de brandir mes fesses. Je suis la bonne image d'une agence sérieuse, je ne gâche rien.

« Felice, Nice, ça vous dit ?

— On est quand même en janvier…

— Il peut faire beau… »

Et me voilà partie, la mer je l'ai vue par la fenêtre du taxi.

C'est dans l'avion de Nice que j'ai rencontré une jolie femme désespérée. Ce n'était pas un miroir, mais vraiment quelqu'un d'autre. Très angoissée par le décollage, elle occupait la place à côté de moi en serrant très fort son petit chien ; mais quand l'avion atteignit son altitude de vol, quand le plancher redevint horizontal, quand les réacteurs se furent calmés et prirent leur ronronnement de fond, elle était toujours angoissée. Le petit chien fit tout le voyage sur ses genoux, sans bouger si ce n'est sa langue, et les poils de sa frange qui se balançaient devant ses yeux. Elle ne l'a pas lâché, il n'a pas bougé, et comme dans les avions on est serrés à se toucher, elle m'a parlé. Elle me demanda si j'étais seule dans la vie, puisque je voyageais seule ; je répondis que non, j'étais mariée, depuis des années. Elle, non. J'avais bien senti que la brièveté de sa réponse était une prise d'élan. J'avais répondu, j'avais fait ma part, c'était maintenant à elle de parler, et comme un barrage qui cède elle m'engloutit sous le torrent de ses malheurs. Elle ne trouvait pas l'homme de sa vie. Elle ne trouvait pas le grand amour, celui qui emporte et qui dure, celui qui nous est réservé car quelque part dans le monde il y a l'âme sœur. Elle ne trouvait pas. Elle voulait pourtant, et elle ne manquait pas de prétendants, jolie femme, jeune, belle situation, beaucoup de rencontres et beaucoup d'amis, grande liberté intime – elle l'exprima de cette façon –, mais rien, personne, elle vivait toujours seule. Elle répéta plusieurs fois ne pas comprendre pourquoi l'amour ne venait pas à sa rencontre, là encore elle parlait comme une romance, je sentais toute sa perplexité désespérée. « Je ne comprends pas... je rencontre des hommes formidables, je leur plais, ils me courtisent, je tombe passionnément amoureuse et je donne tout... en trois mois tout est grillé, ils partent. Trois mois, pas plus, et après ils me fuient, je suis seule comme avant et vidée de mes larmes. Je ne comprends pas. J'aime avec passion, je donne tout, et puis rien. Qu'est-ce qui se passe ? Qu'est-ce que j'ai ? En trois mois ça flambe, ça se désagrège, et ils partent. Et pourtant je suis jolie, plutôt intelligente, souriante et pas difficile à vivre, mais qu'est-ce qui se passe ? »

Une jolie femme comme on les fait à Nice, avais-je pensé en m'asseyant près d'elle, mais au fur et à mesure qu'elle parlait, serrée contre moi dans ces fauteuils d'avion vraiment trop étroits, à mesure qu'elle me déballait tout sous le regard immobile de son chien qui en finissait par devenir inquiétant, je voyais apparaître les traces sur sa peau, les rides malheureuses autour des yeux, les tensions du cou et tous les efforts pour les cacher. Je mesurais son angoisse à l'épaisseur du fond de teint qu'elle appliquait sur son visage : elle voulait être lisse, toute granulation de la peau l'effrayait ; mais la poudre teintée les faisait ressortir comme les poudres magiques de la police scientifique. Ce n'est pas qu'elle n'était pas jolie, mais à vouloir l'être à tout prix elle s'en gâchait toute possibilité ; elle approchait la trentaine, mais à vouloir le dissimuler elle l'exhibait, ça devenait insistant, et puis inquiétant. J'avais dix ans de plus qu'elle et j'avais l'impression de recueillir les larmes d'une vieille dame trop refaite aux confins glacés de sa vie, qui pense l'avoir ratée, sa vie, qui espère encore en l'étincelle mais qui croit au fond qu'il n'y a aucun espoir, qui continue quand même et se verse un dernier verre. Pendant tout ce temps le petit chien me regardait en tirant la langue et en secouant la tête comme les chiots en plastique floqué à l'arrière des voitures. Quand l'avion se posa, j'en fus soulagée. « Trois mois ; et ils partent. Pourquoi ? » Je filai en tirant ma valise, sans répondre, sans l'attendre et sans me retourner.

C'est parce que je voyageais seule qu'elle m'avait tout raconté, mais si mon mari avait pu l'entendre, je sais ce qu'il aurait dit, et fait, oui, je sais ce qu'il lui aurait fait ; il lui aurait souri, il l'aurait regardée de son regard clair et intense, il m'aurait tapoté la main et aurait dit, d'une voix douce mais assez fort pour qu'on l'entende autour de nous, par-dessus le fracas des réacteurs : « Ce n'est pas ce qui nous est arrivé, n'est-ce pas ma chérie ? », et elle se serait affaissée dans un soupir comme une bouée percée, et je me serais raidie, terrifiée, regardant par le hublot la mer de nuages, me demandant comment on descend, comment on descend du siège, comment on descend de l'appareil, comment on descend à travers la mer de nuages pour filer sur la terre ferme sans attendre personne et sans se retourner. Ce jour-là j'ai été merveilleusement soulagée de voyager seule ; j'ai évité qu'il mette en scène ce que je ne supportais plus. À la descente de l'avion je l'ai distancée, je me suis enfuie, j'ai jeté dans la première corbeille le numéro de téléphone griffonné qu'elle m'avait glissé dans la main pendant l'atterrissage.

Je ne supportais plus mon mari, seules les heures passées loin de lui étaient vivantes. C'était avant Noé.

Mon éditeur est charmant, il me reçoit quand je le souhaite et il m'appelle quand il trouve que je ne le souhaite pas assez. Il est plus jeune que moi, il porte une barbe épaisse et bien taillée, des lunettes élégantes et des chemises à carreaux qu'il boutonne jusqu'au cou. Il m'accueille dans ses locaux exigus, rendus luxueux par le seul effet de la bulle immobilière, et nous nous asseyons de part et d'autre de son bureau où s'entassent des piles de livres et de chemises colorées remplies de manuscrits, de contrats et de factures, car par ailleurs l'édition est une industrie, un fleuron national qui marche mieux que la sidérurgie. Sa maison est toute petite, il y est seul avec un secrétaire à mi-temps qui aujourd'hui n'est pas là, il s'occupe de tout, de faire écrire, de publier, de faire connaître. Il s'enquiert :

« Qu'est-ce que tu nous prépares ?

— J'écris sur l'amour.

— Tu rigoles ?

— Non. J'en ai marre d'écrire des horreurs, j'en ai marre de tuer des gens à longueur de pages. Je veux écrire sur l'amour, et celui qui dure.

— Qui dure ? Alors là c'est vraiment niaiseux.

— Tu trouves ?

— Mais bien sûr. Tu veux écrire quoi ? Une comédie romantique ?

— Non. Passion fixe.

— Allons, pas ton genre. Reprends-toi. L'amour qui dure, c'est celui sur lequel il n'y a rien à dire, tu le sais, non ? Un tunnel. Ce qui intéresse les gens c'est le début et la fin, là où ça bouge un peu, parce que sinon, entre, il y a quoi ? Des pantoufles ? Des poils dans la baignoire ? Un baba au rhum au dessert ? Rien de plus qu'une lente dégradation, et l'échec prévu depuis toujours.

« Raconte un coup de foudre, ça ravira les enthousiastes ; ou bien la déréliction, ça ravira les envieux ; raconte l'impossibilité de l'amour, ça paraîtra profond. C'est bien, la profondeur. Les passions tristes donnent une illusion de relief ; on évoquera l'individu contemporain, son petit horizon, ses petites hormones, ses petits ratages qui ne font pas de bruit, ça fera sourire les ironiques et rassurera les dépressifs. Parce que sinon, quoi dire ? L'amour c'est comme un bloc de verre : il n'existe que par ses bords ; dedans, rien, du remplissage, c'est transparent.

— Dedans, on vit. »

Il a un grand geste excédé qui aurait pu renverser une pile mais il sait où sont toutes ses piles, et il fait attention à ce qu'il fait, c'est un homme qui prévoit tout, ses gestes comme ses emportements.

« Va donc y voir, si ça t'intéresse. Et quand tu n'auras rien vu, reviens nous faire un livre intéressant. »

Et voilà. Je suis rentré chez moi sans encouragements, renvoyé à moi-même, renvoyé à mon désir de comprendre ceci dont tout le monde rêve tout en lui déniant la moindre existence ; sinon comme flambée, au mieux pendant trois ans. On y pense tout le temps sans jamais y croire, et après on s'étonne de souffrir.

Voici donc l'argument des mois à venir : un homme essaie d'écrire sur l'amour, mais le sujet lui échappe ; il n'en saisit qu'une brève impression de chaleur sur la paume, vite évaporée. Il entrevoit l'image d'un état possible, et puis rien. Il échoue ; il continue. Cet homme c'est moi, qui échoue mais qui tient la plume, qui ne comprend rien mais qui écrit, qui ne vit pas ce dont il parle mais qui raconte. Moi je suis l'ami, je suis celui qui voit, je n'ai aucun droit à prendre la parole, mais j'outrepasse. Je fais leur récit puisqu'il faut toujours que quelqu'un se mêle de ce qui ne le regarde pas, il faut toujours un narrateur pour accompagner les grandes aventures, car sans lui qui n'a rien fait elles disparaîtraient sans traces, on pourrait croire qu'elles n'ont pas eu lieu, que rien n'a jamais lieu. Le récit, c'est ce qui reste du réel, et il faut bien que quelqu'un s'y colle ; et ça tombe bien, j'ai du temps libre puisque rien ne m'arrive jamais. Je suis très disponible, alors je raconte. Je suis l'ombre portée, mais j'ai la parole.

Felice

Car avant de vivre avec Noé j'avais un mari, et il me dévorait en souriant. C'était il y a des années, j'essaie de ne jamais le voir, de ne pas penser à lui, de ne plus penser au regard qu'il avait sur moi, un regard qui me traversait sans s'arrêter à quoi que ce soit de moi, qui me laissait nue, plus que nue, transparente et muette. Il était radiologue, il regardait l'intérieur des gens pour trouver ce qui n'allait pas. Ensuite il les recevait dans son bureau pour leur dire ce qu'il avait vu, pour leur *annoncer la nouvelle*, disait-il. Il pensait sans doute à l'Annonciation, il prononçait *annoncer* avec un grand A, et il s'imaginait suspendu en l'air, paumes ouvertes, rayonnant de dorures, et l'autre à genoux devant lui et sanglotant dans ses mains jointes après ce qu'il venait de lui dire.

Il travaillait beaucoup. On venait chez lui tôt le matin jusque tard le soir, les gens se croisaient dans l'escalier de pierre, ils s'entassaient dans la salle d'attente où ils patientaient sans un regard les uns pour les autres, chacun replié sur son attente. Il ouvrait la porte, tout le monde levait les yeux en silence, et il disait un nom d'une voix douce. Celui qui était nommé se levait, le saluait timidement, et le suivait ; les autres baissaient la tête, attendaient à nouveau. Ce qui se passait derrière la porte capitonnée, personne ne le savait, tout le monde le craignait. Celui qui l'avait suivi on ne le revoyait pas ; il y avait une autre porte.

Il sortait dans la journée, pas longtemps, quelques minutes pour traverser la rue et boire un café, sans même s'asseoir. Il clignait des yeux en débouchant au soleil pendant que derrière lui la porte cochère se refermait, il mettait ses lunettes polarisantes qui lui faisaient un regard jaune sale pour traverser la rue, il s'accoudait au comptoir et regardait les gens. Il époussetait son costume blanc, celui du jour, toujours impeccable car il en possédait plusieurs dans une penderie, tous identiques, la question du vêtement était pour lui définitivement réglée, comme beaucoup d'autres questions, comme sa place dans le monde, et la mienne. Et puis il retraversait la rue, il plongeait dans l'ombre de l'allée, ses yeux se réhabituaient très vite à la pénombre de l'escalier, et puis à l'ombre de son bureau feutré, décoré avec goût, éclairé de lampes cachées d'épais abat-jour, tous les murs recouverts d'une moquette qui étouffait les sons. Il sortait peu, il passait ici la majeure partie de sa vie, il travaillait beaucoup. Il gagnait beaucoup d'argent, qu'il me donnait sans compter, c'est moi qui devais le compter et il me demandait le résultat. Assis au milieu de ses meubles comme au fond d'une grotte, il recevait les patients qui venaient à lui, qui s'asseyaient avec crainte dans la grotte miraculeuse, qui attendaient qu'il parle. Il leur souriait en silence, il les regardait au fond des yeux. Cela leur paraissait durer trop longtemps mais ils n'osaient rien dire, ils craignaient en prenant la parole de manquer quelque chose. Et enfin, de cette même voix douce qui était la sienne en toutes circonstances, il leur annonçait ce qu'il savait d'eux, ce qu'il avait vu à l'intérieur d'eux en les photographiant à l'aide de rayons toxiques, il leur annonçait ce qu'ils avaient, parfois rien, ou bien des choses horribles qui les tueraient et dont il faisait une longue description désaffectée.

Les gens venaient jusqu'à lui à genoux, fascinés par son silence et la pénombre sans écho qui les entourait ; quand il prononçait l'annonce, il les voyait vaciller, leurs regards se mouiller ou s'éteindre, leurs épaules s'affaisser, ils perdaient quelques centimètres. Leur ventre palpitait et leurs pieds agités martelaient sourdement le tapis sans qu'ils s'en rendent compte. Ils pleuraient. Et avec toujours le même sourire, sans un mot il poussait vers eux une boîte de mouchoirs, c'était son meilleur moment. Lui-même s'affaissait de satisfaction dans son grand fauteuil de cuir sombre et eux se mouchaient, ils reniflaient et pleuraient, et ils le remerciaient. Quoi qu'il dise ils le remerciaient toujours, qu'il n'ait rien vu ou qu'il ait vu quelque chose, ils le remerciaient de mettre fin au silence, à l'attente et à la crainte. « Vous allez mourir, disait-il d'une voix douce. — Merci docteur », sanglotaient-ils, et il contemplait ce basculement dans les larmes avec une grande satisfaction.

Il sortait peu, son monde était ce bureau où il annonçait la vie et la mort comme s'il en décidait. Il observait les gens avec un sourire qui leur paraissait doux à travers leurs larmes, il les regardait croire qu'ils pouvaient se confier à lui.

Durant ses journées il n'allait pas plus loin que l'autre côté de la rue, il la traversait en clignant des yeux pour s'accouder au comptoir et regarder les gens assis dans la grande salle du café, pour les scruter un par un en rêvant de ce que son appareil révélerait de leurs entrailles, il hésitait à leur laisser sa carte, à la leur distribuer en partant, et ils seraient venus un par un humblement, pour qu'il leur annonce la présence de la chose qui les bouffe, et ensuite il les regarderait s'effondrer.

Le mot de *cancer*, ou simplement de *tumeur*, a une existence réelle, un poids matériel, il agit comme un coup de poing au foie; quand on le prononce lentement devant eux en les regardant dans les yeux, les gens se plient en deux. Il avait une certaine façon de prononcer, que l'on pouvait croire mesurée, et qui était terrible. Sa lenteur n'était pas une précaution, mais la mise en scène du spectacle privé qu'il organisait chaque jour, dont il était auteur, acteur, régisseur, public et critique : l'autre devant lui, le bien nommé *patient* venu quémander l'oracle, perdait sa consistance dès qu'il prononçait quelques mots dans la pénombre. J'ai vécu avec cet homme-là, j'ai vécu sous son regard monstrueux, son regard extralucide de machine radiologique qui envoie des rayons toxiques; j'ai vécu en étant chaque jour traversée par son regard que l'on pouvait croire bienveillant, son regard que moi-même j'ai cru bienveillant, mais qui jouissait des larmes qu'il provoquait.

Il me racontait avec gourmandise ces entretiens qui se terminaient par des crachotis dans un mouchoir, et j'ai compris qu'il aimait tuer les gens d'un seul mot, j'ai compris qu'il aimait qu'ils viennent jusqu'à lui, et que là il décide de leur sort; il les sacrifiait, il se nourrissait de leurs larmes, il aimait les voir vaciller sous l'annonce. J'ai voulu m'enfuir, cela a pris du temps, on n'échappe pas facilement à un tel regard, il a les propriétés d'une corde enchantée qui vous lie sans que vous l'ayez remarquée et que l'on ne sent que lorsqu'on s'éloigne. Alors on revient sans savoir pourquoi, on revient *à son corps défendant*, mais on revient. Le regard de mon mari avait la propriété de dire ce qu'il y avait de dangereux ou pas dans vos entrailles, et en s'éloignant on avait l'impression de s'enfoncer dans le noir, de ne plus rien savoir de soi, alors on restait encore un peu. J'ai été prisonnière, prisonnière consentante, et paniquée de mon consentement, j'aurais voulu lui crever les yeux, briser son sourire, étouffer cette voix douce qui disait des horreurs sans hausser la voix, mais je ne faisais pas un geste. Ses yeux qui me regardaient étaient les phares d'une voiture, et moi j'étais le lapin immobile au milieu de la route, ébloui, sidéré de tant de lumière, et j'entendais le claquement du fusil qui se referme après avoir été chargé. Noé m'a sauvée.

J'allais être submergée, me noyer dans le déluge de larmes que je versais sans pouvoir fuir, quand j'ai rencontré Noé. Son arche, ce sont ses mains, ses deux mains en coupe pour me retenir, ses deux mains en corbeille autour de mes seins, ses deux mains en grand panier où se posent mes fesses, ses deux mains posées sur mes joues qui entourent mon visage et m'en donnent le dessin, ses deux mains merveilleuses dont l'imposition partout sur mon corps sèche mes larmes, calme mes sanglots, accélère ma respiration et ne me donne qu'une seule envie, qu'un seul désir : qu'il soit là contre moi, que je l'avale, que je l'absorbe, que je l'engloutisse, à quoi il se prête très bien. Je ne sais pas pourquoi il m'aime. Il a le culte de mon apparence, dit-il, quoi que je fasse, quoi que je porte, quelle que soit l'heure, quel que soit le lieu. Il me regarde, il me désire, et il me dessine. Je ne sais pas si je ressemble aux dessins qu'il montre, mais en les regardant je reconnais le sentiment intérieur qui m'envahit quand ses mains sont sur moi. Ses mains me révèlent mon dessin caché, celui que je sens par l'intérieur de ma peau. Quand les dessins de Noé sont montrés en public, je rougis.

Mon mari me disait très sérieusement : « Je vais m'occuper de ta chatte. » Il me fixait rendez-vous, je venais, il le faisait. Il s'occupait de mon organe avec une compétence indiscutable, il était médecin, il avait un regard radiographique, il ne perdait jamais la tête. Et toujours ça arrivait, moi les yeux clos essayant de simuler l'indifférence, mais je ne maîtrisais pas le gonflement de mes lèvres, la rougeur de ma peau, et le roulement de mes yeux sous mes paupières rabattues. Il le savait, il me regardait, il allait jusqu'au bout de mes gémissements et de ma sueur, jusqu'au bout de mon épuisement et puis il prenait une douche, et se rhabillait. Ensuite, seulement ensuite, je pleurais. De dépit, d'abandon, d'impuissance.

Mon mari me regardait jouir. Au début c'était plaisant; il s'y appliquait avec dextérité, je jouissais. Et puis à force, c'était inquiétant; il ne s'accordait lui-même qu'un petit hoquet contenu, et ensuite il reprenait ses passes magiques sur mon corps tremblant dans le but de me faire perdre la tête. Je perdais la tête. C'était comme s'il me mettait la tête dans un sac, pour ensuite dans le noir me besogner avec méthode; j'en venais à jouir, et puis à détester jouir, et puis à ne plus pouvoir me passer de jouir, la tête plongée dans un seau rempli d'endorphines, et lui me regardait me débattre, et jouir. Il connaissait mon corps comme un bourreau chinois, il savait où appuyer, où caresser, où appliquer un coup de langue et où enfoncer un doigt, et sans ma tête, aveuglée, je jouissais. Revenue à moi j'en éprouvais une grande terreur, et puis je baissais la tête et y retournais, enivrée du stupéfiant violent que sous ses doigts je produisais moi-même. Il jouait de moi sans que cela provoque chez lui plus que quelques gouttes pas même jaillissantes, son sperme séchant aussitôt comme la petite salive blanche au coin des lèvres des vieux qui parlent trop et oublient de s'essuyer la bouche. Il me regardait geindre, il n'en perdait pas une miette, et il me demandait : « C'était bien, ma chérie ? » Je redoutais cette question, j'y répondais d'un grognement qui provoquait chez lui un sourire que je détestais, un sourire comme une lueur au fond de sa grotte, où assis sur son fauteuil, derrière son bureau, il régnait sur l'empire des morts.

Mon désir était en dépôt dans le coffre de son bureau, mon plaisir était sous sa garde ; c'était lui qui le conservait, lui qui en usait, et lui qui me l'accordait. Très libéralement, je ne manquais de rien, mais c'était par lui.

Il m'habillait luxueusement, je portais tout ce qu'il m'offrait, j'étais toute tremblante de timidité d'apparaître ainsi aux yeux de tous, j'étais sous son regard, j'étais la propriété de ses yeux, et il me regardait jouir. Il aimait que je me montre, et lui regardait. J'en ai porté, des robes près du corps, des parfums, des bijoux sonores et des talons fins qui font du bruit quand on marche à pas lents sous le regard admiratif de tous. Je paradais à son bras, puis devant lui, la tête embrumée, jolie, souriante et distraite, ennuyée. Il regardait. Nous rentrions à la maison, et il me regardait jouir.

Il voulait un enfant, un seul, un garçon. Et l'enfant n'arrivait pas, je n'étais jamais enceinte, il me parla avec empressement d'aide médicale, il me décrivit avec minutie la procréation assistée, j'avais l'impression qu'il éprouvait un certain plaisir à ce que ce soit clinique. Il m'expliquait la stimulation hormonale, les contrôles quotidiens, l'injection de quelques millilitres de solution fertilisante où frétillent des spermatozoïdes empruntés. Il se moquait que ce soient les siens, il souhaitait surtout maîtriser le processus. Je le sentais à sa voix soulagée, à son regard enthousiaste quand il me montrait les photos et les schémas qui expliquaient tout, les pipettes, les éprouvettes, les inséminations qu'il faudra peut-être répéter, il laissait libre cours à son goût pour les procédures, c'était son métier, sa passion, un jeu, et il pouvait recommencer le lendemain, sans fatigue ni lassitude. Nous avions pris rendez-vous, je suis tombée enceinte juste avant, le matin même je lui ai montré le test de grossesse que je venais d'utiliser, et nous avons annulé le rendez-vous de l'après-midi. Il l'a annulé d'un ton d'exaspération. Tombée enceinte : jamais le verbe si absurde que l'on emploie pour le dire n'avait été si juste. Mon corps avait de lui-même sauté dans un gouffre pour éviter que des gens en blouses blanches ne me touchent avec des gants en latex.

Quand mon fils est né, j'avais quelqu'un. Je l'emmenais partout, il ne quittait pas mes bras, il était le bouclier de sa mère, le pauvre ; j'étais la mauvaise fée penchée sur son berceau. Ce qu'il est devenu maintenant, je l'ai créé, je m'en voudrai toujours.

Il aura fallu que Noé vienne pour que je ne meure pas noyée dans mes larmes. Je ne pouvais plus sortir de là où j'étais entrée, j'étais prisonnière de la masse de mon mari, comme les planètes, les astres errants, qui tournent sans fin autour de leur étoile qui les brûle. Sa noirceur était d'une telle densité que je ne pouvais pas m'éloigner de son antre où il régnait sur les âmes. J'avais peur de lui et je ne le savais pas. J'étais simplement inquiète quand il n'était pas là, mal à l'aise quand il était là, ce n'était rien de plus précis, c'était moi, ma fragilité permanente, reconnue par tous, trait de ma personnalité disait-il, et en public il me parlait d'une voix douce qui me faisait frémir. J'étais une battante au travail, mais une femme fragile en couple et en société, une femme à laquelle on pardonnait beaucoup parce qu'elle était jolie, je n'y voyais pas de paradoxe, j'étais une femme, il le répétait avec fierté, cela expliquait tout, c'était normal.

J'ai passé beaucoup de temps à errer dans les rues avec mon fils à la main, en lui parlant, en lui parlant tout le temps, jusqu'à découvrir l'existence de Noé. Mon fils était adolescent à l'époque, il était plutôt grand, bien propre et bien poli, il écoutait sa mère, il avait une brillante conversation pour son âge, il utilisait des mots rares, il avait des préoccupations élevées, je ne me doutais pas des ravages que je faisais. Je prétextais n'importe quoi, des courses, un tour en ville, des soldes, un film, un passage en librairie, une glace, des mots vagues que l'on prononce d'un trait, qui n'étaient que les emballages de carton coloré qui dissimulaient toujours le même acte, sortir, sortir, sortir. Je l'emmenais et je lui parlais tout le temps. Pauvre enfant, il est jeune adulte maintenant, brillant, excellentes études, bonne situation, tout comme il faut. Fierté de sa mère, et en moi-même chagrin rentré, désespoir de mon âme secrète, cette partie de moi que Noé a sauvée, car sinon elle se serait engloutie dans les larmes. Je ne le vois plus.

Nous sommes passés par hasard devant la galerie où on exposait ses dessins, et d'un coup je me suis tue. « Ça va, Maman ? » demanda-t-il aussitôt, inquiet de mes moindres silences. J'ai ralenti le pas, j'ai fait demi-tour, je me suis arrêtée. Il y avait un grand dessin dans la vitrine, un grand dessin comme on dit un grand livre, un grand film, un dessin très intense qui m'a donné envie de pleurer. Il ne montrait pourtant rien, c'était un fond gris velouté et des lettres maladroitement tracées d'une écriture d'école, des lignes de fusain tremblotant, une explosion de pastels rouge, blanc, pourpre. Rien de reconnaissable, ce n'étaient que des traits et j'avais envie de pleurer. Ce n'était pas seulement des larmes qui remontaient, mais tout. Je ne sais pas quoi ; tout. Et deux larmes coulaient sur mes joues, je sentais leur glissement de l'intérieur, mon fils m'a serré la main très fort, j'ai senti la panique dans son geste, il ne savait plus que faire avec sa mère silencieuse, une larme sur chaque joue. La galerie était fermée, à l'intérieur il y avait d'autres dessins que je voyais de biais, dans l'ombre. J'ai essuyé mes deux larmes, de toute façon elles étaient arrivées au bout de mon visage, elles allaient sécher et disparaître, j'ai souri, et j'ai dit à mon fils : « Alors, ce film, on y va ? » Ou cette glace, ce goûter, ce chocolat chaud, je ne sais plus, de toute façon cela n'avait pas d'importance, cela avait été un prétexte pour sortir, et maintenant un prétexte pour m'éloigner de cette vitrine. Il m'a souri avec reconnaissance, tout repartait comme un moteur qui a bêtement calé en côte et qui redémarre, il ronronne comme avant, une petite frayeur mais ça va, allez, on continue.

J'ai rencontré les dessins de Noé avant de le rencontrer lui-même. Tant mieux, car de le voir comme il est, rétif comme il est, crispé comme il est, sombre comme il est quand il ne me sourit pas, je ne me serais jamais approchée de lui, jamais je ne lui aurais parlé, et lui non plus ; et je ne me serais jamais doutée de combien il pouvait me convenir.

J'ai attendu trois jours avant d'y retourner, seule. J'ai hésité, je tremblais, je me suis habillée comme pour sortir, puis déshabillée pour me rhabiller de la façon la plus banale, comme une mère de famille qui fait ses courses, le cœur battant dissimulé par la banalité de vêtements confortables et sans forme, et puis déshabillée encore, rhabillée encore avec la première tenue, une robe, une jolie robe à la coupe nette et au tissu ferme, des chaussures fines qui me grandissaient, parce qu'il me fallait être digne de recevoir ça. Ça… quoi ? Je n'en savais rien, j'y allais en tremblant. Seule.

La galerie était ouverte, je suis entrée timidement, j'ai dit bonjour à voix basse mais en articulant bien « Bonjour monsieur », et le galeriste, un très bel homme aux cheveux denses et frisés, au costume souple qui tombait parfaitement quoi qu'il fasse, sourit de me voir si cérémonieuse, de me voir avancer à petits pas sur mes chaussures hautes, tête baissée, aux aguets, vers les dessins encadrés qui m'attendaient contre le mur. Mon cœur s'emballa aussitôt, tout remontait. Quoi ? Ce que j'avais vu dans la vitrine et qui m'avait saisie, la fragilité du tracé, l'affirmation quand même d'une vitalité courageuse, l'explosion sanglante de couleurs, les larges étendues d'ardoise où il n'y avait rien mais où restait la place pour respirer entre deux sanglots, tout un monde complet sans prononcer un seul mot. « Si vous voulez, l'artiste est ici », dit le galeriste. J'eus du mal à me retourner, j'étais une borne en pierre enfoncée dans le sol, mes muscles un treuil, je n'avais jamais été si lourde, si raide, si pesante, moi si légère. Je me disais que je m'en foutais de l'artiste, je regardais les dessins, j'étais venue pour ça ; je me retournai quand même, par politesse, par timidité, pour ne pas dire tout haut qu'il me dérangeait à me détourner ainsi de ces surfaces où venaient affleurer mes larmes. Et puis je le vis, je vis Noé assis dans un fauteuil à côté du galeriste, son buste dans l'ombre, ses mains éclairées d'un spot fixé au mur. Je vis d'abord ses mains, elles faillirent déclencher un nouveau jaillissement de larmes, mais celles-là de bonheur. Ces mains-là, elles existent ! Elles sont là ! Les mains qui ont dessiné ce qui rayonne autour de moi, elles appartiennent à un homme assis devant moi. « Ça va, madame ? », demanda-t-il d'une voix grave et inquiète, de sa voix lente comme une caresse, ce furent les premiers mots qu'il m'a dits ; les premiers mots que je lui ai entendu prononcer, ils étaient pour moi. « Vous voulez vous asseoir ? », demanda le galeriste, il se leva, me prit doucement le bras, il avança un fauteuil et me fit asseoir avec eux, nous étions trois, triangle équilatéral, nous nous regardions. Je me détendis avec un soupir, et d'un trait, je dis : « J'aime beaucoup ce que vous faites. » Il me regarda d'un air ahuri, les yeux écarquillés, bouche ouverte, et puis il sourit, moi aussi, le galeriste se mit à rire, nous aussi, et tous les trois nous avons ri aux éclats sans pouvoir nous arrêter.

« Excusez-moi, c'est idiot de le dire comme ça.

— Mais non, c'est très beau. »

Il s'avança un peu, le spot éclaira enfin son visage, ses traits marqués, ses cheveux noirs ébouriffés, ses yeux sombres ; nous nous sommes regardés profondément, en souriant, les yeux grands ouverts, c'est comme si nous nous pénétrions jusqu'au fond, j'entrai, il entra. Après ça, faire l'amour a été un détail, j'étais déjà adultère.

C'est Noé qui est venu. Il fallait qu'il vienne car sans lui je ne m'en serais pas sortie, il fallait que quelqu'un vienne et me prenne et me sorte pour dénouer l'enchantement qui me retenait prisonnière dans la grotte de mon mari, dans l'antichambre du royaume des morts dont il avait fait recouvrir les murs de moquette épaisse pour que l'on n'entende pas crier, ni pleurer, ni les remerciements éperdus qui étaient bien pires que des pleurs. Sortir de là, je n'aurais pu le faire seule ; j'attendais que l'on m'emporte.

Il m'a écrit, le galeriste avec son sourire éblouissant m'avait innocemment demandé mon adresse pour m'envoyer des invitations, m'informer d'événements, et je lui avais innocemment donné mon adresse. J'ai reçu une carte m'invitant à l'exposition en cours, celle que j'avais vue, m'invitant au vernissage déjà passé, et derrière, Noé avait écrit à la main :

« Tout corps persévère dans l'état de mouvement uniforme en ligne droite dans lequel il se trouve, à moins que quelque force agisse sur lui et ne le contraigne à changer d'état. »

Je me suis demandé ce qu'il disait, j'ai pensé à une citation, j'ai cherché et en effet, c'était de Newton, la formulation de la première loi du mouvement. Il m'écrivait de biais en me citant un physicien, il rôdait. Il avait signé de son prénom, précisant « l'artiste » entre parenthèses, et noté son numéro de téléphone. Je lui ai répondu d'un message, je lui ai dit que je ne pouvais pas changer d'état. Il a répondu aussitôt en citant encore Newton :

« Rien ne se fait soi-même, il faut que quelque chose vienne. »

Newton, il exagère… cite-t-on Newton à une femme que l'on veut séduire ? N'y a-t-il pas des poètes ?

« Serais-je une petite boule, pour que vous me parliez de principes de mécanique ?

— Vous êtes une bille qui file dans l'espace sans rien voir autour d'elle. Et si vous ne rencontrez rien, vous n'avez pas de raison de faire autrement que de continuer à l'identique, aucune raison de dévier de cette course qui n'aura pas de fin. Je suis une autre bille, nous nous sommes cognés, nous filerons différemment.

— Ce sera mieux ?

— Infiniment mieux.

— Et pourquoi ?

— La gravitation existe, madame. Les corps agissent les uns sur les autres, ils s'attirent. Je ne sais pas pourquoi, Newton non plus. Il disait : "Je n'ai pu encore découvrir la raison de ces propriétés de la gravité, et je ne feins point d'hypothèses : je ne sais pas." Les choses sont, chère Felice, je les accueille, et laisse à d'autres le soin de les expliquer. »

Je l'ai cru, sans preuve ni démonstration, sur la foi de son regard sur moi, sur la foi de ses mains posées devant moi, ses mains splendides et douces bientôt posées sur les miennes jusqu'à ce qu'elles me brûlent. J'ai laissé mes mains dans les siennes et depuis cet instant-là, au moindre de ses regards, à la moindre de ses caresses, je brûle.

CHAPITRE IV

Cette mystérieuse attraction dont on ne sait pas l'origine

Le Narrateur

Je commençai de travailler face au mur, en essayant de ne dépendre de rien et de tout tirer de moi. Mais rien ne venait de consistant, sinon les idées mortes que tout le monde a reçues et transmet sans vraiment comprendre ce qu'elles disent. C'est bien beau de vouloir parler de l'amour, encore faut-il en savoir le langage. Et pour moi il était une langue étrangère que j'avais apprise dans les livres. Ce sont les romans qui font le récit des mystères, et c'est grâce à eux que j'ai pu attribuer un sens à certains gestes que jusque-là j'avais remarqués, mais sans les comprendre ; s'effleurer discrètement, se regarder en silence et rire sans raison, s'isoler, brûler, c'était donc ça. J'ai appris quelques rudiments de cette langue, je l'ai baragouinée sans vraiment de succès, avec un accent prononcé, des contresens et des barbarismes, et depuis, faute de pratique, j'ai tout perdu. L'amour n'intéresse pas tant que ça, il faut le savoir, cela explique pourquoi le monde ne s'effondre pas en convulsions devant sa rareté et sa fragilité. L'amour manque en général, mais heureusement pas mal de gens s'en foutent. Moi par exemple ; j'écris.

De cette langue étrangère, Felice et Noé sont locuteurs natifs, je les écoute sans exactement les comprendre, devinant un mot ici ou là, mais aucune phrase entière, comme s'ils étaient brésiliens. J'essaie auprès de Noé de saisir ce qui m'échappe et gagner ainsi la tranquillité de l'âme, qui n'est pas mon état naturel.

Nous allâmes au Grand Parc dans l'après-midi, parce qu'il y a des arbres, le fleuve, et des brumisateurs installés pour les enfants. Sur la grande pelouse des jeunes gens torse nu jouaient au ballon, ils se mettaient en cercle, gardaient leurs lunettes de soleil et jouaient à la passe-au-pied avec un ballon rond, ils jouaient au foot jonglé avec une balle de mousse, à la passe-ellipse avec un ballon ovoïde, ils se lançaient les objets avec méthode, ils les rattrapaient avec sérieux, ils ruisselaient de sueur. Le ciel bleu uniforme pesait comme une tôle brûlante, les brumisateurs étaient envahis d'enfants hurlants qui traversaient leur nuage impalpable dans un sens puis dans l'autre, nous nous installâmes au bord de l'eau, sous les aulnes plantés le long de la berge. Nous avons passé du temps à regarder le fleuve sans rien faire d'autre que de le regarder, son lent miroir troublé du saut d'une carpe, du sillon d'une péniche passant au large, du vol rectiligne et frôleur d'un cormoran. L'autoroute ronronnait sur l'autre rive, l'eau glissait à nos pieds.

« Mais quand même, Noé, lui dis-je sérieusement, j'aborde encore une fois la question, mais à notre époque, dans ta situation, à ton âge, peut-on croire à l'amour ? »

Cela le fit éclater de rire, l'air sérieux sans doute, et la formulation alambiquée.

« L'époque, la situation, l'âge… » Il rit encore, fit quelques gestes tournoyant comme s'il cherchait ses mots pour répondre de façon argumentée, puis se ravisa et fit simple. « Oui, j'ai la faiblesse d'y croire...

— Mais qu'est-ce que c'est ?

— Quoi ?

— L'amour.

— Tu veux vraiment qu'on parle de ça ?

— Oui.

— Parce que les définitions, ça dépasse mes compétences.

— Tu le vis, non ?

— Oui, mais je ne comprends rien à ce que je vis, et c'est très bien comme ça. Même le dessin : je dessine sans raison parce que je préfère garder mes raisons derrière moi. J'essaie de courir plus vite qu'elles pour qu'elles ne m'encombrent pas. J'ai besoin d'être mal renseigné, mal équipé, malhabile, sinon je ne ferais plus rien.

— Trente ans que tu dessines et tu ne sais rien ?

— Ne rien savoir, ça permet d'échouer sans crainte. Parce que artiste, c'est ça : échouer comme personne d'autre n'osera le faire. Vaut mieux être ignorant. La grande erreur, c'est de savoir ce qu'on fait.

— Mais moi j'écris, je ne peux pas seulement gribouiller, il faut bien que je pense un peu au sens.

— Le dessin ça se vit, l'amour ça se vit, c'est tout ; ça manque de rater chaque jour, ça se rétablit in extremis avant que la nuit tombe, ce qui permettra d'aller jusqu'au ratage du lendemain, dont on sera sauvé de la même façon. Voilà, c'est le seul savoir que j'ai acquis en trente ans : accepter l'inquiétude, se pencher sur la mélancolie et la contempler sans y tomber, parce qu'une petite voix me dit que ça va aller, pas aujourd'hui peut-être, mais finalement ça va aller. Je ne sais rien de plus, et je ne veux savoir rien de plus. Sinon, je veux bien te parler d'elle. J'aime bien parler d'elle. »

Noé

J'ai rencontré Felice le jour de mes quarante ans. J'étais venu à la galerie, Karim avait mis à fraîchir une bouteille de chablis, et nous la buvions en parlant de rien, c'était bien comme ça, à deux c'était une très belle fête d'anniversaire. Il a levé son verre, c'était le jour, il fallait célébrer, au moins faire le geste, et il m'a dit : « Qu'est-ce que je peux te souhaiter ? » Karim est un bon ami, sensible et avisé, faute de peindre il vend. Il s'en sort sûrement mieux comme ça, mais d'avoir peint il y a longtemps il sait la valeur de ce qu'il vend, valeur financière cela va sans dire, il en vit largement, mais aussi valeur de chair et de sang pour celui qui peint, fantasme de chair, fantasme de sang pour celui qui achète, qui se traduit en valeur symbolique et se change en valeur financière. Il maîtrise les transmutations, lui et moi vivons de ça. Je regardais mes propres dessins autour de moi, dressés contre les murs à hauteur d'homme, éclairés de spots brutaux qui les faisaient apparaître comme je ne les avais jamais vus, tous ensemble dans un grand espace vide comme je ne les rassemble jamais, dans une lumière scrutatrice qui en faisait ressortir le moindre grain, le trait le plus fin, je les voyais tous autour de moi dans la brume légère du vin, ce qui change tout car je ne bois jamais en dessinant. Pour regarder c'est autre chose, on peut boire et voir autrement. J'aime pour ça la saveur atonale du chablis, ce goût qui manque toujours d'avoir lieu, qui promet, effleure, et disparaît, soleil pâle d'une belle journée d'octobre, ciel très bleu de porcelaine, feuilles métalliques prêtes à tomber, dernières grappes flétries laissées par les vendangeurs, vin tranchant et poliment en retrait qui laisse toute la place à la contemplation. Karim attendait, verre en l'air, il fallait que je réponde. « Des dessins ? J'ai. Un ami ? J'ai. Pas des masses mais quand même plusieurs. — Une femme alors ? — Sans doute. — Allez, elle va venir. »

Nous n'attendions personne et elle entra, elle avait sans doute mon âge, me dis-je, l'âge des perfections atteintes et des renoncements heureux, jolie femme mûre, joliment habillée, joli manteau blanc, joli bracelet aux reflets dorés à son bras, jolie robe élégante et joli cul un peu large, marchant à petits pas sur de fines chaussures qui la grandissaient. Elle dit bonjour très distinctement sans nous regarder, elle fila tête baissée vers les dessins, elle se planta devant le plus grand et le contempla avec fureur en me tournant le dos. Avec fureur, c'est le mot qui me vient, je ne voyais que son dos mais elle le regardait, le regardait, le regardait, je la voyais presque trembler, je n'avais jamais vu personne regarder un dessin avec une telle intensité, et c'était l'un des miens. Nous nous sommes regardés avec Karim, nous avons souri ensemble, haussé les épaules ensemble, l'air de dire « ça alors... », et pour qu'elle nous montre autre chose que son dos, il dit : « Si vous voulez, l'artiste est ici. »

Elle se retourna à contrecœur, très lentement, comme par un gros effort, elle avait un nez hardi et des yeux sombres, elle nous regarda et vacilla brusquement. Karim se précipita, il lui avança un siège, il la fit asseoir avec nous. Il lui proposa un verre sur lequel elle se précipita, qu'elle vida comme on boit un verre d'eau en cas de malaise. Elle eut un grand soupir, elle passa sa main dans sa chevelure touffue, elle reprit sa respiration et elle dit un truc très idiot. Je ne sais plus ce que c'était, mais cela nous fit rire tous les trois, nous avons ri, nous avons ri, le vin sans doute et aussi du simple bonheur de rire, et parce que c'était mon anniversaire, et parce qu'elle était la femme qui manquait, et puis nos regards se sont accrochés. Voilà. Accrochés. D'une façon stupéfiante. Vertigineuse. Voilà.

Pourtant, je ne savais pas dire ce que je lui trouvais, elle était si conforme cette jolie femme dissimulée derrière l'élégance de ses vêtements, si conforme au bon goût, à la discrétion, elle était si comme il faut qu'elle glissait comme une savonnette et elle aurait dû disparaître aussi discrètement qu'elle était apparue, et puis je me suis penché sur son regard parce qu'elle riait et que son rire ouvrait tout, son rire sans retenue était sa part la plus intime, quand elle riait elle dérapait, et là, en équilibre, je me suis penché sur un puits, tout au fond miroitait de l'eau dont je sus aussitôt qu'elle était claire, fraîche et bénéfique. Nos regards s'attachèrent en un instant, pour ne plus jamais se détacher. Notre début, ce fut de nous asseoir face à face, d'avoir ri ensemble, et de nous regarder en silence. Un hasard.

Les femmes dont la beauté nous frappe, on les reconnaît sans jamais les avoir vues. Ce n'est pas de la beauté physique, mais ce qui se manifeste comme un sentiment de la beauté : dès le foudroiement de la première image, ce visage est déjà connu, étrangement reconnu comme *celui-là*, il provoque le brusque émerveillement de revoir ce que l'on croyait oublié. L'origine de ce déjà-vu, ou de cet enfin-retrouvé, il n'est pas question de l'approcher un tant soit peu, pas question de la comprendre : la question est d'en jouir maintenant, et pour toujours. C'est la fonction de reconnaissance des visages qui s'allume dans notre cervelle et inonde de reconnaissance tout le mystérieux viscère qui nous balade et nous gruge. Pourquoi ? On ne le saura pas. Ce brusque étourdissement heureux nous fait bredouiller : *c'est elle*. Et notre conscience si lente s'étonne de nous entendre dire ça, nous ne savions pas ce que notre intuition nous répète avec insistance. Mais après, il faut s'en approcher de ce miroir, il faut y descendre, au fond du puits.

Nous avons bavardé, Karim est allé chercher une autre bouteille qu'il avait mise au frais par précaution, nous l'avons bue et puis je l'ai raccompagnée. Elle ne parlait pas beaucoup d'elle, elle me demandait de parler de moi, alors je lui parlais de mon travail parce que de moi je n'ai jamais rien à dire. C'était mon dessin dans la vitrine qui l'avait touchée, qui l'avait fait revenir et entrer dans la galerie, et finalement s'asseoir devant moi, alors je lui en ai parlé. En général je n'ai que ça à dire de cohérent, le reste ça ne m'intéresse même pas. Dans ma vie, il n'y a que dans mon travail qu'il y a un peu de consistance ; maintenant, c'est en elle.

À l'époque, je travaillais sur Épicure, sur le système d'Épicure projeté dans de grandes compositions abstraites, et la série s'appelait *Tétrapharmakon*, le mot m'enchantait avec ses lettres glissantes et brutales, il semblait avoir en lui-même toute la puissance psychique que les épicuriens y avaient mise.

« C'est quoi ?

— Le quadruple médicament. Les quatre idées qu'il suffit de comprendre pour bien vivre.

— Seulement quatre ?

— Oui : les dieux ne sont pas à craindre, la mort n'est pas à craindre, la douleur peut être évitée, le bonheur peut être atteint.

— On dirait des mathématiques.

— C'en est.

— Et comment tu en fais des dessins ? »

Le premier tutoiement vint d'elle, dans la rue, dans une question qu'elle se posait, qu'elle m'avait posée et dont elle attendait vraiment la réponse. Elle me regardait avec ses yeux vifs, deux iris noirs où la pupille noire se distinguait à peine, souriante de ses belles lèvres rouges, la tête redressée dans un mouvement gracieux qui donnait de la majesté à son nez droit, surélevée par ses talons, enveloppée de son manteau blanc qui tombait bien, d'une ligne élégante dont je sentais par les muscles de ma main le mouvement qui aurait suffi pour le tracer d'un geste. C'est à ça que je pense spontanément : comment dessiner les femmes, avant même de penser les toucher. Je la regardais, et à cet instant je renonçai à l'abstraction, à cet instant précis je revins à la figure humaine. J'allais maintenant faire des portraits ; son portrait.

« C'est toute la difficulté ; mais c'est ce que je sais faire, mettre en dessin. Je ne sais pas comment, mais je le fais. Je suis dessinateur, j'ai une cervelle de dessinateur, je vois tout comme un dessin possible. »

Et je continuai de lui raconter Épicure, j'étais intarissable.

Toutes les sensations sont vraies, et on reconnaît le vrai par son effet sur les sens ; les concepts se font à force d'expériences répétées, ce ne sont pas des idées nées d'idées, ce sont des nerfs martelés.

Un monde, c'est une organisation éphémère, ni unique ni fermée sur elle-même, et ainsi il existe une infinité de mondes, tous différents, une infinité de presque pareils et une infinité de très différents, tous liés les uns aux autres.

Le fondement de toute réalité est la sensation corporelle, et l'amour lui-même n'existe que dans la proximité de la chair.

J'étais ému alors je lui parlais de biais, je récitais de façon pythique le programme de notre vie future, je lui racontais par énigmes la vie que nous avons eue depuis.

« Pourquoi est-ce si abstrait alors ?

— Abstrait ?

— Tes dessins : tu parles des sens, de l'amour, de la vie vécue, et tu ne peins que des traits, des taches, des lettres sans suite…

— C'est concret pour moi, il n'y a rien de plus concret… Ce ne sont pas des traits et des taches, c'est la trace de mon crayon. Mon crayon est dans ma main, il suit mon geste, je le sens frotter sur le papier. Ce n'est qu'un trait, mais j'en ai le souvenir dans mes doigts, mon bras, mon dos. »

Alors elle a ri, elle a posé très délicatement ses doigts fins sur mon bras, elle a dit en riant : « Dessiner, c'est comme l'amour, alors ? »

Son sourire était si sincère, si joyeux, si éclatant, ses doigts étaient si légers mais tenaient si fort à mon bras, que notre destin fut scellé.

Je me penchai et l'embrassai, elle m'embrassa, sensuellement, ses lèvres étaient douces et accueillantes, sa langue très ferme ; et puis elle se retira des caresses de ma bouche et suivit très doucement du doigt le contour de ma joue.

« Il faut que j'y aille. J'ai un mari, un enfant.

— Rien d'insurmontable.

— Je sais… enfin… je crois. »

Elle me tourna le dos, je la regardai s'éloigner, sa silhouette blanche délicatement cintrée, légèrement chaloupée, et ce n'était pas du tout déchirant qu'elle s'éloigne, c'était beau, c'était complet, j'étais comblé. Elle reviendrait dans mes bras.

Je n'étais avec personne, aucune femme, libre dit-on, mais plutôt seul. J'avais basculé dans le dessin, je ne faisais que ça, Felice m'en a sauvé. Ce n'est pas que je fasse autre chose que du dessin, mais je le fais en conscience, avec elle. Pour elle.

Je lui ai écrit, Karim avait eu l'idée de lui demander son adresse, les galeristes font ça sans que l'on s'en méfie pour envoyer des invitations, donner des nouvelles, et il me l'avait glissée dans la main, griffonnée sur un post-it, il me l'a donnée sans un mot, sans un sourire, tout simplement comme ça, parce que j'en avais besoin, l'amitié va sans dire. Je lui ai écrit de biais en citant Newton, c'est étrange sans doute de parler de Newton à une femme pour tenter de la séduire, étrange de croire qu'en parlant de gravitation elle ne s'éloignera pas, mais je sortais d'une longue période abstraite et le mieux que je pouvais faire à ce moment-là était de lui parler de masses, de vitesses, de trajectoires et de ces chocs qui font tourner la boule. C'était précautionneux et absurde comme approche, elle a bien voulu en rire et en rire tendrement, elle ne voulait pas que nous nous éloignions.

Je suis allé la chercher. Je l'ai appelée debout dans la rue devant chez elle, je lui ai téléphoné en regardant en l'air. C'était la nuit, ses fenêtres étaient éclairées, j'ai vu sa silhouette apparaître, elle regardait dehors avec le coude relevé qui portait son téléphone jusqu'à son oreille, l'écran éclairait sa joue et ses lèvres d'une lueur bleutée.

« Je te vois, dit-elle.

— Je suis dans l'ombre, Felice, pour qu'on ne me voie pas.

— Je vois bien l'ombre, et dedans, il y a quelque chose d'encore plus sombre et je me dis que c'est toi.

— Viens alors.

— Je vais passer à table, Noé. Je l'ai dit à mon fils et à mon mari, ils m'attendent. »

Cela m'a fait rire.

« On ne se voit pas aux heures des repas, alors ?

— Je sais, c'est ridicule. C'est une façon de craindre.

— De craindre le pire ?

— Non, de craindre le meilleur. On peut être terrifié par le meilleur, et prétendre passer à table pour reculer le moment, pour gagner quelques minutes sur le meilleur qui vient. Nous avons le temps. »

Nous nous sommes tus un moment, nous entendions nos respirations dans la boîte collée à notre joue, je voyais sa silhouette sans détails sur la fenêtre éclairée, j'ai entendu qu'on appelait, sans doute derrière elle, elle s'est tournée, puis a terminé au creux de mon oreille.

« La semaine prochaine, ils ne sont pas là. Ils partent plusieurs jours en vacances, moi j'ai du travail alors je reste. Retrouvons-nous à ce moment-là. Mais tu sais, ce ne sera pas poésie tous les jours. »

Elle coupa, son coude s'abaissa, elle me fit un petit salut, un salut envoyé à l'ombre où je me cachais, où j'étais plus ombre que l'ombre qui m'entourait, et elle disparut. La fenêtre s'éteignit. Je disparus.

Ce ne sera pas poésie tous les jours. Je suis rentré chez moi à pied, j'ai fait des kilomètres dans les rues obscures, allant de réverbère en réverbère, de halo en halo, dans les rues de moins en moins circulantes, remâchant ses mots comme des noyaux d'olive, ces mots qu'elle m'avait glissés avant de s'éteindre, qui étaient à la fois des promesses et des limites ; je n'y entendais que la promesse. Elle avait dit ça d'un élan, sans y penser, et elle ne s'en souvint pas ensuite, mais ce qui eut lieu fut bien un poème. Ce fut concis, répété, intense comme le sont les poèmes, difficile à comprendre mais gravé dans l'esprit comme le sont les poèmes, et comme les poèmes cela donnait envie de le chanter, de le danser, de s'agiter d'une façon ou d'une autre pendant qu'on le chante ; comme les poèmes.

Dans notre vie ensemble elle n'eut tort qu'une seule fois, Felice qui est ma Felice, et c'est en exprimant cette réserve : elle eut cette crainte qui ensuite se dissipa, tellement évaporée qu'elle n'en a plus le souvenir. Quand je le lui rappelle, elle rit, moi je me souviens de tout, de tout ce qui me touche, de tout ce qui me bouleverse. J'ai attendu une semaine avant de la revoir. J'ai dessiné tous les jours son visage, le souvenir que je gardais de son visage, j'étais retourné à la figuration comme on dit dans les catalogues d'exposition. J'ai eu le temps cette semaine-là, beaucoup trop de temps, le temps se traînait, il se faisait durer, il se faisait malicieusement désirer, j'avais beaucoup trop de temps. Je suis allé chez Karim, je lui ai demandé les enregistrements de la caméra de surveillance de sa galerie, je les ai scrutés, j'ai revu le jour où Felice est entrée, j'ai multiplié les captures, elle était souvent de dos, toujours d'en haut, mais ça me donnait une idée, ça soutenait ma mémoire, je suis rentré à l'atelier et j'ai dessiné, j'ai fait sans la voir mes premiers portraits d'elle, des dessins secrets, réalisés à partir d'images volées, sans qu'elle le sache, un peu honteux de travailler en utilisant des photogrammes déformés d'une caméra de surveillance, heureux de combler mon attente avec elle. J'attendais comme je pouvais, je l'attendais avec des crayons, mais dans ma vie je fais tout avec des crayons.

CHAPITRE V

Te rejoindre

Noé

Tu m'entends ? J'arrive.

Tu m'appelles, tu m'invites à te rejoindre, je m'envole et je viens.

Pour venir jusqu'à toi j'ai franchi un fleuve et des jardins, j'ai dévalé une colline couverte d'immeubles serrés qui ne laissent entre eux que des rues étroites, j'ai roulé en bicyclette de location, tête baissée, je suis un faon et je gambade : j'arrive ! Je file le long des quais, et c'est là ; je pose le vélo à sa borne, je continue en courant, tu m'attends. Essoufflé je me tiens à l'angle du mur, je te regarde par-delà la vitrine, tu es là, assise, je te vois m'attendre, absorbée dans ce que tu lis. J'aime à cet instant te regarder lire, voir ce que tu fais quand tu es sans moi, voir sans que tu le saches la courbe de ta nuque, le plissement de tes yeux, ton regard qui balaie la page, je te vois de derrière la vitre. Je t'épie un instant, je fais durer le moment avant d'entrer, avant d'avancer, avant que tu ne relèves la tête et que tu me souries, je profite encore de ce moment où tu n'es là que pour toi, encore sans moi, ce moment où tu ne me vois pas, où tu n'es belle que pour toi. Que tu es belle ainsi !

Montre-moi encore ton merveilleux visage, montre-le-moi sous un angle nouveau, un angle qui m'est invisible quand je m'assois devant toi. J'aime être un autre qui t'approche, qui te voit pour la première fois et qui s'émerveille. J'aime que tu me regardes, mais j'aime aussi te voir de côté, comme te voient ceux qui ne savent pas qui tu es et qui t'admirent, ceux que tu ne remarques pas. J'aime te voir encore un peu du dehors, juste avant que nous nous rencontrions : je goûte ce moment du juste-avant, je le guette, je le fais durer, je l'attends, et puis vient le moment où tu lèves les yeux et tu m'aperçois : ton regard est délicieux.

J'avance. Tu me vois. Lève-toi, ma chérie, ma belle, viens.

La première chose que nous avons faite ensemble, cela a été de boire. *À l'endroit où je t'emmène, le vin est bon*, m'as-tu assuré. Je t'ai suivie, tu connaissais les rues, tu m'as amené sur une terrasse où l'on pouvait manger et boire, où l'on se perchait sur des tabourets autour de tonneaux fermés comme dans un cellier, nous avons choisi un vin très sombre, très velouté, l'enseigne de ce cellier était l'amour. Nous avons bu pour délier nos langues, bu pour délier nos mains, nous avons bu sans excès car nos paroles étaient meilleures que le vin et nous en oubliions de boire, et puis nos baisers ont été encore plus délicieux que nos paroles.

Avant même de finir notre premier verre, nous nous embrassions, nous nous caressions de la langue, tu me donnais de merveilleux baisers de ta bouche, l'amour commençait à couler en nos veines, nous nous le donnions sans compter, et l'amour était meilleur que le vin.

Entraîne-moi à ta suite, emmène-moi, courons. Sortons du merveilleux cellier, sautons dans une voiture qui attend au bord du trottoir, une lumière verte bien visible sur le toit, glisse-toi sur la banquette de cuir, dis le lieu à celui qui nous conduit, serrons-nous l'un contre l'autre, ma reine, reine de ce soir-là car tu décidas du lieu, du vin et des baisers, mais aussi de la voiture et du lit, reine des jours qui s'annoncent, reine de tous les jours dorénavant, tu m'as fait entrer dans tes appartements vides ce soir-là, vides pour nous, joie pour nous, joie pour moi, joie infinie pour moi. Ton amour est meilleur que le vin.

Montre-moi ton visage, mais aussi montre-moi l'entièreté de ton corps, et montre-moi tes yeux pendant que je te déshabille, laisse-moi regarder tes yeux. Je t'allonge, je m'allonge contre toi, alors ton sexe s'ouvre comme une fleur et il exhale un parfum salé. Tes yeux se ferment, et je les sens palpiter sous tes paupières bistrées, ils sont deux colombes dans leur nid, deux cœurs vibrants qui battent à la vitesse des cœurs d'oiseaux. Mon sexe est vif, souple, il est rebondi comme une figue mûre, il en a le suc, le parfum, il mûrit à ta chaleur, et quand tu voudras le mordre il s'en écoulera un latex délicieux.

Je suis à toi et tu es à moi, je viens paître en ton jardin, je foule l'herbe de tes prairies, tu dévores mon fruit à coups de langue, et si quelques pensées nous gênent, vite, d'un claquement de main nous les chassons, elles ne sont rien, rien que de petits renards qui viennent ravager les vignes, de petits animaux féroces qui pullulent, qui rongent les racines, qui dévorent les récoltes avant même qu'elles ne soient mûres; nous les ignorons, et d'un claquement de langue, d'un clignement de paupières, nous les chassons de notre jardin dont nous dévorons les fruits.

Comme on a raison de t'aimer; comme je suis heureux de t'aimer. Embrasse-moi encore.

Le lit est grand, il est frais et parfumé comme s'il était à l'ombre d'une glycine à l'heure de la sieste, nous ne dormons pas. Le lit vibre d'une circulation de sèves, les draps sont couverts d'une rosée qui perle au bout des tiges, nous sommes chez nous entre nos bras. Les poutres de ta maison sont de bois de cèdre, et j'en sens le parfum dès que je me glisse contre toi. Tu te serres contre moi, ton ventre contre mon ventre, et je te regarde. Je prends tes joues entre mes mains et le dessin de ton visage s'y imprime, il suffirait alors que je pose mes mains sur une feuille de papier blanc pour qu'elle brûle sous mes paumes et qu'apparaisse sculpté par la chaleur ton beau visage apaisé. Avec toi je n'ai plus besoin d'outils, pas de crayons, pas de pinceaux, je suis l'outil, je suis la feuille, je suis là à côté de toi et tu remplis mes mains, tu me remplis, tu me combles.

Des senteurs de bois précieux ruissellent autour de tes oreilles, sur ton front, le long de ta nuque. Ton nom est un parfum, Felice, j'aime le prononcer, je le répète encore, le parfum de ton nom emplit ma bouche, ton nom est mon haleine et mon souffle.

Mon bien-aimé, tu es un parfum, dis-tu dans un soupir, et tu t'endors dans le bouillonnement des draps qui nous submerge, torrent qui dévale la pente et tournoie entre les rocs, draps qui ne nous recouvrent pas, qui nous éclaboussent d'une écume abondante, tu t'endors dans la fraîche sueur du plaisir.

Je veux être ton gardien, je serai celui qui veille auprès de toi, pendant que dans l'ombre rayée par les stores, allongée et nue, tu t'assoupis enfin après m'avoir tant embrassé.

Endormie, tu es tendre et fragile, protégée par l'ombre, protégée par le drap froissé, protégée par mon regard, par mon bras arrondi autour de toi. Mais dis-moi, où te mettras-tu en repos à l'heure la plus vive ? Dis-moi, quand viendra la lumière ardente, la lucidité violente, où te cacheras-tu, ma plus que vive ? Dis-le-moi pour que je n'erre plus, pour que je ne cherche plus, pour que je puisse venir aux heures brûlantes m'étancher auprès de toi, pour que je puisse veiller sur toi, même de jour, pendant que tu reposes.

Dis-moi simplement : où ? Je serai là.

Aux premiers souffles du matin, avant la fuite des ombres, je redevins cerf qui bondit par-dessus les monts Séparation ; je redevins petit faon fragile qui s'éloigne à regret, démuni, obligé. Je devais partir au matin, ton mari revenait bientôt.

Je t'embrasse, et m'en vais.

Plus tard, quand nous aimions à nous rappeler les beaux débuts, tu m'as rappelé que la première nuit que nous avions passée ensemble, je m'étais penché sur ton oreille et j'avais soupiré : *Oh, mon amour !*, et cela t'avait étonnée, et enchantée. Mais cela m'a tellement surpris que tu me le racontes, parce que justement, en cette première nuit que nous avions passée ensemble, je t'avais entendue soupirer tout près de mon oreille : *Oh, mon amour !*, et cela m'avait alors étonné, et enchanté. J'étais surpris que tout aille si vite, et cette surprise dont je me souvenais était pour moi la preuve que j'avais bien entendu : je savais bien ne pas l'avoir dit puisque j'avais été surpris de l'entendre, et pourtant tu pensais que je l'avais dit. Oh que c'était tortueux cette déclaration ! Chacun avait pensé que l'autre l'aimait dès la première nuit, et l'avait entendu dans un souffle, assez distinctement pour en répéter chaque mot. Quelqu'un avait parlé au creux de l'oreille de chacun de nous, nous l'avions tous deux entendu, mais personne ne savait qui. Je me demande qui était ce souffle qui a flotté entre nous cette nuit-là, ce souffle haletant qui nous a parlé à mi-voix, à tous les deux en même temps, chacun étant persuadé de n'avoir rien dit. C'était peut-être l'accord de nos gestes : parfois l'accord est si parfait qu'il produit un son, comme deux cordes tendues qui vibrent sans se toucher, s'effleurant seulement, elles résonnent et produisent ensemble une note. De même, sans doute, deux âmes douées de parole résonnent en un murmure articulé quand elles s'accordent.

Felice

Tu es un doux parfum laissé sur ma poitrine, ma sueur mêlée à la tienne qui a senteur de fruit. C'est la sueur de nos efforts qui persiste entre mes tout petits seins, deux faons couchés dans l'herbe rase, blottis l'un contre l'autre sur la steppe qui connaît si peu d'abris, et je m'endors, en sentant leur chaleur fragile qui bat contre ma poitrine.

Ta queue dressée devant moi, pour moi, est une colonne de ciment blanc tracée sur le ciel d'un bleu intense. Son contact est très doux, très lisse, très chaud, le ciment poli est resté toute la journée au soleil et il redonne au soir toute la chaleur accumulée pendant le jour. Ta queue est une architecture brutaliste qui montre sa forme, sa puissance et sa matière, elle est verticale, vigoureuse, elle est dressée pour moi et me donne de sa force. Et pour toi qui te montres si ému, je veux me montrer provocante, hardie, active. Je veux voir trembler cette tour, qu'elle vacille sous l'effet des séismes qui en agitent les fondations, mais qu'elle se redresse ensuite. Je la veux pour moi, à ma disposition, disponible à ce que je veux en faire, heureuse quoi que j'en fasse. Ceci me change tellement, à quarante ans je découvre que l'on peut vivre à deux. Ensemble.

Je suis rassurée, infiniment rassurée, je t'ai laissé approcher, je t'ai laissé me prendre, et en même temps je t'ai pris. Tu as pénétré en moi, et en même temps, exactement en même temps je t'ai saisi. Je te raconterai un jour ce que cette coïncidence me fait. Je te raconterai pourquoi de s'entresaisir ainsi me rassure, me libère, m'enchante, et ouvre pour moi une porte profonde que j'avais toujours connue fermée. Tu es venu sans t'en douter, tu as posé la main sur la poignée sans même remarquer le verrou, et cette porte s'est ouverte. Avec toi je l'ai franchie. Je ne savais pas qu'il était permis de l'ouvrir et de la franchir.

À peine étais-je née que l'on m'a fait gardienne de tout; gardienne du bonheur de ma mère, gardienne du nom de mon père, gardienne de l'honneur de mon mari, gardienne de l'esprit de mon fils, je veillais sur eux sans jamais fermer les yeux et mon corps je ne l'ai pas gardé, mon cœur je ne l'ai pas abrité, je les ai négligés, le soleil les a brûlés. Il est temps que je me garde à mon tour, et que l'on me garde, il est temps que mon esprit me serve à autre chose qu'à regarder ailleurs.

J'ai fait un rêve dans ce moment avant l'aube, cette heure favorable aux rêves où nous nous étions endormis; la rue bruissait de glissements d'automobiles, la pénombre de la chambre était rayée des lumières du dehors, les draps luisaient en une grande étendue sculptée de dunes immobiles, et nos respirations s'accordaient. C'était une nuit d'été, il faisait chaud, et dans cette odeur de sueur, de l'étendue de draps qui brillait comme une plaine de sable clair est montée une colonne de vapeur. C'était une exhalaison d'effluves qui tournoyait lentement, c'était le parfum de nos humeurs, de nos sécrétions intimes répandues ensemble, c'était notre odeur et cela montait comme une fumée, c'était l'encens de l'alliance de nos corps, le tourbillon de nos gestes qui réapparaissait dans mon sommeil comme une trombe de beauté qui avançait sur la plaine.

Cette trombe s'est approchée de moi, mais je n'avais aucune crainte, et sous la colonne de vapeur est apparu le palanquin du roi de justice. Il s'est approché à pas lents, je l'ai vu, je l'ai regardé ; devant moi passait le poème d'amour porté par ses serviteurs vigoureux, entouré de sa garde, l'élite de ses gens de guerre avec un glaive nu qui pend contre leur cuisse pour écarter les alarmes de la nuit, tous décidés à ce que le poème avance et que jamais il ne s'arrête. Le palanquin du roi de justice est passé dans sa splendeur, il était construit de bois précieux, doublé de coussins de soie, au milieu était un lutrin et il était là, rayonnant, ce livre ouvert, rayonnant sur le vélin blanc : le poème ! J'aurais aimé te réveiller pour te le crier : *Le roi de justice arrive ! Il vient pour moi !* Il est entouré par soixante braves vigoureux, soixante athlètes au corps nu qui lui sont un bouclier, qui sont sa force et les protecteurs de sa couronne. Et le rêve lui-même me disait : *Ton rêve est vrai. C'est tout le reste, tout ce que tu croyais être ta vie, qui est en vérité les émanations putrides du sommeil. Regarde passer le poème de justice, il est là ! il est pour toi ! C'est jour de joie, c'est soir de l'éveil, c'est maintenant la nuit de tes noces, qui te liera pour toujours à celui que tu aimes.*

Au matin, quand Noé est parti, je savais qu'il reviendrait.

CHAPITRE VI

Le lys et la pomme

Noé

Qu'avons-nous de commun ? Rien. Elle est avocate, je dessine ; elle est sérieuse, méthodique, travailleuse, impeccable et toujours pimpante, féminine et toujours exactement à l'heure ; je suis désordonné, distrait, obsédé par le travail en cours, habillé quand j'y pense, et mon agenda me sert à éviter l'heure et le jour pour manquer avec constance la plupart de mes rendez-vous.

Felice n'a pas de goût pour l'art, elle va à des vernissages quand on l'y invite, elle regarde poliment les œuvres accrochées et elle oublie l'une en regardant l'autre, elle y boit beaucoup de champagne et revient avec quelques cartes de visite qu'on lui a offertes en souriant et qu'elle jettera de retour chez elle sans les avoir regardées, effaçant du même coup les visages qui lui ont parlé ; je n'ai aucun goût pour le droit et ses chipotages, pour ces pratiques de la contrainte et de la mauvaise foi déguisées en rationalité faible. Le droit c'est fort utile, comme l'éponge Spontex et le déboucheur Destop, faut qu'y en ait, mais on n'est pas obligé d'aimer ça. Elle est juriste, qu'est-ce que c'est emmerdant; je suis artiste, qu'est-ce que c'est flou. Nous dissemblons.

Nous ne sommes pas notre genre, et nous prenons l'un pour l'autre toute la place; il n'est plus en nous aucune place, pas le moindre espace pour un autre ou une autre, qui en toute raison correspondrait mieux. Mais le barreau et la magistrature l'exaspèrent, le peuple des arts, pratiquants, commerçants ou critiques, m'insupporte, nous ne sommes pas chez nous en nos propres terres et nous rêvons d'ailleurs, sans jamais faire un pas pour nous en approcher, nous rêvons d'une rencontre avec un voyageur égaré qui nous raconterait comment est le monde là-bas, au-delà de la barrière, au-delà des haies qui délimitent le pré où nous broutons.

Et puis ce que je fais la touche, et ce qu'elle me raconte me passionne, ce qui ne veut pas dire que nous nous intéressons davantage au monde de l'autre. Il ne nous viendrait pas à l'idée d'en entendre parler par ailleurs ou d'en lire quelque chose par nous-mêmes, il nous suffit que l'autre en soit l'émissaire et cela nous comble. Je lui parle de l'aventure du dessin, de l'inquiétante beauté du papier blanc et de l'événement de la trace, de ce monde intense qui brusquement apparaît, elle me parle du peuple hagard des tribunaux, des récits décousus qu'elle entend et dont elle essaie d'extraire de bonnes raisons qui les sauveraient, et nous nous écoutons sans nous lasser. Nous bavardons, tout ce que nous savons de l'art et du droit c'est par le récit que l'autre nous en a fait, c'est comme si nous entretenions une relation épistolaire intense en vivant dans deux pays qui n'ont pas de frontière commune, et nos lettres, simplement nos lettres nous suffisent, nous n'envisageons aucun voyage, aucun tourisme, pas besoin d'y aller, pas envie, simplement nous aimons lire ces lettres et y répondre. L'autre est notre émissaire dans l'ailleurs, il nous le raconte et ce que nous entendons de sa bouche nous réjouit pleinement.

Qu'avons-nous de commun ? Rien d'autre que l'amour que nous nous portons, rien d'autre que notre regard réciproque, rien d'autre que le bonheur de notre différence et de notre opacité apprivoisée. Nous ne savons pas grand-chose de ce que fait l'autre, nous nous connaissons intimement, nous sommes troublés. C'est sans fin. Nous devenons l'un par l'autre et nous nous réjouissons de ce que nous ne possédons pas.

Nous sommes émerveillés de notre amour, émerveillés de nous-mêmes nous aimant face à face, miroir de miroir, reflet de reflet, sans plus savoir qui est l'original, sans plus savoir si *quelque chose* se reflète, sans nous poser ces questions. L'amour est une illusion ? Comme la musique, comme le cinéma, comme le roman. On n'en fait pas toute une histoire que ce soient des fictions. L'amour est une fiction vraie, qui se joue dans l'espace réel où évoluent nos corps.

Car la preuve c'est le corps. Voilà. Il n'y a que le corps qui ne mente pas, parce qu'il est plein, et qu'il n'est en lui pas assez de place pour la duplicité. Le langage ment comme il respire parce que les mots n'ont aucun coût de production, on en prononce tant qu'on veut, on peut en bourrer autant qu'on veut dans le moindre petit espace, on peut dire une chose et son contraire en même temps sans se préoccuper du vrai ni du faux car tous deux ont la même masse, ils se substituent très facilement l'un à l'autre. Le langage est si fluide que le vrai et le faux y sont mêlés, emmêlés, le vrai n'est qu'un moment transitoire de tous les faux possibles, et il faut beaucoup de calme et beaucoup de soin pour les démêler, beaucoup d'efforts pour produire le vrai de façon continue. Le langage possède une infinité de dimensions, légères comme des couches de papier de soie, quand on les feuillette on ne sait jamais sur quelle couche on est, et de toute façon les autres apparaissent en transparence. Le corps, lui, est pesant, opaque, il n'a qu'une seule dimension qui soit la sienne, la dimension unique de sa présence sur Terre. Le corps dit vrai parce qu'il est idiot, parce qu'il est ce qu'il est, pas plus ; et pas moins non plus. Sentir la sincérité de l'amour physique est beaucoup plus assuré que de démêler le vrai du faux dans l'emphase des déclarations d'amour. C'est toucher Felice, nous toucher, embrasser Felice, nous embrasser, jouir l'un de l'autre du même élan qui m'ont assuré de la présence de Felice et de l'existence réelle de notre amour. Ensuite, les paroles qu'elle m'adressait étaient lestées de tout le poids de son corps que je tenais dans mes bras, et alors je la croyais, je croyais tout ce qu'elle disait. La preuve, c'est le corps, et les mots qui en sortent n'en sont que l'image, une vapeur qui s'évanouit, presque rien.

Nous murmurons.
« Tu m'es apparue comme un lys.
— Tu étais un pommier chargé de fruits.
— Ta fleur est douce à mes lèvres.
— Ton fruit est doux à ma langue.
— J'ai soif de toi.
— Dévore-moi. »

Dans un murmure, tu veux que j'entre dans la maison des mères, dans l'antichambre cachée où l'on accueille les invités de marque, devant la chambre secrète de celles qui conçoivent. Mon sexe est entré dans le tien, dans cette serre tropicale tapissée d'un velours grenat. J'ai soupiré, et tu as soupiré comme moi.

Je te contemple alors que tu vibres sous mes caresses. Tu es sauvage, tu es une cavale sauvage liée par un harnais de cuir aux timons d'un char, tu galopes droit devant toi, tu es baignée d'écume et le char à ta suite rebondit, il touche à peine le sol, il manque de se disloquer à tous les chocs, il file sur la piste à une vitesse qui n'est pas faite pour lui, il laisse derrière lui un sillage de poussière. Des cavales, tu as l'affection orgueilleuse, tu as la retenue et l'inquiétude, et puis l'élan brusque pour t'emparer d'une caresse ; des cavales tu as la vivacité et la puissance d'entrain, la violence dans la croupe et la sauvagerie jamais soumise ; et puis le doux soupir soulagé quand tu t'ébroues contre mon épaule.

Felice

J'aime que tu me prennes, je tends ma croupe et la redresse pour que tu y prennes plaisir, et ce plaisir que tu prends, ce plaisir que je t'offre, il me foudroie de bonheur. Il y a des jouirs qui sont un bonheur, et d'autres pas du tout ; il y en a qui plombent, écrasent, plaquent au sol, et d'autres qui remplissent d'hélium, et tout avec toi va vers plus de légèreté. Jusque-là j'ai été rabaissée, maintenue à terre par un homme qui manipulait mon corps à mon insu et à mon détriment, qui épuisait mon corps sensible en le séparant soigneusement de toute conscience, de toute pensée, de toute image de moi ; j'étais entre ses mains, manipulée par sa seule volonté, j'étais patiente comme on le dit à l'hôpital, et aveugle à moi-même.

Je suis consciente, maintenant, pleinement consciente. Noé, je te sens qui t'approches et tu t'affoles et tu jouis, tu t'affaisses et je tombe avec toi, je suis accrochée à toi dans le grand bain bouillonnant de notre jouissance mutuelle, enlacés nous basculons dans la piscine à remous, nous rions sans bruit, notre peau est glissante, gainée de sueur, nous nous agitons frénétiquement sans respirer, et nous remontons enfin, nous inspirons très fort, une grande goulée d'air qui provoque autour de nous un tourbillon d'orage.

Viens en ce jardin que personne n'a jamais découvert et qui s'épanouit pour toi. Entre, il n'est qu'une seule porte que je viens t'ouvrir, approche-toi de moi, et mangeons ensemble les pommes que nous cueillons au pied de l'arbre qui les porte. Ma tête ruisselle d'une rosée d'amour, tu as passé un doigt par la fente de mon enclos, entre tes doigts a coulé un parfum de sel. Ma main gauche est sur ta tête et te guide, ma main droite glisse sur mon ventre, mes doigts entourent ta langue, tu bois une liqueur de grenade, épaisse, rouge, très odorante. Mon ventre frémit. Viens. Qu'il est doux le miel de ta langue ! Qu'elles sont belles nos étreintes ! Viens. Nous sommes nus, mais il n'est aucun vent froid, aucune crainte, rien qui nous empêche d'être ensemble : nous sommes en mon jardin clos dont toi seul connais la porte, dont moi seule ai la clé. J'étais floue, inquiète, indécise ; devant toi, jamais.

Je suis naïve, et troublée d'avoir fait entrer chez moi un homme qui n'est pas le mien, un homme si différent de tout ce que j'ai vécu que je vois avec surprise, comme une surimpression sur mes meubles, mes rideaux, de toute la déco dont j'ai soigneusement habillé cet appartement. Il détonne absolument dans ce bon goût dont j'ai fait preuve toutes ces années, mais c'est le décor qui cède, qui s'effondre, qui se liquéfie et disparaît, c'est Noé qui est vrai.

Nous nous voyons, puis nous ne nous voyons plus. J'ai un mari, un enfant, des dossiers. Quand je ne le vois pas je cours travailler et je dors, rien de plus. Je file tôt, j'accumule les astreintes, ne compte plus mes heures, sans lui les heures ne comptent pas. Quand je rentre, épuisée, je dors. Je dors mais mon cœur veille. Mon corps se repose, mes mains, mon sexe et ma langue, mon ventre et mes cuisses, tout repose et se refait, tout est rompu de fatigue et serré dans un fin réseau de courbatures heureuses.

Mon corps endormi t'attend, il se détend et se défroisse. Il dort, mais mon cœur veille.

Chez nous, c'est chacun sa chambre puisque mon mari trouve la promiscuité dégoûtante. Dans le lit où je dors seule, je te cherche, toi que mon cœur aime, je te cherche dans toute l'étendue de mon lit, je ne te trouve pas. Je ne dors pas, je me lève sans allumer, je me pose devant la fenêtre et je regarde la rue d'où tu es venu, où il n'est presque plus personne sauf des fêtards qui parlent haut, des couples qui rentrent d'un pas pressé serrés l'un contre l'autre, et des messieurs lents, les mains dans les poches, titubant. Je voudrais descendre, demander à chacun : « Avez-vous vu celui que mon cœur aime ? » Mais la feuille de verre qui me sépare de lui est infranchissable, je reste là. Une voiture de police passe au ralenti, trois hommes à l'intérieur. C'est la dernière présence dans la rue vide, à part celle du clochard qui dort sous l'auvent d'une boutique. Je me recouche en larmes, mon lit est froid, il me reste trois heures à dormir avant d'aller au tribunal.

Mon mari donne un dîner, pas grand monde, deux couples, le couple est l'unité de compte d'une présence aux dîners. Je prétexte ma fatigue, il insiste, ça me détendra. Je cède, toujours je cède, il est heureux de me montrer, de briller par son intérieur, sa femme et sa connaissance des vins.

J'étais fatiguée, un maquillage léger et un éclairage très doux tentaient de ne pas le montrer, mais j'étais indifférente, je voulais prononcer ton nom et dans le bavardage d'un dîner je n'en avais pas l'occasion.

J'annonçai que nous passions au dessert, je me levai et j'emportai les assiettes.

« Avez-vous vu celui que mon cœur aime ?, murmurai-je.

— Qu'est-ce que tu dis ? », s'exclama l'amie venue m'aider dans la cuisine. Je rougis.

« Oh, je parle toute seule, je suis fatiguée. »

Penchée sur le lave-vaisselle, je rangeai les assiettes en rang debout, je voulais prononcer ton nom tout haut : « Noé. » Il m'échappa.

« Qu'est-ce que tu dis encore ? »

Elle scruta mon visage effaré où errait sans but un sourire ravi, soupira, prit la bouteille de blanc entamée de l'apéritif, remplit deux verres et m'en tendit un. Nous entendions les autres dans le séjour qui bavardaient, la voix de mon mari surplombant toutes les autres. Elle leva son verre, sourit, et but.

« Fais attention à toi, quand même. Essaie de ne pas te trahir. »

Elle savait, elle avait l'habitude des couples, des femmes, de l'âge mûr, elle devinait tout. Je bus aussi, d'un trait. J'ai trop vécu en ne regardant pas, trop vécu en fermant les yeux, en acquiesçant, en souriant sans rien voir, si longtemps que je ne sais plus qui je suis, je ne sais plus ce que je pense et ce que je veux.

D'une façon confuse, enhardie par le vin, je lui parlai d'un cerf; et puis de montagnes franchies, d'un parfum d'herbes grillées et de pommes fraîches. Je parlai de brebis blanches qui vont par deux, chacune sa jumelle, aucune n'en est privée. Elle me regardait fixement. Elle ne comprenait pas, elle comprenait tout. Elle me resservit un verre avec un sourire amical.

« Alors, les filles, qu'est-ce que vous faites ? Des confidences ? », cria mon mari, hilare.

Avez-vous vu celui que mon cœur aime ? Quand il n'est pas là mon corps tremble.

J'étais la seule à savoir que la bonhomie sonore de mon mari n'est pas de la gentillesse. Nous sortîmes de la cuisine et reprîmes nos places, souriantes, avec un sourire autre que dans la cuisine.

Noé

Celle que je chéris est absente ; elle est chez elle, je suis chez moi, je tâtonne mon lit et elle n'est pas là, alors je descends dans les rues remplies de nuit orange, je vais dans les rues que l'on illumine jusqu'au matin, mais ce sont de pauvres défenses posées au long des rues pour pallier les terreurs de ces heures-là, l'abîme des heures où je suis sans toi ; les lampadaires ne trompent personne : c'est la nuit, et tu n'es pas là.

Alors je vais dans les rues aux lueurs maladives, je les parcours sans but, et avec un petit téléphone je capture des images que je t'envoie, je prends des photos de détails lumineux que je t'envoie, je prends des photos de fragments d'enseignes qui flottent dans la nuit colorée et je te les envoie, je vois peintes à la bombe sur un mur tes initiales, et je me demande pourquoi les murs aussi me parlent alors que tu n'es pas là, j'en capture l'image et je te l'envoie ; et oh merveille ! tu me réponds ! Tu es là sans être là, c'est le principe du téléphone, du téléamour, du télélien, le principe de la non-présence-présente-dans-la-main, qui excite et rend fou. J'ai bu et je m'agite, tu es là et pas là, j'en crie de fureur dans la rue, je demande à ceux que je croise *Où est mon amour ?*, on ne me répond pas. J'arrête la voiture de police qui rôde, je me penche à leur fenêtre, et je leur demande, aux gardiens de la nuit, où tu es. Comme ils ne savent pas de qui je parle, je le répète, je parle plus fort, j'insiste en me penchant davantage à travers la portière dont ils ont baissé la vitre, *Où est mon amour ?*, et mon haleine révèle ce que j'ai bu, je postillonne tout près de leur visage, et ils sortent de leur voiture, ils me saisissent et me plaquent sur le capot tiédi par le moteur qui ronronne depuis des heures, ils me tordent les bras et me fouillent. « Où est mon amour ? — Taisez-vous, monsieur ! » Je braille : « Où est mon amour ? — Tu fermes ta gueule maintenant ! — Oui monsieur, je ferme ma gueule. — Je dis : tu fermes ta gueule ! — Oui monsieur, c'est bien ce que je dis : je ferme ma gueule maintenant. — Mais tu la fermes ! — Oui monsieur… » Ils m'attachent brutalement les poignets dans le dos et je me tais, ils me redressent sans égards, et m'emmènent. Ils m'assoient sur le siège arrière, nous allons maintenant ensemble le long des rues où ne va plus grand monde tellement il est tard. Leur voiture glisse sans bruit, leur radio grésille, ils ne font plus attention à moi et bavardent de choses et d'autres, femmes, enfants, collègues. Je scrute les trottoirs, les façades, les rares fenêtres éclairées. Je prendrais bien encore des photos mais j'ai les poignets attachés dans le dos, je proteste, je dis que ce n'est pas légal, que ce n'est pas la procédure, et ils me disent tranquillement sans même se retourner, levant simplement les yeux sur le rétroviseur intérieur, ils me disent que la légalité ça serait que vous passiez la nuit au poste, monsieur, pour tapage et outrage, alcoolémie manifeste, alors si vous vous tenez tranquille on va en rester là, et on vous emmène faire un tour jusqu'à ce que vous vous calmiez. Ça va comme ça ? Je soupire et j'acquiesce, ils me gardent au chaud le temps que je me calme, nous faisons tranquillement un tour, sur le siège arrière je ne gêne plus personne. *Où est mon amour ?* Je tire sur mes liens, j'aimerais prendre des photos, dis-je, contentez-vous de regarder, répondent-ils, et je passe la nuit avec eux dans leur voiture. Au matin ils me laissent aller, je rentre à pied, tu n'es toujours pas là, et chez moi je m'endors comme une masse jusqu'au soir ; toujours sans toi.

Le Narrateur

Au fond, je ne suis pas tellement misanthrope, j'aime les gens quand je ne fais que les croiser. Je vais dans les rues, je marche, je les regarde et leur prête des histoires qui ne sont peut-être pas les leurs, encore que pourquoi pas, tout est possible dans une ville de plusieurs millions de destins entrecroisés, c'est la propriété des infinis : tout y a finalement lieu. J'en recueille le récit et à défaut je l'invente, mais je sais que quelque part, pas loin, c'est vrai.

J'appelai Noé pour que nous y allions ensemble, traîner dans les rues pendant qu'elles sont fraîches, voir des gens sans les aborder, rêver. J'essaie de le voir souvent, de ne pas le laisser seul, qu'il sorte, parce que je sais qu'il peut rester indéfiniment enfermé à remâcher sa peine, à s'enliser dans ses doutes.

« Viens, allons marcher, tu travailleras après. »

Nous pratiquons chacun le croquis, moi en quelques mots sur un carnet quadrillé, lui en quelques traits sur un carnet aux feuilles blanches, être ainsi ensemble, chacun à notre affaire sans échanger plus de trois mots, nous convient. Le bonheur des villes est de regarder vivre des gens que l'on ne connaît pas, cela suffit à notre besoin de sociabilité, qui est modeste.

Nous croisâmes un couple dans la quarantaine qui marchait d'un pas ferme mais lent, un pas moins distrait que celui de la plupart des passants, moins indifférent à ce qui les entourait, goûtant un par un chacun de leurs pas. Maigre et beau, le visage rêveur, l'homme tâtonnait le trottoir de sa canne blanche, et de l'autre main il tenait serrée par l'épaule une extraordinaire femme rousse toute en flamboiements. Une lumière de cuivre jaillissait de ses cheveux, elle rayonnait par son sourire heureux d'être si bien tenue, d'être lovée contre cet homme qu'elle accompagnait, dans la rue et sûrement aussi dans la vie, ils étaient si unis à cet instant que nous ne pouvions imaginer autre chose.

Ils avançaient en bavardant gaiement, lui tâtonnait le sol qu'il ne voyait pas, avançait en posant prudemment ses pieds, il lui parlait sans se tourner vers elle et elle riait de ce qu'il disait, elle en était plus lumineuse encore.

Je ralentis, posai ma main sur l'avant-bras de Noé.

« Oh ! Je voudrais lui dire…

— Lui dire quoi ?

— Que sa femme est d'une beauté extraordinaire.

— Tu crois qu'il ne le sait pas ?

— Il est aveugle… Il doit bien savoir qu'elle est douce, rayonnante, joyeuse, intelligente, chaleureuse, attentionnée, mais est-ce qu'il sait qu'elle est d'une beauté extraordinaire ? Il est le seul à ne pas le savoir. Il faut que quelqu'un le lui dise, je suis écrivain et je vais le lui dire, c'est mon rôle.

— Laisse, dit-il fermement, et je vis dans ses yeux une lueur d'étrange désarroi. Les couples sont un objet opaque, l'objet le plus opaque de l'univers. Ne va pas t'en mêler, tu gâcherais tout. »

Nous passâmes notre chemin, sauvés par cet éclair de lucidité. Ils allaient très bien sans moi, ces gens heureux, sans que j'aille les déranger pour dire à cet aveugle ce qu'il ne pouvait pas voir, mais qu'il imaginait très bien sans moi. Elle rayonnait tant qu'il n'y avait pas besoin d'yeux, pour peu que sa main soit posée sur elle. Nous rangeâmes nos carnets et continuâmes de nous promener sans plus nous soucier de rien.

Et voilà, c'est là ma vie, je suis le narrateur mais je ne croise que des aveugles qui n'ont besoin de rien, surtout pas de voir. Je suis une sorte de Tirésias à la renverse qui dit au peuple des aveugles des banalités de borgne qui n'ont d'intérêt pour personne. Mais je continue, je ne sais rien faire d'autre, je suis l'oracle de la mégapole perdu dans le fouillis des destins, je regarde les gens qui passent et je voudrais leur raconter leur propre histoire, les forcer à m'écouter. Je me retiens ; et puis j'écris.

CHAPITRE VII

Vénus archaïque

Noé

« Ce type est un salopard, lui dis-je.

— Ne dis pas ça », dit-elle avec une douceur surprenante. Je m'attendais à des larmes, ou à de la colère.

« Et pourquoi ?

— Je l'ai laissé faire… j'ai accepté, je suis restée.

— C'est de ta faute alors ?

— Non. Ce n'est pas une question de faute. Il a mis le doigt sur un petit endroit de moi que je ne connaissais pas, un petit endroit que je ne peux pas voir, comme s'il était dans mon dos entre mes épaules ; et cela lui a permis de me traiter comme ça, sans que je l'en empêche.

— C'est ce que je dis : un salopard.

— C'est complexe…

— Pour moi c'est simple, et définitif. »

Elle me serre tendrement la main, elle se blottit contre mon épaule, sa joue prend place dans ce creux du haut de la poitrine dont je ne sais pas s'il a un nom, un écrin à la forme de sa joue, qui depuis ma naissance attendait qu'elle vienne. Je suis son nid, elle est le mien, et ce contact entraîne aussitôt un sentiment de repos, de but atteint, de sécurité apaisante qui ne serait ni le sommeil ni la mort, plutôt l'ataraxie, la vie accomplie.

« J'y étais, dans cette vie, murmure-t-elle. J'y étais, quand même... même si c'était horrible, je ne peux pas la renier ni l'effacer. »

Nous avons tous les deux quitté la violence pour atteindre la douceur, qui n'est pourtant pas un lieu de tout repos. L'amour est une force puissante, plus puissante que nous, l'approcher c'est déjà trembler, et l'enfourcher c'est monter sur un taureau furieux; ou une jument hautaine. Un animal plus haut, plus fort et plus vif, qui court et qui rue pour se débarrasser de la pauvre conscience terrifiée accrochée à son large dos. Nous venons tous les deux d'une brutalité, nous l'avons quittée, nous faisons halte dans la douceur. Nous reprenons des forces.

Avant Felice? Je n'étais pas malheureux, je transformais tout en art. Pendant dix ans j'ai été abusé par mon sens esthétique, et par la croyance que le désir est souverain, que le plaisir emporte tout, qu'il a assez de poids pour creuser des ornières dans la mémoire, et que tout naturellement c'est par ce chemin que la vie s'engouffre. J'y croyais, contre toute raison, contre toute expérience, car pendant dix ans j'en ai eu le démenti quotidien. J'y croyais quand même, croire n'a besoin d'aucune preuve.

Je vivais avec une femme qui ne voulait pas de moi. C'est un grand mystère de l'âme que de s'obstiner dans ce qui ne convient pas. Nul ne se fait du mal volontairement? Tu parles. Le problème c'est qu'on est plusieurs à la maison, et on n'est jamais sûr de qui est aux commandes.

La femme avec qui je vivais avait un beau visage un peu sévère, un corps ferme et bien fait que l'on aurait pu dessiner comme exercice d'académie. Elle était visuellement impeccable mais je ne lui connaissais pas de sensualité, pas avec moi. Nous jouissions parfois l'un de l'autre, sans vraiment nous rapprocher. J'en étais troublé, sensuellement troublé, pas tant par sa beauté que par la distance qui me séparait de sa beauté, ce qui bien sûr est un mystère.

Elle n'habitait son beau corps que de temps en temps, il lui était comme une maison de campagne dans laquelle on va trois semaines par an, bien retapée, bien décorée, bien rangée, tout y est en ordre avec les meubles sous des housses et les volets clos. On y pense, on se réjouit d'y aller, mais on passe tout le séjour à nettoyer, ranger et tondre la pelouse, tout est toujours à recommencer, et on en repart sans regrets, espérant vaguement le prochain séjour où, peut-être... Nous avions une chambre avec un grand lit pour dormir ensemble mais elle servait plutôt à faire sécher le linge. Nous nous endormions dans des odeurs d'assouplissant et de lessive, c'était très propre, et nous ouvrions les yeux sur des alignements de culottes de coton, de chemises sur cintres, qui empêchaient de voir jusqu'à la fenêtre. Les catégories du propre et du sale avaient remplacé celles du désirable et du rejet. Nous vivions quand même.

J'aimais sa ligne, elle était toute en muscles, sans affaissements, j'aimais la pureté de ses gestes et la fermeté de sa peau, le dessinateur en moi savait apprécier la perfection, je la contemplais et l'admirais et aurais aimé la dessiner, à son indifférence aurait répondu la précision froide de la plume d'acier, nous aurions été sur le même plan. Je l'admirais en connaisseur et ne l'approchais pas. Je me demandais parfois, rarement, comme dans un éclair de lucidité, pourquoi rien n'arrivait jamais entre nous. Je la dessinais très peu. Nous vivions quand même. Elle jetait un regard rapide sur mes dessins, « Oui, oui, c'est bien », rarement plus, ce qui me troublait comme si j'avais devant moi un miroir qui ne me reflétais pas, embrassant avec précision tout le paysage, sauf moi, disparu comme disparaissent les vampires, exclus des reflets, réduits à eux-mêmes, exsangues et rêvant de sang.

Je ne savais pas pourquoi elle m'avait choisi, moi qui lui convenais si peu. Peut-être parce que j'étais différent de ce qui lui aurait plu, cela arrive que l'on veuille aérer en ouvrant grand les fenêtres, tout en se plaignant du froid qui rentre. Puisque nous vivions ensemble, elle s'inquiétait parfois que je ne gagne pas grand-chose, alors je faisais des métiers temporaires jusqu'à ce qu'elle ne s'inquiète plus, et je retournais dessiner. La convaincre que c'était un travail n'était pas une mince affaire, et l'état de mon compte en banque réfutait toute tentative d'argumentation. On aime à dire tout haut que le succès d'une vie n'est pas une question de chiffres, mais essayez donc d'en convaincre le conjoint qui partage votre vie : il le pensera abstraitement, l'affirmera dans un dîner amical, ou mieux encore dans un bar où l'on siffle des pintes, mais dans ce cas précis qui est le vôtre, il n'en croira brusquement pas un mot.

Pour lui plaire je faisais le joli cœur, le clown, l'amoureux transi, rien qui me corresponde, mais quand j'arrivais à lui arracher un sourire, quand son visage s'éclairait enfin, elle changeait du tout au tout. Chez cette femme, qui dix ans durant a été mienne sans que je la possède très souvent – les possessifs dont on use pour parler du conjugal avaient avec elle un sens absurde –, chez cette femme il n'y avait aucune continuité entre son indifférence et son sourire, le passage de l'une à l'autre tenait du miracle ou de la météorologie, un système imprévisible par nature. Quand elle m'adressait ce sourire c'était une brusque pluie rafraîchissante, j'aurais pu arracher mes vêtements et gambader nu devant elle, comme les gamins des Indes quand vient la mousson. Et puis elle se refermait, sa belle bouche sévère redevenait horizontale comme un claquement de porte. Je n'avais plus qu'à ramasser mes vêtements, confus de m'être laissé aller, honteux de ma nudité, bredouillant des excuses d'avoir cru… à quoi ? Les cactus survivent avec peu d'eau, chichement distribuée en quelques pluies annuelles ; je tenais avec ça.

C'est une grande humiliation de n'être pas désiré, c'est plus qu'une frustration, c'est un vacillement de l'être. C'est n'être rien, une statue d'argile qui attend qu'un souffle l'anime, un état de l'humanité avant d'avoir reçu un nom. Que fait l'argile privée de souffle ? Elle ne résiste pas aux intempéries, elle fond, elle plie, elle s'étale, plus rien ne la distingue de la boue. Si notre corps est seul, il n'est pas un corps ; si aucun corps ne nous approche, on n'a pas de corps ; si on ne s'approche d'aucun corps, on n'est pas un corps. Comment vivre alors ? On ne vit pas, on encombre, on occupe une chaise, on boit et on pisse, on vivote. Mais j'avais un sens esthétique qui me sauvait la vie : je dessinais.

Faute de visage où je puisse lire un reflet, je n'ai pas dessiné son visage ; faute de corps qui me permette d'habiter le mien, je n'ai pas dessiné son corps : j'ai dessiné les mouvements de l'âme comme ils sont représentés par la musique, des modulations d'intensité où personne ne pouvait se reconnaître, pas même moi. C'était abstrait, contemporain, brillant. Je dessinais de grandes compositions de masses colorées, de traits, de lettres ébauchées, des ensembles de signes très référencés. Un fond gris, des traces régulières de craie blanche, et c'était l'enfance studieuse qui cherche à comprendre ; des explosions de pastels rouges, c'était Achille et la colère ; des giclées d'aquarelles pourpres zébrées de noir, c'était le meurtre, l'attentat, l'état du monde. Je rusais avec de fines allusions culturelles, je remplissais des pages qui servaient d'argumentaire à quelques expositions, je m'acharnais à ce que ce soit brillant mais je ne travaillais pas pour l'histoire de l'art : je travaillais à recouvrir l'absence. Je travaillais jour après jour à mettre en scène l'absence pour ne pas en mourir, je travaillais intensément à jouir de l'absence, ce qui est très tordu ; et très excitant tout à la fois.

Mes dessins achevés, je les lui montrais avec un pincement au cœur, une giclée d'hélium qui fusait dans mon abdomen ; parfois elle ne réagissait pas et l'hélium était transmuté en plomb, parfois elle souriait et tout gonflé je m'envolais, j'en étais lavé de toute noirceur pendant une semaine. Cela pouvait durer longtemps cette machine désirante qui ne produisait rien, elle trouvait normal d'être désirée sans qu'elle-même n'éprouve de désir, elle faisait beaucoup de sport, elle était merveilleusement entretenue. Et moi, je dessinais.

Heureusement, nous n'avons jamais réussi à nous mettre d'accord pour avoir un enfant. Je voulais désirer, elle voulait être fécondée, je voulais la gratuité du désir et elle le sens de la vie, ça ne s'est jamais fait. Lorsque couchée sur le dos, la couette remontée jusqu'au menton, d'une voix sans timbre elle me signalait ses périodes favorables, cela me glaçait le ventre et je n'avais plus de sexe. Que je l'embrasse l'indifférait, tout autant que moi de la féconder, alors je retournais dessiner et elle faire du sport. Nous nous détestions sans bruit, nous dérivions sans savoir jusqu'où, nous restions ensemble parce que la situation n'était pas vraisemblable. Comment nous engueuler et partir en claquant la porte quand rien n'aurait pu servir de point d'appui ? Quand rien ne justifiait que l'on s'affronte ? Quand rien ?

Elle pouvait rester des jours en silence, allant et venant sans rien dire, évitant du regard l'espace que j'encombrais, et c'était comme si on avait tiré devant la fenêtre un rideau de pluie, la lumière s'atténuait, les couleurs ternissaient, et je n'en savais pas la fin. Le temps ne passait plus, car le désir est le moteur du temps, assis et morfondu je n'étais plus rien.

Mais de cette vie je transformais tout parce que l'art a cette vertu : il peut tout inverser à volonté, du pire il fait le meilleur, il inverse l'absence en une chaude présence permanente. L'art est le jardin derrière la maison, on y emmène les conflits pour leur faire prendre l'air, on y sort les affects pas très clairs et les sentiments troubles qui empuantissent l'intérieur, on les sort et on les retourne jusqu'à ne plus les reconnaître. On peut, dans ce jardin entouré de haies assez hautes pour ne pas laisser passer le regard, planter les angoisses à l'envers et les regarder pousser autrement, on peut dans le jardin de l'art transmuter de vives tensions en plaisirs violents, dont on oublie, quand on en jouit, que ce sont des malheurs renversés.

Cela pouvait durer longtemps, et avec elle cela dura longtemps. Elle ne voulait pas de moi, simplement du fait que j'étais un homme qui la voulait; je la désirais, simplement du fait qu'elle était une femme qui m'échappait. Remarquer mon désir bien visible et le repousser lui suffisait comme plaisir, la désirer et être repoussé suffisait au mien. Nos tensions emboîtées créaient une machine de Tinguely, un système de roues, de pistons et de jets d'eau, qui ressemble à un moteur à vapeur mais ne produit rien, se contente de grincer comme des ricanements et de mettre des éclaboussures partout. La machine tournait, ça pouvait durer; cela dura. Et finalement arriva la panne, car toute machine est un devenir-panne qui parvient un jour ou l'autre à son moment suprême.

Je préférerais ne pas m'en souvenir, parce que c'est ridicule et que je n'y ai rien compris. Des années se sont jouées en quelques instants, en un incident infime qui aurait dû ne pas exister. C'était une affaire de dessin, à l'époque je ramais, pas grand-monde ne voulait de ce que je faisais. Je gagnais ma vie en faisant du graphisme sur commande, j'avais du mal à montrer et vendre mes grands dessins si bien pensés ; c'était pour moi mystérieux que personne ne veuille de tant d'intelligence. Heureusement j'ai changé, maintenant je comprends que je faisais fausse route, je suis revenu au corps humain qui est le seul sujet d'intérêt, j'y suis revenu par Felice. À l'époque, coup de chance, un galeriste m'avait pressenti. J'avais préparé une exposition, choisi des dessins et rédigé un catalogue, puis il avait changé d'avis pour des raisons d'agenda avait-il dit, il avait exposé quelqu'un d'autre à ma place. Je m'étais réjoui du projet, puis renfermé après son échec.

Je le revis plusieurs mois après, par hasard, sur la terrasse d'un café où je dessinais les gens qui passaient, crayon gras, aquarelle rapide, c'est un exercice merveilleux où l'on ne pense rien car les mains s'en chargent. Je l'avais aperçu trois tables plus loin en discussion avec un artiste sans doute, ils n'avaient pas l'air d'accord, l'autre élevait la voix, lui restait calme, mais je ne lui avais adressé aucun signe, aucun regard, je dessinais. Et puis la lumière s'est voilée, j'ai relevé la tête, il était devant moi. Pinceau levé imprégné de sépia, j'aurais voulu l'écarter de mon soleil d'un claquement de langue, il me gênait. Mais il m'a parlé, j'ai dû plonger très loin au fond de moi pour réveiller ma conscience engourdie et comprendre ce qu'il disait.

« Nous avions un projet, je crois… » Il souriait.

« Oui.

— Si je me souviens bien c'était intéressant. Les choses sont un peu plus tranquilles pour moi en ce moment, j'ai un peu de temps : reprenons-le.

— Je ne pense pas.

— Quoi ?

— Le reprendre.

— Pourquoi ?

— Ce n'est plus d'actualité. »

J'ai fermé le carnet, rangé les crayons et le pinceau d'un seul geste, j'ai remis mes lunettes de soleil et je suis parti sans rien dire, le laissant debout devant ma table vide, estomaqué que l'on refuse ce dont tout le monde rêve dans notre milieu : être montré. En rentrant, j'étais léger, je m'étais prouvé que je ne pliais pas, j'ai connu quelques minutes de triomphe, le triomphe noir de replonger sciemment dans cet anonymat dont j'avais failli sortir, cela m'enivrait. « Il me prend, il me lâche, et puis il me reprend : alors non. » C'était encore meilleur que d'avoir tout vendu, il fallait que je le raconte. Quand je l'ai raconté à la femme qui partageait ma vie, il n'y eut dans son regard aucune admiration, simplement de la froideur. Je restai muet devant elle, cela dura jusqu'au malaise, j'attendais une réponse, une remarque, quelque chose, et agacée elle finit par me l'accorder :

« Ce genre de choses, tu ne peux pas te le permettre.

— C'est lui qui se permet ce qu'il ne devrait pas. »

Je bombais un peu le torse mais elle haussa les épaules, elle voulut passer à autre chose mais je restais à l'attendre, ma sidération était comme une demande muette, une plainte silencieuse, exaspérante. Elle répondit enfin, martelant les syllabes comme autant de petites gifles.

« Ce n'est pas avec le talent que tu as que tu peux te payer ce genre de luxe.

— Le talent que j'ai ?

— Noé… tu griffonnes, tu gribouilles, tu essaies de vendre, c'est très bien… Si ça ne se vend pas, tant pis, mais fais au moins ce qu'il faut pour vendre.

— Tu n'aimes pas ce que je fais… »

Cela m'avait échappé, profitant de ma bouche entrouverte par la surprise les mots étaient passés mais j'aurais voulu dire autre chose. J'aurais voulu demander si elle trouvait de la valeur à mes dessins, au moins un peu, j'aurais voulu que ce soit au moins une question mais l'intonation a dérapé et c'est cela qui est sorti, une affirmation d'enfant inquiet persuadé de n'être pas aimé. Elle soupira, c'était sa réponse.

« Ce que je fais ne t'intéresse pas vraiment… », continuai-je.

Soupir encore, mais à peine, sa réserve de soupirs déjà épuisée.

« Au fond, je ne t'intéresse pas. »

Rien. Cette fois plus rien. C'était une escalade de l'indifférence, parvenue à son sommet.

« Tu préférerais qu'on se sépare ?…

— Pourquoi pas ? »

Sa réponse fut immédiate, l'expression m'empala d'une barre à mine chauffée au rouge, tous mes organes traversés d'un puissant courant électrique qui désarticula mon corps instantanément ; j'étais mort debout, une sueur glacée recouvrait mon dos. Elle me regardait avec ce silence d'espace interstellaire où la vie n'existe pas, il aurait suffit d'un sourire, un sourire léger à ce moment-là et j'aurais ressuscité, mais il ne vint pas, il ne vint jamais. Jamais ils ne venaient quand je les espérais, ses sourires comme des portes enfin ouvertes, ils n'étaient qu'inattendus, ma vie était une loterie où l'espérance de gain était infime, mais à laquelle je m'obstinais à jouer, parce que l'espérance est une jouissance et la perte une passion.

Cela s'est brisé sur deux mots lancés comme un réflexe, une repartie ou une provocation, tout s'est enchaîné, nous avons parlé à froid, nous nous sommes demandé explicitement pourquoi rester ensemble, et nous n'avons pas su répondre. Le réaliser après dix ans est étrange, mais c'est une classique histoire d'équilibre : quand elle s'arrête la bicyclette tombe. Nous nous sommes arrêtés pour une bêtise, nous nous sommes regardés avec incrédulité, nous sommes tombés. J'en ai été extrêmement malheureux, triste et vidé, mais je transformais tout en art.

Quelques semaines après nous étions chacun de notre côté, elle sans affects et moi ravagé. Je ne comprenais pas ce qui s'était passé, je ne comprenais pas cet accident qui avait mis fin à une vie que nous vivions quand même. À moins que tout ait été déjà là, que notre histoire dès le début contienne en réserve tout ce détachement, et qu'il se soit enfin manifesté parce qu'il avait été question de dessin, parce qu'il y avait eu un doute quant à l'existence de mes dessins. Sans doute pouvais-je tout supporter s'il s'agissait de moi, de ma pauvre personne que j'estimais si peu, que je connaissais à peine, mais pas s'il s'agissait du dessin, qui est ma vie plus que ma vie. Le dessin seul me maintenait en vie, mais c'était ce que je n'osais pas savoir.

J'ai repris une vie d'adolescent comme le font les hommes mûrs après une séparation, j'allais dans des bars ouverts tard où l'on rencontre des gens, dans des fêtes où l'on m'invitait, dans tout ce qui réunit les artistes qui veulent mener une vie ardente en dehors de leur travail, parce que leur travail c'est seul, le nez sur l'écran de papier.

Je cherchais des femmes, pas une en particulier mais bien ce pluriel indéfini. Cela allait son petit train, je rencontrais, nous couchions, j'oubliais les noms et on oubliait le mien, jusqu'à ce que je la rencontre, Elle.

Elle m'aborda pour une raison pratique, elle demanda que je me pousse pour qu'elle passe, parce que mamelue et fessue comme elle l'était, il lui fallait de l'espace. C'était une géante très souriante à la chevelure de star de la télévision, de longues mèches brushées descendant le long de son dos, vêtue en tout et pour tout d'une combinaison de toile militaire serrée à la taille, dont la fermeture à glissière un peu baissée laissait entrevoir une poitrine formidable. Elle avait besoin d'un peu de place pour se glisser entre les tabourets de bar, elle ne pouvait y aller de profil puisque son cul merveilleusement rebondi tenait autant d'espace que ses hanches. Elle était une déesse paléolithique au beau visage pétillant, aux appas surdimensionnés mais parfaitement dessinés. L'aimer serait une expérience chamanique d'engloutissement fatal, me dis-je sans le formuler aussi clairement.

Je me poussai, elle retroussa ses lèvres rouges en un très large sourire, ses dents très blanches entrouvertes prêtes à se refermer sur moi. Elle se faufila en ondulant des hanches, s'assit et s'accouda au bar. Je la regardai fixement, toutes mes capacités d'attention ronflant comme des hélices, alimentées d'une stupéfaction sans fin. Ses coudes fichés dans le bois verni elle buvait un cocktail de fille, elle faisait rouler entre ses doigts fins la longue paille noire plantée dans les couches successives de couleurs liquides. Elle me faisait un extraordinaire effet érotique, parce qu'elle portait une bague.

Sur sa main droite qui dansait avec grâce autour de la paille, elle portait à l'annulaire deux bagues d'argent accolées qui formaient un objet complexe et probablement lourd, qui brillait de reflets rouges verts et changeants, en fonction des éclairages mouvants qui illuminaient le bar. Ses ongles en amande n'étaient pas peints mais brillaient, ses doigts fins prenaient des postures indifférentes et lascives, et la compacité de sa bague attirait tout mon désir. Elle avait un corps de déesse de la fertilité mais toute mon attention se concentrait sur les quinze grammes d'argent qui lévitaient sans heurt au-dessus de la planche de bois où s'alignaient les verres. Dans son ampleur physique que j'avais du mal à embrasser d'un seul regard, quelque chose d'opaque et de précis m'attirait, c'était l'extrémité du fil qui fait saillie hors de la pelote, et si on le trouve, si on le tient, tout le fil vient.

Sous hypnose, je me levai et m'approchai d'elle, je l'abordai avec un pouvoir de persuasion irrésistible, avec la tranquille puissance d'un iceberg qui dérive vers le paquebot jusqu'au choc, j'avais dans le regard une lueur éperdue qui lui disait que rien n'était plus important à cet instant que de m'approcher d'elle, c'était là l'aspiration unique de toute mon âme, la justification de toute ma vie, m'approcher d'elle dont j'ignorerai toujours le nom, peut-être me l'a-t-elle murmuré au cours de cette soirée ou au cœur de la nuit qui a suivi, peut-être l'ai-je mal compris, mais nous n'étions pas là pour des présentations. Jamais je ne lui dis ce qui m'avait attiré chez elle. Elle m'offrit son corps de géante, elle engloutit mon corps de cycliste maigre et ardent, et toute la nuit je fus aimanté par sa bague, à la toucher, à la regarder, à y penser. Et y penser était plus intense que d'en approcher mes lèvres pour y déposer un baiser. Posée comme une couronne sur sa main caressante, ce bijou renfermait, enfoui dans un peu de métal ouvragé, le secret mystérieux de l'origine du désir. Enivré par son corps débordant, si vaste que je ne pouvais l'étreindre, je savais être descendu au plus profond, au plus près de l'origine du monde, et je savais avoir buté sur son dernier mystère, enfermé dans un bijou opaque.

Elle n'était pas de celles qui s'attardent, plutôt de celles qui prennent et qui filent, elle s'en alla avant que la nuit ne s'éclaircisse. Elle me sourit avec gentillesse, m'embrassa amicalement en m'effleurant les lèvres, et repartit sans me laisser de nom, de téléphone, d'adresse, rien pour la retrouver, elle ne souhaitait pas s'encombrer.

Les yeux ouverts jusqu'au matin, allongé sur le dos dans mes draps imprégnés d'odeurs fortes, je pensais que jamais rien ne me donnerait davantage de plaisir que ce qui venait d'avoir lieu. Apparition inespérée, admiration transie, jouissance, rien n'arriverait plus qui soit à la hauteur d'aimer une déesse au corps d'idole, à la puissance érotique renfermée dans un petit signe brillant.

Renonçant au sommeil, j'installai des écouteurs dans mes oreilles, je feuilletai l'écran tactile et me mis à écouter *This One's for Blanton !*, Duke Ellington et Ray Brown en duo velouté, le piano vif et cristallin face à la contrebasse rebondie dont le son résonne, recule et se perd en ses profondeurs infinies, l'accord de la dentelle métallique souple et acérée et de la grotte sous-marine emplie d'eau sombre. C'était bien d'écouter ça la nuit, en pensant à ma géante que je ne verrais plus, c'était un portrait de nous enflammés l'un par l'autre et qui s'achevait à la fin du morceau, quelques minutes de bonheur distillé et raffiné, à écouter sans limite.

J'entendais tout près de mon tympan les doigts de Duke sur les touches, les doigts de Ray sur les cordes, je les écoutais se parler, c'étaient eux, eux seuls en cet instant même qui jouaient en présence l'un de l'autre, l'un pour l'autre. Le jazz fait ça : des gens jouent avec d'autres, parce que c'est lui, parce que c'est moi, et vice versa. Ce que j'aime dans le jazz, c'est que quelqu'un joue de tout son corps, à l'instant de sa présence, en se confrontant à la masse de bois ou de cuivre de son instrument. Et je me suis dit que je voulais jouer ainsi, c'est apparu sans que je sache d'où cela venait, sans jamais y avoir pensé auparavant, je me suis dit que je n'avais plus envie de chercher des femmes comme jusque-là je l'avais fait, puisque j'avais trouvé tout ce que je pouvais espérer trouver en restant dans l'anonymat. Je me suis dit, l'expression en était étrangement claire, que j'avais envie de faire l'amour avec quelqu'un.

Non pas que cette jeune femme à la belle bague qui avait accepté de partager mes draps pendant quelques heures ne fût personne, mais elle était déjà partie sans souhaiter me revoir, je ne la connaissais déjà plus, si tant est que j'aie pu la connaître lors des moments si brefs où nous nous embrassions. À ce moment où je venais d'atteindre pleine satisfaction, en regardant mon plafond où se dessinaient les pâles lueurs du jour qui se levait, je me dis que je ne voulais pas satisfaire mon désir mais le partager ; avec quelqu'un, précisément quelqu'un. J'étais prêt, je ne voulais plus la dépense mais l'inépuisable. Mais pour l'instant, je ne voyais vraiment pas qui.

Le Narrateur

Parmi les millions de personnes qui encombrent sans nécessité cette trop grande ville, ce que je ne supporte pas ce sont les messieurs de mon âge. Et surtout s'ils sont beaux, sveltes, habilement grisonnants aux tempes, je ne supporte pas les quinquagénaires bien conservés, visiblement riches et cultivés, parfois très riches et peu cultivés, parfois cultivés et moins riches, mais c'est une moyenne, l'un compensant l'autre dans une excellence globale, je ne les supporte pas quand je les croise dans les rues du centre-ville, ce n'est pas de la jalousie, c'est que je leur trouve l'air hostile.

Ils marchent d'un pas souple en toisant le reste du monde, évitant tout contact physique, visuel ou verbal, comme si de se laisser toucher les aurait salis, décoiffés, rabaissés, comme s'ils pouvaient être contaminés par la médiocrité ambiante, comme si tout contact avec le vulgum pecus des plus jeunes sans réussite, ou de leurs contemporains déjà décatis, ferait s'effondrer ce bel échafaudage tendu de toiles peintes qu'ils ont mis une vie à construire. La sécession des riches parce qu'ils n'ont plus besoin de personne, cette affreuse faille qui déchire le tissu social et nous engloutit, elle se voit dans le regard buté des messieurs de mon âge. Les quinquagénaires au ventre plat, au pantalon de toile couleur pastel, aux lunettes de designer, ces messieurs riches et bien conservés, ils ont l'air hostile, dans la rue tout les exaspère, ils marchent sans se mêler, l'œil furieux et les coins de la bouche abaissés par un rictus de mépris, et quand mes yeux croisent les leurs, ils me foudroient d'une brève colère toujours prête. J'espère avoir mieux raté ma vie que ça, pour ne pas ressembler à ces messieurs qui ne souhaitent rien d'autre que je disparaisse, que tous les autres disparaissent, et qu'ils vivent enfin dans un village à leur image.

Serait-ce un effet de miroir que je ne supporte pas ? Rien à craindre, je ne leur ressemble pas : je n'ai pas leur sveltesse ni leur élégance, ma coupe de cheveux n'est pas une coupe mais la façon dont ils poussent, je m'habille sans soin ni recherche.

Rien ne me protège, rien ne me met à distance, le monde m'envahit malgré mes efforts ; alors je veux bien regarder les gens, je veux bien m'en approcher et les entendre.

L'âge venant, je n'ai pas su maîtriser mon poids, ma bedaine déplaît. Personne ne m'embrassera jamais plus. On me laissera peut-être baiser, bouche fermée et le visage détourné si je paye d'une façon ou d'une autre, mais m'embrasser sur la bouche, les yeux dans les yeux, par simple envie, par désir, toucher ma langue de la langue par pur bonheur, jamais plus. Je suis cinglant et malheureux parce que je n'ai jamais aimé longtemps, il est autour de moi un mur infranchissable. Des femmes passent, illuminées d'une aura incomparable, et ne s'arrêtent pas. Je ne comprends pas. Sans amour je ne comprends pas. J'écris pour comprendre.

À l'âge de quarante-cinq ans, je l'ai noté, j'ai cessé tout commerce avec le beau sexe, dont l'idée avait pourtant occupé mes jours et mes nuits pendant toutes les années qui précédaient, sauf peut-être les dix premières, encore que je n'en sois même pas sûr. Quarante-cinq ans, c'est la montée du soir, la lumière n'est déjà plus la même, on allume les lampadaires et glissent sur le sol de lourdes brumes de mélancolie. On se demande ce qu'on doit faire, on sait qu'il n'y a rien à faire, on fait. On ne va pas rester au lit. Alors j'écris, l'histoire des gens, l'histoire des autres, l'histoire de ce que j'aurais pu être, et ils sont si nombreux ceux dont je peux raconter l'histoire que cela me console de n'être presque plus.

Je ne suis pas seul en ce domaine délicat du renoncement, Freud ce grand ancêtre assura d'avoir cessé ce commerce avec les dames au même âge que moi, et occupa les trente-huit années restantes de sa vie à penser, écrire, écouter les turpitudes des autres et s'en régaler, ce qui le consolait sans doute de ne plus rien vivre, et à fumer le cigare en permanence. Vingt par jour disait-il, soit un toutes les quarante minutes, jusqu'à mourir d'un cancer de la mâchoire.

Le mitan de la quarantaine est comme un gué, le ruisseau au fond du vallon qui marque l'inversion de la pente, c'est pour tout le monde l'âge de la mélancolie, même si certains font semblant de poursuivre la même vie qu'avant, en portant des pantalons de couleur pastel et en foudroyant les passants du regard. Noé continue avec Felice, Felice continue avec Noé, et cela n'a rien de mélancolique, rien de forcé, rien de faux. Cela m'intrigue, je veux les entendre.

Felice

Quand je mets ma main sur son sexe, il vibre. Pas son sexe, lui tout entier. Je sens une secousse, un profond frisson qui jaillit de son ventre, un soupir aussi. Cela m'émeut qu'il me sente. Cela m'émeut infiniment d'émouvoir un homme d'un simple geste. Cela m'émeut qu'il veuille bien être touché. J'ai tant craint de n'être pas la bonne personne, pas visible, ne rien provoquer d'autre qu'une moue approximative sans rien de personnel, un regard comptable qui évalue les signes de féminité que j'arbore sans s'arrêter sur ce qui n'en est pas, alors quand mes mains, mes simples mains posées simplement sur lui, lui donnent ce frisson avant même toute caresse, eh bien cela me fait revivre, cela me guérit d'années d'immobilité intérieure, cela me remplit d'amour.

J'ai été la proie d'une araignée, de celles qui piquent d'un venin paralysant et emballent leur proie sidérée d'un cocon de soie bien serré, une araignée qui déguste à petites gorgées satisfaites le produit de sa chasse peu à peu liquéfié par le poison ; c'est ce que j'ai été, Noé a tranché le cocon, j'en sors métamorphosée, j'apprends les gestes qu'il est possible d'avoir quand on n'est plus paralysée, quand on n'est plus ligotée, et quand celui que l'on tient dans ses bras ne veut plus simplement vous dévorer mais être dévoré en même temps, cette fois comme un jeu, un jeu mutuel qui a pour but d'augmenter l'autre.

Alors parfois il prend ma main et la met sur son sexe qui durcit et il me murmure : « Ça, simplement ça me suffit, que ta main soit là, et que je redécouvre que ça existe, que ce n'est pas un rêve », et moi aussi, je m'assure par ce simple contact qui ne cherche rien d'autre que lui-même, que ce n'est pas un rêve.

On est assuré de notre existence quand on affecte et que l'on est affecté. Avec lui, je suis née.

CHAPITRE VIII

Un combat de bites

Noé

Je l'ai vu venir, le mari avec sa tête impeccable. Felice m'avait parlé de lui, et je l'ai reconnu à sa tête de Morlock, cette créature humaine dégradée que H. G. Wells a inventée dans *La machine à explorer le temps*. C'était tout lui cette fin de race, ces hommes rendus pâlichons et falots par des siècles de vie dans des grottes sans soleil, à guetter ceux qui vivent au-dessus, à la lumière, les vigoureux qu'ils capturent et mangent car ce sont leurs proies. Il avait le teint pâle et le pas hésitant, il portait de ces horribles lunettes à verres polarisants qui voilent les yeux d'une ombre jaunâtre, donnant à son regard un ton malsain. Avec ce genre de verres, les yeux ont l'air malades, baignés d'une humeur qui a la couleur du pus. Il poussa la porte de la galerie, resta immobile sur le seuil, il regarda autour de lui. De le voir ainsi je pressentis un sale coup, je me dis qu'il ne venait pas jusqu'ici pour admirer mes œuvres. Il ne me regarda pas, et je voyais dans la torsion de son corps qu'il me tournait expressément le dos. J'étais assis au bureau de Karim, à l'écart, je gardais la galerie pendant qu'il allait faire une course, faire la sieste, voir sa maîtresse, je n'en sais rien, ça durait longtemps, c'était souvent, et j'avais apporté un bloc de papier très granuleux qui absorbait tout ce qu'on lui donnait. J'y appliquais un pigment pur en tapotant à petites touches avec une grosse brosse, c'était une poussière fine d'un bleu intense dont j'aimais la lumière poudreuse qu'il donnait à sec, alors j'en avais ouvert un pot pour essayer, j'y prenais de petites quantités, le posais sur le papier épais, et en frottant il l'illuminait. Je me disais qu'avec cette poudre merveilleuse je pouvais remplacer les réserves de papier blanc par des plages de lumière bleue, remplacer l'abstraction par un morceau de ciel.

Il s'approcha de trop près des dessins exposés, il portait un costume blanc impeccable, sans tache ni froissure, comme s'il l'avait sorti d'une housse et enfilé avant d'entrer. Il gardait ses lunettes malsaines à l'intérieur, les spots sûrement, il scruta chaque dessin avec une intensité qui ne me flattait pas, que je trouvais désagréable, c'était intuitif mais j'envisageai de l'interpeller. Et puis de sa poche intérieure il sortit un stylo, un gros stylographe de bakélite noire dont je reconnus le logo en forme d'étoile blanche posé sur la pointe, un luxueux Montblanc qu'il décapuchonna, dévissa, et dont il comprima la pompe. Un jet d'encre un peu mou, bleu ciel de collégienne, vint s'écraser sur mon dessin.

« Hé ! » Il se retourna, il fit un pas de côté, et en me regardant cette fois droit dans les yeux il fit jaillir un deuxième petit jet d'encre sur un deuxième dessin. Il eut un rictus de défi, il attendait, son gros stylo à la main. Je pris le pot de pigment, me précipitai sur lui et le renversai sur son costume blanc, le couvrant de petites tapes à travers le nuage bleu pour que cela pénètre bien. Il poussa un cri suraigu. « Mais c'est dégueulasse ! » Il battit en retraite, en faisant de grands moulinets de ses bras pour me tenir à distance, tapotements et moulinets emmêlés nous progressions ensemble, il franchit la porte à reculons, fit quelques pas sur le trottoir, et me foudroya encore du regard, ce qui n'eut pas d'effet à cause de ses verres couleur de pipi. Il cria d'une voix éraillée, la voix d'un homme qui n'a pas l'habitude de crier : « Felice est ma femme, connard ! » Il fila.

Karim revint à ce moment-là, il allait sur le trottoir d'un pas souple avec son allure de star de cinéma, sans hâte, et il vit jaillir de sa galerie un type en costume blanc poudré de bleu lumineux, qui s'éloigna en vitupérant, et moi sur le seuil le regardant s'éloigner.

« C'est qui, ce Schtroumpf ?

— Le mari de ma maîtresse. »

Ahuri il me regarda, et aussi la silhouette surmontée d'un petit nuage d'azur qui disparut à l'angle de la rue, il éclata de rire. « Oh ? — Oui ! » Et je ne pus m'empêcher d'en rire aussi, toute tension retombée.

Les deux dessins tachés, on put les sauver. L'un en le raccourcissant de quelques centimètres, et l'autre en renforçant le halo d'encre bleue par le pigment qui me restait dans la boîte renversée. Un dessin, c'est un équilibre ; si on le déséquilibre, on le rééquilibre.

« Il a fait ça ?, s'effraya Felice. C'est affreux…

— Je comprends assez bien son geste…

— Tu vas faire quoi ?

— T'aimer. Pourquoi ? »

J'ai pris rendez-vous sous un nom de fantaisie, je suis arrivé un peu en avance, je me suis mis dans la salle d'attente où déjà plusieurs personnes patientaient dans un silence d'église, tête baissée, les mains accrochées l'une à l'autre pour qu'elles ne tremblent pas. Cela sentait l'encaustique et la poussière, et cette odeur de peau surie des vieux malades, ou des vieux tout court, ou des malades tout court, le parfum de quelque chose qui ne va pas, ou même pire. Il vint, il appela une dame ronde et mûre qui répondit à son nom d'une toute petite voix, se leva et le suivit. Il n'avait regardé qu'elle, j'étais tête baissée dans l'ombre car tout était mal éclairé. Il revint trois fois, trois fois la même chose, un nom, une réponse d'une voix aigrelette et mal assurée, et on lui emboîtait le pas en trottinant. D'autres personnes arrivaient, occupaient les sièges encore chauds, dans l'ombre tiédie à odeur de cire tout le monde se taisait.

« Monsieur Athanasius ? » Je me suis levé, j'ai vu dans ses yeux l'étonnement, la peur, l'hésitation, puis ils se sont refermés et durcis. « Suivez-moi. » Dans son bureau il s'est hâtivement réfugié sur son énorme fauteuil dont l'appuitête le grandissait d'une auréole de cuir noir, lisse et glacée. L'ambiance était ici plus oppressante encore que dans la salle d'attente, c'était encore moins éclairé, plus chargé encore de boiseries cirées, avec de la moquette par terre et, chose horrible, également sur les murs, pour amortir et annuler tout ce qui pourrait se passer là. Il n'y avait d'autre éclairage que sa lampe de bureau couverte d'un abat-jour d'opaline, on devinait à peine les murs qui ne reflétaient rien, on était dans une grotte sans humidité ni calcite, un souterrain de velours. Il me regardait à l'abri de son grand bureau couvert de cuir vert, orné en tout et pour tout d'un stylo Montblanc dont je voyais le logo dirigé vers moi comme le détonateur qui coiffe l'ogive d'un obus.

« Mais asseyez-vous ! », dit-il d'un ton agacé. Réfugié en ses lieux, il reprenait de l'assurance. Je me suis dirigé vers la porte. « Mais restez ! » Il y avait quatre interrupteurs alignés contre le chambranle, je les allumai tous et la lumière jaillit, un puissant halogène posé dans un coin, une rangée de spots fixés au mur, et un gros néon de plafond qui clignota, hésita, et baigna toute la pièce d'une brutale lueur blanche de cuisine collective. Il hurla. « Mais éteignez ça ! », gémissait-il. Ses lunettes s'étaient aussitôt voilées à la lumière trop forte, elles donnaient à ses yeux affolés cette teinte jaune qu'il est désagréable de croiser du regard. Je revins m'asseoir, il n'osa pas contourner son bureau pour aller éteindre, il lui aurait fallu passer devant moi, à distance de mes bras. Cela n'avait plus du tout l'air d'une grotte, de la pièce d'exposition d'un magasin de meubles peut-être.

« Qu'est-ce que vous voulez ?

— Vous voir.

— Et moi, je ne veux pas vous voir. Arrêtez de tourner autour de ma femme.

— Je ne tourne pas, je l'emmène. Loin de vous.

— Je ne le permettrai pas !

— Demandez-lui son avis.

— Vous êtes un vautour, à tourner autour des femmes des autres.

— Pas des femmes, monsieur. Ni même de la vôtre. Felice, simplement. À nos âges, nous avons tous des histoires, personne n'est libre, personne n'est vierge.

— Elle est à moi !

— Elle appartient surtout à elle-même.

— Qu'allez-vous faire ?

— Si vous revenez m'emmerder à la galerie, vous casser la gueule. Sinon, me lever et partir. Et ensuite attendre que Felice décide de venir.

— Elle ne décidera rien ! Elle ne décide jamais rien. »

Je me suis levé. À côté de la porte, j'ai éteint les quatre interrupteurs, sa lampe de chevet comprise, plongeant la pièce dans le noir. « Bonne nuit », dis-je.

Dehors, j'allais mieux, j'avais agi, je n'avais frappé personne et j'en concevais un double soulagement. Je riais tout seul, cognant tout en marchant mon poing dans la paume de l'autre main, d'un côté puis de l'autre, plein d'énergie physique, picturale, sexuelle, toute une vie s'ouvrait devant moi, et j'y entrai d'un bon pas.

Felice

Ils se sont affrontés pour moi comme des gosses, Noé pour m'emporter, mon mari pour me retenir, tous les deux plus attachés à humilier l'autre qu'à me demander mon avis. Mais d'avis, je n'en avais guère, ou alors j'en avais trop, partir était difficile, rester était difficile, chaque choix constituait un courage ou une lâcheté selon la façon dont on racontait l'histoire. Je ne savais rien, rien que d'être foudroyée d'amour pour Noé, d'être vivante d'une façon neuve, vivante seulement dans ses bras et sous ses yeux, et aussi sidérée d'une terreur très profonde par le regard de mon mari. Un peu de gentillesse de sa part, un geste doux, son bras abandonné autour de mon épaule, un rien m'aurait fait plier, j'attendais ce geste avec espoir et terreur, il n'est jamais venu. Il ne sait sans doute pas que cela existe, il ne voit dans la tendresse que des gestes inaboutis, de la mollesse, de la soumission. Il est venu, il m'a prise, il m'a dit d'une voix de gorge : « Je vais m'occuper de ta chatte », et je ne pouvais que gémir, et suinter. Le mot est moche et il n'en est pas d'autre, mes fluides s'écoulaient hors de moi sans rythme et sans fin, des larmes coulaient sans sanglots autour de mes yeux, de la cyprine humectait l'intérieur de mes cuisses, aucun mot distinct ne sortait de mes lèvres mais une salive incompréhensible crépitant de petites bulles, une sueur malsaine s'écoulait sur mon front, mon dos, mon corps dénudé pantelait couché sur le dos, et lui me besognait, pantalon baissé, sa cravate oscillant à chacun de ses coups de hanches.

Noé est venu me chercher dans la nuit.

Mon mari dormait, il me croyait endormie ; je m'étais en effet endormie profondément après qu'il m'eut fait ce qu'il m'avait fait, après qu'il m'eut délestée de tous mes liquides, j'étais une outre vide incapable de mouvement, j'avais fermé les yeux et avais sombré dans l'inconscience comme on s'évanouit, j'avais éteint ma conscience comme on presse l'interrupteur. Je me suis réveillée au milieu de la nuit, il était retourné dans sa chambre, je l'entendais ronfler. J'ai appelé Noé : « Viens. » Je lui ai donné le code de la porte d'allée, j'ai ouvert la porte d'entrée, j'étais debout, immobile et tremblante dans le couloir, un petit sac bourré de trois affaires posé à mes pieds. « Viens… », dit-il. Je tremblais. « Viens… », répéta-t-il. Alors il me prit dans ses bras, il m'a soulevée, et en me portant ainsi nous avons franchi le seuil de la maison de mon mari. « Tu as une douche chez toi ? », demandai-je. Il m'y a emmenée. J'ai vidé toute son eau chaude, j'ai continué à l'eau froide, et grelottante, bleue, la peau des doigts plissée, je me suis frottée, coiffée, enroulée dans une serviette, je suis sortie de la salle de bain. Il m'attendait assis dans un fauteuil face à la porte fermée qu'il n'avait pas quittée des yeux pendant tout ce temps.

« Tu vois une femme que personne n'a jamais vue, dis-je avec un pauvre sourire.

— Née de l'écume… »

Nous avons passé le reste de la nuit sous la couette, dans nos bras, sans bouger. Ce fut notre première nuit entière passée ensemble.

Le Narrateur

Ils sont ensemble, alors je baisse la voix. Je suis toujours là, et toujours je ne me donne aucun nom. Je ne serai jamais rien d'autre que le « je » qui parle, je suis celui qui raconte, celui qui donne la parole et qui la prend, je n'ai pas besoin d'un nom. Il y en a un qui est imprimé sur la couverture de mes livres mais c'est un nom de convention, j'en ai changé, j'en change, j'en changerai, cela n'a d'importance pour personne. Essentiellement je suis *je*, deux lettres, pas plus.

Si je n'ai pas de nom c'est qu'aucune femme ne le prononce. Il faut une bonne raison pour se choisir un nom, se décider à le garder et s'y reconnaître. Celle-ci est très bonne : qu'une femme le prononce devant moi en me regardant dans les yeux, qu'elle le murmure dans mon oreille avec la douceur d'une caresse intime, qu'elle commence les messages qu'elle m'envoie en l'écrivant lettre par lettre, son doigt aimé pressant chacune des touches qui commandent l'apparition progressive de mon nom tout entier. Mais cela n'arrive pas, ça n'arrive plus; cela n'arrivera plus. Alors je ne me donne aucun nom car de l'avoir écrit sur des livres, sur des papiers même officiels, sur la porte de mon appartement, ce n'est pas une raison suffisante pour m'en souvenir et l'employer, ce sont de fausses identités, ce sont de faux papiers qui ne méritent que le sort du papier : utilisé, déchiré, jeté.

L'entendre prononcer raccourci, hurlé ou roucoulé par mon père ou ma mère aurait été aussi une bonne raison de choisir un nom, une raison ancienne et sentimentale de le conserver et de le confier à ceux qui me le demandent, mais ils sont morts tous les deux et cette raison est close pour toujours, je me passerai de nom puisqu'il n'est nulle part quelqu'un qui sache le prononcer de la façon qui me donnerait une existence.

Cela n'est pas très grave : en ces pages que j'écris, je me contente de donner la parole, cela me donne la vie fantomatique du verbe murmurant, un étrange égrégore qui aurait oublié son corps, et qui depuis rôderait autour des vivants pour se réchauffer à leur souffle. Sans femme qui m'appelle pour me confirmer mon existence, je n'ai besoin ni de nom ni d'existence. Je me contente d'être le fantôme de la parole, c'est déjà pas mal, il en est tant d'autres qui ne sont même pas ça : ni présence aimée, ni corps effleuré, ni parole audible; leur nombre augmente sans cesse, c'est l'aboutissement d'une vie humaine : plus de contacts, plus d'amour, silence. Au moins je parle, et j'assiste à leur amour. Mais je me tais, c'est à eux.

CHAPITRE IX

Le recours aux forêts

Felice

Mon mari rôdait.

Pour échapper à son ire, nous filâmes dans la forêt.

Nous nous réfugiâmes dans une cabane qu'il ne saurait découvrir ;

Et nous y parcourûmes la totalité du champ d'amour.

J'avais l'impression d'être dans un conte, et de devoir parler en vers. Dans le but de nous dissimuler, et aussi de nous épuiser, nous louâmes une chambre en plein été. Autour s'étendaient des champs de maïs écrasés par la chaleur, arrosés le soir par des jets tournants qui éclaboussaient les chemins à chaque tour, cela produisait un crépitement d'averse sur leurs longues feuilles cirées, une averse qui s'éloignait, revenait, s'éloignait et revenait, comme nous l'un vers l'autre dans cette chambre où nous étions seuls, personne ne savait que nous étions là, sauf nous. Au-delà du champ s'étendait la forêt. La chambre avait été aménagée dans un séchoir à maïs, le mur donnant sur la cour avait été laissé comme à l'origine, une claie ajourée pour que l'air circule bien, que les épis sèchent bien, et grâce à ce mur plein d'ajours, en plein été il ne faisait pas si chaud dans notre chambre à l'étage, nous voyions la cour d'en haut mais rien n'existait que notre lit, nous nous ébattions sur les draps à l'abri du soleil de plomb, l'air circulait bien et notre sueur s'évaporait aussitôt. Le désir montait, descendait, il revenait avec le jour et cavalait dans la nuit. Il est extraordinaire que les mêmes gestes, avec les mêmes membres qui n'ont pas tant d'usages possibles, aient des effets si différents selon avec qui on les fait, selon la saison et l'heure du jour, selon le lieu. Il n'y a pas tant de caresses possibles avec notre corps limité, mais il y a une infinité de situations et d'intentions, qui produisent une infinité de sensations. Les caresses amoureuses sont aussi subtiles que le vin, cette boisson pleine d'esprit qui absorbe l'air et le soleil, la terre et la sueur, en un mélange toujours unique, différent, infiniment réjouissant.

L'amour est à la fois le royaume et la clé du royaume. Comment en avoir la clé ? Je ne sais pas. Comment y entrer ? Je ne sais pas, il faut sans doute ressentir l'amour, qui souffle où il veut. Comment y rester ? Je ne sais pas, ressentir encore. Ce qui se joue est mystérieux, la question est trop grande pour moi. Il faut fermer les yeux, s'asseoir dans la barque, se détacher du bord en poussant de la rame, et se laisser aspirer par le courant, dévaler le flot en devinant les yeux clos les obstacles, les rochers, les courbes et les méandres, suivre le flux de l'eau qui porte et qui d'elle-même suit les courbes, se laisser porter les yeux toujours clos puisque l'eau presque solide court, contourne et emporte, par elle-même.

Mais quand tu m'approches, Noé, je ne ferme pas les yeux. Je veux te voir approcher, je veux te voir ému, je veux que tu me voies émue de ton émotion, et quand je jouis, je soupire d'aise, et ensuite, les yeux grands ouverts, je respire, je reprends mon souffle, et plus jamais je ne pleure.

Nos corps s'aiment; cela ne se décide pas, cela ne concerne pas notre conscience, cela se fait. Il suffit que je te regarde, et sans que tu ne fasses rien, sans que tu ne dises rien, de simplement croiser ton regard je me lève pour te rejoindre; parfois quand nous bavardons, tu t'interromps brusquement, tu me regardes, je me lève pour te rejoindre; même ton dos me parle, il m'appelle de toute son étendue, je te vois de dos, je me lève et je te rejoins. Quand je te touche du bout du doigt, c'est le soulagement profond de sentir le bord après avoir traversé toute l'eau en apnée les yeux clos, c'est accomplir le désir affolé qui m'a fait avancer en aveugle dans le monde flottant, c'est parvenir, après avoir cru si longtemps que jamais on ne parvient. Quand je touche, c'est toi que je touche, et je reprends brusquement mon souffle. Je revis, je m'emplis d'air; je respire par le contact de ta peau.

Noé

Quand je me suis emparé de toi pour t'emporter loin de la vie qui te rongeait, tu étais déjà nue, je n'ignorais rien de toi et cela n'avait rien à voir avec le désir. Mais quand tu t'es dénudée de toi-même devant moi, c'était la première fois, je t'ai vue et je t'ai comprise. Tu es le fruit de l'arbre de la connaissance du bien et du mal. Tes hanches à la chair ferme et sucrée, j'en veux goûter. Et ensuite je connaîtrai le bien et le mal et je n'en aurai pas honte. Je connaîtrai le bien qui est ta chair, je m'en approcherai, et je connaîtrai le mal qui est de m'en éloigner, le mal qui est l'obscurité de ne pas la connaître, de n'en pas manger, de n'en rien savoir.

J'ai goûté au fruit de tes hanches et je sais. Je sais que le bien, le souverain bien est là, dans cette forme-là, dans la forme précise de tes hanches, qu'elles soient nues ou vêtues, qu'elles soient toutes crues, mes mains sur ta peau caressant leurs courbes, ou serrées dans un pantalon de toile qu'elles arrondissent jusqu'à le faire craquer, ou encore serrées dans une jupe qui en révèle la rondeur, la double rondeur, la sublime rondeur, ou même esquissées dans une robe flottante, et que de ma main j'en cherche la charnière, le point d'inflexion sur lequel tu marches, et je sens la chair de ton fruit, et l'élan de l'arbre qui le porte, et le flot épais de ta sève. J'en ai mangé sans honte, et je sais le bien qui est ta présence, et je sais le mal qui est ton absence.

« Adam, où es-tu ? — Mais là, Seigneur, avec Ève. — Ah… mais qu'est-ce que vous faites dans ce buisson ? — Nous mangeons de ce fruit excellent. Tu en veux ? — Ah, très bien, Adam. Bonjour, Ève. Merci, mais j'ai déjà déjeuné. Reprenez-en encore, il est bon de savoir où est le bien, et aussi le mal. » Et le Seigneur continua sa promenade, caressant au passage la fourrure des petits lapins, le museau des biches, les paupières closes des hiboux d'un geste si doux qu'Il ne les réveillait pas, Il déambulait en ce jardin plein de présences affectueuses qu'Il avait Lui-même créées, et Il ne songeait à en chasser personne.

Felice

J'ai rêvé de choses troublantes. J'ai rêvé d'une jument qui broutait dans un pré enclos de haies, et puis brusquement elle est devenue enragée, son poulain a fui, il s'est blessé en franchissant la haie, et seule dans son pré elle a couru au galop, en rond, sa crinière au vent, et je la voyais sourire, même si je savais très bien dans mon rêve que les chevaux ne sourient pas.

« Tu aimes les chevaux ?, me demanda Noé.
— Oui mais je n'en ai pas approché depuis mes seize ans.
— Ils reviennent, alors. »

Noé

Nous nous sommes épuisés, nous nous sommes pris, entrepris, et mangés. Quand j'entrais en elle, elle était à ce point liquéfiée de désir que je ne sentais pas les parois de son sexe contre la peau si sensible de ma queue, je sentais un souffle, un glissement, une tiédeur humaine, j'entrais nu dans le bain qui est à si bonne température qu'on croit avoir toujours été dedans, que l'on ne fait qu'y revenir.

Le simple fait qu'elle m'effleure du doigt m'empêchait de marcher, que je sois vêtu ou nu, le désir que j'avais d'elle gonflait aussitôt mon membre, empêchant tout mouvement autre que celui de venir jusqu'à elle, et de plonger en elle.

Nous étions deux blocs d'attention intense, un bloc de silex dur, un bloc de pyrite dorée, nous nous entrechoquions avec des tintements clairs, produisant des gerbes d'étincelles qui déclenchaient des incendies. Nous brûlions le matin, le soir, la nuit, dans l'après-midi aussi, nous brûlions plusieurs fois par jour, et ensuite nous plongions brutalement dans le sommeil. Dans ce coma léger où nous flottions, absolument détendus, vidés de tous nos liquides et de tout notre souffle, vidés de l'envie de quoi que ce soit d'autre, dans le repos de ces narcolepsies répétées, des foules de lutins réparateurs parcouraient nos veines et nos nerfs pour reconstruire notre corps, et au réveil nous étions neufs, désirants, et un nouveau contact déclenchait un nouvel incendie. Nous brûlions.

Cela dura une semaine, où l'alternance des jours et des nuits n'avait aucun sens, où le jour nous permettait de faire l'amour en pleine lumière, où la nuit nous permettait de faire l'amour en confiant la totalité de nos perceptions à nos mains et à notre langue. Et puis au septième jour tout s'arrêta, la Création était achevée. Nous étions allongés l'un contre l'autre, elle caressa mon sexe et j'eus l'impression qu'elle me le lavait au gant de toilette, mon organe ne réagissait pas à ces frottements, pas plus qu'un orteil, sans doute moins, il n'avait pas même remarqué qu'on le caressait, il avait l'impression qu'on le frottait; je caressai son sexe, et elle se mit à rire, « Tu me chatouilles ! » glousse-t-elle. Notre peau n'était plus l'enveloppe de notre désir, nous étions devenus incapables d'identifier les caresses érotiques, ce n'étaient plus que de simples contacts sans qualités particulières. Nous étions au bout; alors blottis dans les bras l'un de l'autre, paisibles, nous nous endormîmes.

C'était achevé, nous avions délimité l'étendue de notre désir, il était grand, très grand, assez grand pour nous, un champ d'abondance où nous pouvions galoper indéfiniment. Nous avions passé quarante ans sans nous connaître, il nous fallut bien une semaine, jours et nuits, pour découvrir l'étendue de notre vie future, pour simplement en arpenter les contours. C'est ça sans doute le mystère de l'incarnation : le pré est limité mais le galop est infini. Il ne restait plus aucun manque, pas la moindre ombre de frustration, il ne nous restait plus qu'à vivre pleinement le reste de notre vie.

Mon mari me regardait venir ; Noé me regarde, me désire, et il vient à moi. Avec mon mari j'acceptais ; avec Noé je consens, je désire, je prends, je donne de bon cœur et il me le rend. Avant de me rejoindre, mon mari prenait un stimulant de l'érection, un losange bleu qu'il faisait passer avec un verre d'eau, et quelques minutes après son membre de lui-même se faisait dur comme il le voulait, comme s'il me désirait mais c'était un mime. Il me proposait les services de sa bite durcie, et il trouvait beaucoup plus éthique et respectueux, beaucoup plus sain finalement, de ne devoir cette érection qu'à la mécanique des fluides dirigée par la chimie volontaire plutôt qu'à une décharge pulsionnelle. Il méprisait les décharges pulsionnelles, je n'ai jamais entendu ces mots que par sa bouche, et il me faisait jouir sans paroles, sans désir, tête coupée. Il me rendait folle. Mon mari ne voulait pas de mon amour, il ne voulait pas d'amour, d'aucun amour, il ne croyait pas à l'amour, cette alliance du grappin et de la serpillière, il ne voulait que de la reconnaissance et de la crainte, sentiments beaucoup plus clairs, qui lui permettaient de rester hors d'atteinte. Je me suis épuisée à l'atteindre, à chaque tentative je me blessais, son indifférence me renversait pantelante à ses pieds, je ne l'approchais pas. Avec son sourire doux qui brillait comme une cruauté, il regardait mon corps haleter par manque d'air. Quand Noé vient à moi, il accepte mes caresses, nous avons quitté la violence et je respire maintenant dans la douceur.

Au dernier jour, alors que nous repartions en traînant nos valises, en levant les yeux une dernière fois vers cette chambre où nous n'avions manqué de rien, j'ai réalisé que l'on voyait tout du dehors. La claie de bois qui occupait la place d'un mur ne dissimulait rien, d'en bas on voyait parfaitement le lit, les abat-jour des lampes de chevet, l'affiche au-dessus du lit que je n'avais pas pris le temps de regarder, cette claie n'avait pendant cette semaine rien caché de nos corps nus qui étaient passés et repassés devant les croisillons de bois, le jour, la nuit, jusqu'à la fatigue, jusqu'à l'épuisement heureux. Rien n'était plus secret, rien d'inconnu n'était plus à conquérir, notre vie pouvait commencer en pleine conscience.

Le Narrateur

En ces jours caniculaires de la fin de juin où je souhaitais qu'il parle d'amour, Noé était parfois tremblant. En général il est dur comme un gourdin, il se tient droit, il est noueux, il ne montre pas sa peine et n'exprime sa joie que par une brève illumination qu'aperçoivent seulement ceux en qui il a confiance. Mais en ces jours où nous parlions de ce qui lui tenait à cœur, parfois il tremblait. Je savais ne rien pouvoir demander, il n'aurait rien répondu, sinon une réplique de hussard : *Je tremble ? C'est de froid.* Sauf qu'en ces jours il faisait quarante à l'ombre, et au soleil on ne savait pas puisque personne n'osait y aller, nous transpirions côte à côte assis sur un banc. J'attendais. Il faut savoir attendre, il y a du pêcheur chez l'écrivain, une fois la ligne déployée on ne peut rien faire qu'être aux aguets, et patient. Le récit vient quand il veut. Je suis patient.

« J'ai peur qu'elle s'éloigne… »

Voilà.

« J'ai peur qu'elle me laisse. »

Je ne répondis rien, il n'y avait pas de réponse à donner. Mon corps se fit attentif, je me redressai, c'était infime mais sans doute perceptible. La canne se redresse, le fil se tend, le récit vient.

« Je suis très dépendant, tu sais ? Je suis amoureusement dépendant de Felice. Je suis très heureux de l'être, mais si elle venait à s'éloigner cela m'amputerait ; et j'y perdrais tout mon sang. »

Il parlait d'une voix que je ne lui connaissais pas. Ceci qu'il me disait, il ne le répétera nulle part, à personne. Sa voix était fragile et résolue, une voix désespérée et tranquille.

« J'ai déposé une bonne partie de moi en elle ; seul, je ne suis plus entier.

— Et elle a déposé une partie d'elle en toi, non ?

— C'est vrai.

— Alors elle doit ressentir la même inquiétude…

— À la fois je ne le lui souhaite pas, tant c'est inquiétant, et… j'espère. »

Ce jour-là nous ne restâmes pas longtemps dehors, assez vite il se tut, se leva et partit en marmottant un bref salut. Sa voix d'enfant courageux était fragile, elle ne pouvait prendre l'air très longtemps, il fallait qu'il rentre et travaille.

Je suis rentré d'un pas mélancolique, pensant à ce que j'ai manqué en voulant toute ma vie n'être rien d'autre que moi. Un grand amour est une grande dépendance à laquelle on se livre pieds et poings liés, en toute impuissance consentie, et en toute lucidité. On peut ne pas en supporter l'idée et décider de ne pas y entrer ; ou bien ne pas la supporter une fois entré et se débattre, chercher des portes de sortie, des refuges, chercher des moyens de se prouver que l'on n'est pas que ça, que l'on existe encore pour soi seul, se répéter comme un mantra que *je* existe, que *soi* existe, que *soi* n'a besoin de rien ni de personne, qu'il ne risque pas l'effondrement en cas d'éloignement de l'autre. Quand Felice n'est pas rentrée et que Noé a cru mourir, c'est sans doute ceci qui eut lieu : un accident chimique de la dépendance, une brutale crise de manque qui lui broya effectivement le cœur, ce genre d'accidents dont je me suis toujours prémuni en n'entrant dans aucune dépendance, sauf celle d'écrire que je crois maîtriser parce que j'y joue moi-même tous les rôles, sans personne d'autre qui interviendrait par surprise ou à mon insu. Mais je ne suis pas sûr que cette muraille que j'avais construite pour m'emmurer vivant m'ait vraiment sauvé.

La dernière femme qui a bien voulu m'accueillir dans ses bras, dans son lit, en son sexe, détestait franchement l'amour ; pas l'acte, elle s'y livrait avec un plaisir communicatif, mais le concept si littéraire qui pousse à rester des années avec quelqu'un, de tout partager et d'y croire. Elle disait : « Pourtant les gens savent que le couple ne marche pas ! Et ils y courent, ils vont droit dans le mur et après ils pleurent, ils se plaignent et ils s'en veulent ! Et à la première occasion ils recommencent avec quelqu'un d'autre. Les gens n'apprennent jamais. L'amour ça va, mais le couple c'est vraiment une connerie. Mais qui est en train de disparaître, je crois. Bientôt nous arriverons à un niveau de conscience qui nous permettra d'aimer en toute liberté, sans nous perdre. » Elle me disait ça entièrement nue, enveloppée comme moi dans les draps que nous avions froissés et détrempés de sueur, imprégnés d'odeurs que nous ne sentions plus parce que nous y baignions depuis des heures. L'air de la chambre était odorant et tiède, confiné par la porte bien fermée, les fenêtres bien closes, les rideaux bien tirés, chambre à peine éclairée d'une petite lampe de chevet sur laquelle elle avait jeté un foulard de soie, la pénombre douce était rougeâtre et violine, l'odeur devait être saisissante pour qui serait entré, mais il n'y avait que nous deux puisque les chambres d'amour sont isolées du monde, personne ne sait ce qui s'y passe hormis ceux qui le vivent. Nue et voilée de sueur, redressée sur un coude, enveloppée du drap plissé comme d'une toge, elle continuait son réquisitoire désespéré contre le sentiment envahissant dont tout le monde parle, que tout le monde souhaite, et dont tout le monde souffre. « Les gens y croient encore… et pourtant ils savent ! Ils savent que ça ne marche pas ! Ils continuent. » Elle enfonçait le clou, un coup de marteau sur chaque syllabe.

Elle était mariée avec un homme avec qui elle ne vivait pas, pas mal mariée, plutôt sous-mariée : elle l'estimait et le maintenait à distance, lui il admirait sa capacité à avoir des avis définitifs. Ils vivaient chacun de leur côté, ils pensaient vivre ensemble un jour, mais dans une maison qu'ils auraient construite eux-mêmes, pas avant. Ce serait une maison qui serait parfaite, écologique et neutre en carbone, autonome énergétiquement. Pas avant. Cela m'avait fait rire ce projet, non pas d'un jour vivre ensemble, mais les mots : *autonome énergétiquement*. Car voilà ce qu'elle voulait être, cette femme qui accepta quelque temps de partager ses draps avec moi : autonome. Énergétiquement, sans doute, mais aussi intellectuellement, spirituellement, sexuellement, psychologiquement, professionnellement, conjugalement, et après l'amour où nous jouîmes tous les deux de bon cœur, elle partit dans cette étonnante diatribe. Elle ne voulait pas plus d'amour que d'une connexion au réseau électrique, ça oblige à la dépendance, c'est bien trop dangereux, bien trop fragile en cas d'effondrement, elle était farouchement collapsioniste dans le domaine sentimental. Cela m'arrangeait, je n'en voulais moi-même pas davantage, pour d'autres raisons qui n'étaient pas écologiques mais pour me garder de tout et continuer à vivre exclusivement dans les livres, alors nous nous contentions de nous aimer dans sa chambre après l'avoir bien fermée, dans sa chambre à peine éclairée, emplie d'une odeur corporelle à peine respirable, mais nous ne nous en plaignions pas, c'était nous. Ça au moins c'était de l'amour qui avait lieu, sans chichis, l'odeur de sueur faisant foi. Elle ne voulait rien savoir d'autre. Quand nous étions épuisés je me rhabillais et partais, elle aérait la chambre, secouait les draps, rien de plus, ça me convenait. Plus, cela aurait été le lien privilégié, l'attachement, l'emprise, la cohabitation permanente ; plus serait excessif, et dangereux, plus c'était étouffement tant que ça fonctionne, et désespoir abandonnique quand ça s'arrête. Rien ne filtrait hors de la chambre, tout était confiné dans cette enceinte étanche, confiné et sécurisé, rien ne percolait ni ne s'évaporait dans l'environnement, nos pratiques avaient lieu sans témoins, extrêmement sécurisées. Sans impact environnemental. Neutres. Risque zéro.

C'était une incrédule ; mais Felice et Noé, ils s'embarquèrent dans la croyance sans recours.

Felice

Il rôdait mais n'approchait pas. Plusieurs fois il est venu autour du tribunal, et d'un côté de la rue à l'autre, par-dessus les voitures, il me criait : « Il y aura des suites ! Il y aura des suites ! » Les passants ralentissaient, regardaient autour d'eux, et accéléraient le pas pour ne pas rester à côté de lui, ils se mettaient rapidement hors de portée car on sait qu'autour des tribunaux rôdent des bandits sans doute armés et des fous animés de ressentiment ; et moi, empourprée, je continuais d'avancer d'un pas mécanique en tenant fort la serviette dans laquelle j'avais serré mes dossiers. Heureusement, il ne pouvait pas sortir longtemps à cause du soleil qui lui blessait les yeux, alors je partais tôt, en plein jour, emportant ostensiblement des dossiers chez moi, n'osant plus me déplacer le soir qui est son domaine, me cachant dans la pleine lumière pour qu'il ne m'aperçoive pas et ne me suive pas dans la rue en éructant des menaces.

Je suis partie, j'ai eu juridiquement tous les torts. Il exigeait la garde totale de notre fils, et lui a préféré rester avec son père. On lui a demandé clairement, le juge le lui a demandé devant moi, c'est ce qu'il a répondu, en me regardant droit dans les yeux : « Je reste avec mon père », en détachant bien les mots, chacun me frappant comme un coup de pied dans le ventre. À toujours le traiter en adulte, il m'a traitée de la même façon, calquant son attitude sur celle, froide et rationnelle, de son père. Tous les deux me parlaient avec un fin sourire glacé sur les lèvres, ils semblaient tous les deux jouir silencieusement, sans autre effusion, de tous ces tremblements et bredouillements qui m'agitaient, tête baissée, lèvres humides, incapable que j'étais de leur répondre quoi que ce soit, incapable de me défendre. Quelle avocate je faisais ! Rougissante et maladroite, la voix fêlée, incapable d'achever une phrase de plus de trois mots, interrompue sans cesse par le sien, d'avocat, qui avait l'habileté de me faire trébucher chaque fois que je reprenais mon souffle. J'ai eu tous les torts, je les prenais moi-même sur moi, je baissais même la tête pour en demander d'autres, je n'ai pas su me défendre et mon fils regardait mon petit naufrage d'un air distant, et désapprobateur. Le petit con.

Jusqu'à sa majorité je l'ai vu rarement, sur rendez-vous et sous contrôle ; et ensuite presque jamais. Nous nous sommes manqués. Il est maintenant médecin, un excellent médecin méthodique et dit-on efficace, il se tient toujours très droit et parle peu, et quand il a besoin d'une radio pour voir ce qui se trame à l'intérieur d'un corps qui souffre, il envoie le patient à son père. Professionnellement ils s'entendent très bien ; les patients ne savent pas où ils mettent les pieds.

Noé

Il est revenu dans un parfum d'essence. Il est entré dans la galerie et la rue exhala une violente odeur de station-service, il s'est approché de Karim et lui a dit qu'il venait chercher sa commande effectuée par téléphone. « Un dessin de ce monsieur, dit-il en me pointant du doigt sans me regarder. — Ah, c'était vous…, et il est allé le décrocher. — Veuillez enlever le cadre, s'il vous plaît. — Je le roule dans un tube ? — Non, je le prends comme ça. — Vous ne voulez pas qu'on l'emballe ? — Non. » Il a posé une liasse de billets de cent sur le bureau, trois mille euros, et il est parti en tenant le dessin par un coin comme une carte postale, entre deux doigts, et en se gondolant la grande feuille rendait un roulement grave de toit de tôle sous la bourrasque. Quand il a ouvert la porte, ça sentait encore l'essence. Par la vitrine nous l'avons vu se pencher et une énorme flamme a soudain jailli. Karim s'est précipité, moi derrière, sur le trottoir un seau plein d'essence débordait d'une flamme fuligineuse agitée de tourbillons. Le mari nous a regardés, il y a jeté le dessin qui s'est enflammé. Nous nous regardâmes avec Karim, ne sachant quoi faire, puis il sortit son téléphone et commença à filmer. Je rentrai dans la galerie, raflai la liasse et revint vers le seau ardent, j'y jetai tous les billets neufs qui s'enflammèrent au contact des braises du dessin. Nous nous regardâmes avec le mari, nous nous scrutions de chaque côté de la flamme qui baissait, Karim tournait autour de nous en filmant, murmurant : « Quelle performance, quelle performance… »

« Nous ne nous devons plus rien, je crois, dis-je.

— Non, plus rien. »

Alors il s'éloigna en abandonnant le seau noirci sur le trottoir. Des gens faisaient cercle autour de nous, cherchant à comprendre. Karim cessa de filmer. L'écran au creux de la main, il revit la vidéo avec jubilation.

« Je vais mettre ça sur le site de la galerie. Avec un petit commentaire plein de références, ce sera très contemporain, très radical ; ça va buzzer… Mais tu aurais quand même pu ne pas brûler ma commission…

— Comme si j'avais eu le temps de compter.

— Tant pis, une vidéo comme ça, c'est bon pour toi, donc bon pour moi. Si tu voyais l'air de défi que vous aviez tous les deux, du Sergio Leone. »

Il me montra la vidéo, c'était amusant tout ce sérieux. Le mari, je ne le vis plus jamais.

CHAPITRE X

Nous ne sommes pas des oies

Le Narrateur

Mon éditeur m'invita à déjeuner parce qu'il s'inquiétait de me voir m'égarer dans ce qu'il pensait être une impasse. Le restaurant était feutré, à côté de ses bureaux, il y venait pour ses affaires. Le chef de rang en veste noire le salua, moi aussi parce que je venais avec lui, on nous installa.

« Je vous apporte votre pot ?

— Bien sûr… », et l'élégant majordome s'éloigna.

Je le regardai avec inquiétude, et ça le fit sourire. « Mais non, c'est du vin. On le sert en pot lyonnais, c'est une carafe d'un demi-litre, avec un cul épais. » Et c'est ce qu'on nous apporta, le cul épais faisait penser à un verre de myope, mais vraiment myope, un qui verrait le bout de son nez mais pas plus loin. Je pensais à ça sans raison, peut-être anticipais-je les critiques qu'il allait me faire. Il me servit, il était chez lui dans ce restaurant où l'on savait ses habitudes.

« Alors, ton projet ? »

Goûter le vin me laissa du temps, c'était un côtes-du-rhône chargé de fruits confits, il fallait un peu de lenteur pour qu'il déploie ses arômes bien dans l'ordre. Lui goûta aussi, mais vite, il bâclait; il reposa son verre et me regarda droit dans les yeux. Je n'allais pas pouvoir lambiner plus longtemps. Je soupirai, j'en vidai le verre trop vite, c'était dommage.

« Tu nous reviens bientôt avec un vrai livre ?

— Je tiens à finir celui-là. »

Il leva les yeux au ciel, secoua la main comme s'il me menaçait d'une calotte.

« Mais il a un peu changé... »

Il se redressa, curieux. Le corps de cet homme est un sismographe aux aguets, il est son outil de travail : il faut savoir frémir pour détecter ce qui peut faire frémir. L'édition est une suite d'intuitions et de paris, il faut écouter derrière les mots, imaginer ce qu'un projet pourrait devenir, il faut harponner des formes fantomatiques avant même de les reconnaître, avant même que l'auteur ne les comprenne; c'est une industrie mais rien n'y est tout à fait rationnel.

« Je voulais enjamber l'incipit, mais je n'y suis pas parvenu.

— À la bonne heure ! Tu vois ? Qu'est-ce que je disais... les débuts, les débuts, les débuts ! C'est ce qu'il y a de meilleur, après on s'emmerde. Les débuts, rien de mieux pour un roman d'amour, ça exalte; ou alors la fin, pour pleurer, et ensuite se rassurer en se disant qu'on va mieux.

— Pour eux deux, ceux dont je parle, il n'y aura pas de fin.

— Allons... et pourquoi donc ?

— Parce qu'il la dessine.

— On verra ça.

— C'est tout vu. »

Nous nous regardions les yeux dans les yeux, nous soupirions, nous vidions nos verres.

« Allez, raconte.

— Tu sais que j'ai horreur de changer d'avis.

— M'en parle pas. Moi-même je ne change jamais d'avis pour éviter le mal que ça me fait. »

Il nous resservit, il remplit mon verre comme par condoléances, pour que je continue et que je n'aille pas changer d'avis sur mon changement d'avis.

« J'ai donc voulu enjamber l'incipit avec mépris, m'en passer parce que la première fois ne me paraissait pas de tant d'intérêt, nous ne sommes pas des oies.

— Euh non, bien sûr... mais pourquoi des oies ?

— C'est Konrad Lorenz, tu sais, ce vieil éthologue un peu nazi, qui raconte ça. Les petites oies, quand elles cassent leur œuf, elles passent la tête dehors, et après un moment d'éblouissement le premier objet qui bouge c'est leur mère. Alors elles sortent et elles la suivent, et si ce n'est pas une oie mais un ballon qui roule ou un homme qui passe, eh bien personne n'est parfait, elles y tiennent mordicus, ce sera leur mère pour la vie ; mais la plupart du temps c'est quand même leur mère qui veille sur l'œuf. Voilà ce que font les oies ; et on prétend que pour nous c'est pareil, que le début de l'histoire contient toute l'histoire.

— Ce n'est pas vrai ?

— Le culte de la première fois m'agace. Combien de temps mettons-nous à être heureux avec quelqu'un ? Ça prend du temps. Avant, c'est de l'excitation, ça met un peu de temps à être de l'amour. M'en fous des débuts, je n'aime pas les débuts, ils sont ratés comme la première crêpe, celle qui est trop épaisse, mal cuite, indigeste. Mais après quelques-unes on a pris le coup de main, la poêle est à bonne température, elles seront bien meilleures.

« Et puis en écrivant, j'ai changé d'avis. Un amour sans ses débuts n'existe pas. Mais ça m'exaspère de l'avouer parce que tout amour commence banalement, rien d'autre n'est possible puisque le monde est fait de banalités, il n'y a que les amoureux qui soient persuadés du contraire. Tous les détails de leur commencement personnel sont gravés dans leur mémoire, et ils sont tellement baignés d'hormones qu'ils brillent comme des monuments dans la nuit, mais à leurs yeux seulement.

Mon éditeur m'écoutait, écoutait entre les lignes, écoutait son for intérieur, et en même temps il m'observait avec distance et me guidait habilement. Il savait que si je m'emporte je suis l'inondation, je suis la catastrophe, mon flot de paroles dévale mes pentes comme un épisode cévenol, s'engouffre dans les écoutilles de celui qui m'écoute, qui risque d'en être emporté puis noyé, mais pas lui. Éditeur, c'est aussi savoir canaliser les élans des professionnels du verbe, pour qu'ils produisent des pages bien écrites plutôt que de se répandre partout, sur les nappes blanches des restaurants, sur le zinc des bars, beuglant dans les rues la nuit, en pure perte. D'un signe discret il demanda au chef de rang un nouveau pot, me servit lui-même, et de sa voix la plus naïve, comme s'il partageait mes interrogations, pendu à mes lèvres, demanda :

« Oui… qu'est-ce qui se passe après le coup de foudre ? »

Il parlait lentement, il ralentit son rythme pour que par imitation je parle posément, que je parle sérieusement de mon livre, du livre que j'allais lui écrire et qu'il s'occuperait de fabriquer et de vendre. Alors je ralentis mon débit, je regardai dans le vide, je racontai les rêveries qui me préoccupent et qui donnent parfois un livre.

« Après… oui, après… Que fait l'oie hors de l'œuf? Qu'est-ce qu'on fait après l'orgie ?… La première fois que je me suis posé la question c'est en sortant d'un film d'Hitchcock. Je sortais de la salle, mais dire que je sortais du film n'est pas faux. Je rentrai chez moi en regardant mes pieds. J'y pensais, j'y ai pensé pendant des heures : comment allaient-ils faire, après ? Je venais de voir *The Lady Vanishes*, que l'on aurait pu traduire par *La dame s'évanouit*, *La dame se dissout*, mais on a préféré *Une femme disparaît*, Hitch était vendu comme du polar, alors autant faire gros titre. Tu te souviens du scénario ? Dans une Mitteleuropa d'opérette, dans un climat de trahisons et de menaces, un homme et une femme se rencontrent et se détestent aussitôt ; après des péripéties rocambolesques où se croisent espions et assassins, ils existent enfin l'un pour l'autre, ils s'aiment, fin du film. On est rassuré, l'amour triomphe, il dévoile les complots et punit les méchants ; mais en sortant du film la question m'a brusquement sauté au visage : qu'est-ce qu'ils allaient faire, les nouveaux amants, après le film ? Comment allaient-ils vivre après cette rencontre dans un train bloqué dans la neige des Carpates ? Que pouvait-on vivre après l'aventure, après le miracle scintillant de la rencontre, après la force jaillissante du premier baiser ? Après une heure et demie de film plus forte que la vie, qu'allaient-ils faire, dans la vaste étendue de la vie qui reste, où il n'y aura plus jamais de train ni de Carpates ?

— Mais... ce sont des personnages de cinéma, glissa mon éditeur, d'une voix rassurante. Quand l'écran s'éteint, ils ne sont plus là...

— Je le sais, la question est oiseuse. Mais quand on est dans la salle obscure, quand on a les yeux levés sur l'écran qui est la seule source de lumière, c'est la différence entre le film et la vie qui est oiseuse, c'est la différence entre les personnages et les gens qui n'a pas de sens : tout est là, dans la lumière de l'écran, c'est la seule lumière qui soit, il n'y a rien d'autre. Ce qui n'est pas sur l'écran est plongé dans le noir, silencieux, immobile. Dans la salle, une foule de lémures regardent la vraie vie, fascinés. Alors la seule vraie question est celle-là : *Que feront-ils après le film, les nouveaux amants, quand l'écran se sera éteint ?* Que fait-on après ? Après l'événement. Que fait-on, après s'être rencontrés et s'être embrassés pour la première fois ?

Le pot fut vide, cela interrompit la conversation, il n'en commanda pas d'autre. Nous convînmes d'arrêter là. Mon éditeur régla d'un geste, notre sortie fut lente, pleine de remerciements et de politesses, l'édition dans ce pays n'a pas perdu tout son prestige. Il était quand même rassuré que j'aie changé d'avis, au moins un peu.

J'ai demandé à Noé :

« Maintenant que vous êtes en tête à tête, c'est quoi le projet ?

— S'aimer.

— Mais c'est fragile, ça ; volatil, même.

— Pas plus que d'espérer dessiner, ou de sauver des gens. »

Mais ils l'ont fait, tout ça.

Felice

« Et si nous ne faisions rien ?

— Vraiment rien ?

— Seulement ça : pas bouger. »

Il voulut bien. Nous étions nus sous la couette, la peau collée dans une position parfaite, et nous nous abreuvions du désir qui circulait sans obstacle. Avec Noé j'ai découvert ceci : l'immobilité heureuse. C'est une découverte, puisque rien ne m'est plus étranger que de ne pas bouger. Toujours je m'agite et je frémis, mon mari me disait que je frémissais comme une jument, ma peau parcourue de vagues comme celle des juments au pré quand elles sont harcelées par des taons. Cela le faisait rire de m'appeler jument en me frappant la croupe, je n'osais pas lui dire que c'était lui le taon, la mouche à mâchoire qui harcèle et qui mord, mais il le savait sans doute, et savait aussi que je le savais, et cela le faisait rire que nous le sachions et que personne ne le dise clairement, c'était son genre de rire.

Noé m'apaise; ma peau ne tremble plus, j'ai remarqué la disparition totale des taons.

Je croyais que l'érotisme était mouvement. La caresse va et vient, la langue s'agite autour de la langue, le coït est balancement et le regard ne reste pas en place : tout est mouvement et le désir est agitation. J'ai découvert que je pouvais rester immobile et en être pleinement heureuse, pleinement, et heureuse, je répète pour que l'on n'aille pas croire qu'il s'agit d'une image.

Noé me prend dans ses bras et cela suffit. Lorsque tout est accompli il me prend dans ses bras et cela dure, le plaisir dure, le désir dure, nous pouvons ne rien faire et simplement nous tenir dans une position parfaite, qui suffit à tout. Nous restons ainsi, ma peau buvant sa peau, sa peau buvant la mienne, sans que nous ayons besoin de bouger. Nous restons ainsi aux petites heures de l'aube, dans la lumière de l'après-midi, dans l'ombre de la pleine nuit sculptée par les éclairages de la rue, je n'ai plus besoin de bouger ni de frémir. Je connais maintenant l'apaisement du bonheur immobile, j'en ai le cœur gonflé de gratitude.

Enlacés, sans rien faire, nous résonnons comme deux bols de bronze que l'on aurait frottés du doigt. Immobile, je vis, quand je suis tout contre lui. Noé me sauve de la crainte de l'effacement que j'éprouvais jour et nuit dans ma vie sans lui, il me sauve de la terreur du gouffre que j'avais toujours, que je conjurais par l'agitation. Ses bras suffisent à tout. Noé me suffit exactement.

Ce n'est pas une résignation, mais une adéquation : la vie s'épanouit, elle se suffit. Noé me fait rêver, je rêve de Noé et notre vie tout entière est faite de la chair succulente de nos rêves. Nous nous sommes trouvés car c'était écrit : lui est l'arche, et moi je suis le bonheur.

Noé

Encore une fois je m'enferme, c'est tous les jours, l'atelier à la fois me sauve et me tue. Que peut l'art ? Pas grand-chose, mais c'est ce que je fais. Je m'assois autour des dépouilles de mes fantômes qui sèchent sur des cordes à linge. Le visage de Felice, partout ; le corps de Felice, partout. Felice, partout.

Qu'est-ce que je fais de ma vie ? J'aime une femme ; je la dessine.

L'art ne peut rien pour personne, en général ; mais moi, je te dessine.

Autour de moi flottent les cercles concentriques provoqués par l'impact de ton visage sur le lac de mon âme. Ta beauté n'est pas une image, elle est le choc que tu me fais, je la reçois comme un don. Je te désire, je te dessine, chez moi tout est mêlé.

Voilà ce que je fais dans ma vie : je suis touché, je dessine. Nous sommes ensemble depuis plus de dix ans, tu as passé la cinquantaine, ta beauté m'émeut encore davantage puisque je la connais mieux pour t'avoir tellement regardée, de t'avoir vue changer pendant tout ce temps où tu vivais chaque jour auprès de moi. Cette beauté est terrible, l'effet que tu me fais est terrible, c'est une Gorgone, ton visage tourné vers moi me change en pierre. Mais si tu détournais ne serait-ce qu'un instant le regard, des fissures apparaîtraient, je m'effondrerais et tomberais en graviers. Alors je lève devant moi le bouclier du dessin, il est de métal parfaitement poli, il te reflète. Il me protège, de la violence de ton regard, et de la disparition possible de ton regard. Je m'enferme dans l'atelier.

Felice

Je me réveille, il n'est pas là. La couette est repliée de son côté, l'oreiller froissé, déformé d'un creux de la taille de sa tête, mais tout est froid. Il s'est levé sans que je le sache à cause d'une de ses foutues insomnies, il est peut-être à dessiner, à lire, il peut être dehors, je ne sais pas où il est. Par la fenêtre le jour se fait, je me lève seule.

C'est chaque matin un tirage au sort, il peut être là, ou pas. Je ne sais pas à l'avance, lui non plus, c'est une loterie à laquelle nous jouons chaque soir et dont le résultat est dévoilé chaque matin : soit je me réveille dans ses bras, soit dans un lit froid.

Je n'aime pas ça, je déteste ça, j'allonge le bras et je tâtonne, rien n'est sûr au réveil, je devrais avoir l'habitude, j'ai l'habitude, mais au sortir du sommeil on est nu, on est tendre, on ne sait plus rien, et on part s'aventurer dans le monde avec la peau fragile d'un homard qui sort de sa mue.

« Où est-il, ton amant, belle parmi les femmes ?

— Il est descendu en mon jardin, là où paissent paisiblement ses bêtes, de grands taureaux noirs qui ne se nourrissent que de fleurs, et dont chacun porte entre ses cuisses un gros sexe très doux. »

Si seulement. Mais il est absorbé, assoupi dans un fauteuil avec un livre ouvert posé à l'envers sur ses genoux, ou bien derrière la porte close.

« Tu es là ?!... » Quand je le lui dis il soupire, mais je n'ai jamais su prononcer cette question de façon neutre, c'est toujours plein d'ambivalence, rien de clair, tout d'un bloc. Alors soit il soupire, ne dit rien, répond parfois, entre l'excuse d'avoir disparu et le reproche parce que j'ai demandé, et puis il parle de l'insomnie, du droit de je ne sais quoi, il s'emporte, devient sérieux, m'agace. Il me rappelle le boulot, un collègue occupé à vouloir l'acquittement d'un sale type dont la culpabilité est évidente, ou un procureur qui voudrait pour le principe l'emprisonnement d'un type que rien n'accuse vraiment. Je me fâche et la journée commence mal. Il a le visage crispé d'avoir argumenté, et moi je l'ai fermé de l'avoir raté.

C'est qu'il peut être con, Noé... ses obsessions, ses distractions, sa façon de tout dessiner et de tout le temps dessiner. Mais cette exaspération est la mesure de l'amour que je lui porte. Il m'épuise, mais l'embrasser est le plus grand plaisir qui soit, tous les autres ne sont que l'attente de celui-là. Nous sommes aimantés, heureusement qu'il y a le dessin et qu'il y a mes inquiétudes, sinon nous ne décollerions plus l'un de l'autre, jusqu'à nous fondre l'un dans l'autre et n'être plus rien, puisque un, c'est rien.

J'ai ouvert la fenêtre pour que l'air frais du matin entre avant que tout ne cuise, les dessins bougent, ils flottent sur leur corde, tous ensemble. Je m'assois au milieu d'eux, ils me parlent, si je les regarde assez longtemps ils s'agitent et ils pensent. Le dessin n'est qu'apparemment immobile, il est un art du temps. Oui, du temps : celui nécessaire pour le faire, et ensuite celui nécessaire pour le voir, pour lentement déplier ce qui a été lentement plié sur la surface de papier. Il faut du temps pour patiemment saisir ce qui a été patiemment capturé, alors seulement le dessin parle, seulement dans ce temps consacré à le regarder il est une histoire vécue et restituée. J'aime le temps car c'est là que nous vivons. J'aime le temps long dans lequel tu te déploies. Les femmes trop jeunes n'ont pas eu lieu; pas encore. Lisses et fraîches, elles sont déjà des images, je ne vais pas faire une image d'une image : il resterait quoi ? J'aime les femmes de mon âge pour ce qu'elles sont : des pages écrites de tout ce qu'elles ont parcouru, leur peau sensible saturée de traces; des romans.

J'aime la trace, elle est mon travail, l'objet de mes pensées, ma préoccupation. Dans ma vie je gâche avec un peu d'inquiétude la blancheur du papier blanc, tous les jours, toute la journée. J'utilise des crayons, des encres, des éponges et des pinceaux, mes doigts, tout ce qui laisse une trace. Je dessine des visages et des corps, surtout des femmes, et parfois quelques hommes autour d'elles, dans leur ombre, qui les accompagnent. Je te dessine, Felice. J'ai l'assurance de ne jamais finir tant que mon corps tremble devant toi.

Je dessine inlassablement le corps parce qu'il se tait. Il a sa vie propre, hors du langage tissé de mensonges, une vie à lui bien plus vraie que les châteaux de courants d'air bâtis de mots prononcés l'un après l'autre, qui donnent par leur fausse clarté l'illusion de soi. Le corps, si on le regarde, surtout si on le touche, montre en silence des profondeurs que le langage et la pensée ne révéleront jamais.

Alors je dessine ; mais pourquoi dessiner ? Pourquoi continuer cette pratique difficile, qui demande des années d'apprentissage, alors que n'importe qui peut capturer instantanément une image, avec une extraordinaire précision dans le rendu des formes, à l'aide d'un appareil qui tient dans la poche ?

Justement.

Il s'agit que rien ne soit immédiat, que rien ne soit rapide, que rien ne soit automatique. Il s'agit d'aimer physiquement ce que l'on voit, et d'en rendre l'émotion par l'habileté des mains.

Te dessiner, c'est m'adresser à toi, c'est te regarder par l'intelligence de mes doigts, c'est te toucher dans un espace mental où il y a autant de peau que d'esprit. Le désir que j'ai pour toi est continu, je te vois à travers tout, je te vois tout le temps, toi-et-pas-toi, je vois tout à travers toi, sans jamais te saisir totalement. J'aime ton obscurité, Felice, j'aime ce qui en toi m'échappe, j'aime cet au-delà de toi dans lequel je m'aventure à ta suite, une lampe à la main. J'aime que tu sois plus que ce que je vois, pour avoir encore beaucoup à voir.

Grâce au dessin je n'ai besoin de rien, mais sans toi je ne serais qu'une petite bille de plomb qui poursuivrait sa trajectoire en ligne droite ; heureusement tu es là. Tu me sauves de l'enfermement dans lequel je tomberais si tu n'étais pas là. On ne se suffit pas à soi, c'est la nature humaine.

Felice… Felice… tu es mon autre, mon grand-autre, tu es l'autre essentiel qui m'équilibre en faisant faille dans mon unité, en faisant frottement à mes limites, en faisant contrepoids à ma masse inquiète qui sans ça plongerait vers le bas, tomberait. Dans la mégapole où nous vivons il y a beaucoup d'autres qui s'agitent autour de moi, une multitude d'autres, mais ceux-là ne font qu'encombrer, voire ils gênent ; toi tu es l'autre qui nourrit.

Felice, tu es l'inépuisable que je désire.

Si tu t'éloignais, ce serait un incendie ravageant mon atelier et je périrais dans les flammes.

C'est à ça que je pense au milieu de mes dessins frémissants, dans la canicule qui vient par la fenêtre ouverte, et je brûle.

CHAPITRE XI

Les vacances c'est faire ce qu'on aime

Le Narrateur

Dans cet été de surchauffe qui ralentit nos gestes et en réduit l'ampleur, je veux savoir ce qui se passe entre cet homme et cette femme, je veux voir de mes yeux exister ce qui aurait dû se dissoudre dans l'acide des jours qui passent, sans rien laisser sinon des os, un plombage et quelques bijoux ; mais non ça continue, ça dure, cela qu'ils vivent reste indemne des atteintes que l'on connaît, de cette oxydation lente du temps qui vient à bout de tous les élans. Ils s'aiment, cela dure, quel mystère. Cet été cela vacille, quelle inquiétude.

Avec Noé nous allons voir le grand chantier, parce que les messieurs d'âge mûr aiment contempler les grosses machines. Dès qu'il y a du BTP à grande échelle, on les voit venir, seuls, les mains croisées dans le dos, regarder l'excavatrice et ses dents, la grande bétonneuse qui tourne dans un grondement de cailloux mixés, le camion-benne sans fond dans lequel on déverse une infinité de godets de terre et de déblais. Les messieurs d'âge mûr rêvent en silence de puissance et de travaux, déjà ils en rêvaient sur la plage quand ils brassaient du sable à la pelle en plastique, quand ils bâtissaient un château qui cette fois sera puissant, qui cette fois résistera à la marée, mais la marée vient et toujours il succombe. Je le sais, j'en suis, c'est pour ça que nous sommes venus, je regarde le flot de béton liquide qui s'engouffre dans le trou rempli d'eau trouble, et qu'il ne remplit pas. Il est étrange, ce trou, une flaque remplie d'une eau sale, mais quand on y verse du béton liquide c'est par camions entiers, et jamais la flaque ne déborde, tout s'engloutit sans recours dans le petit miroir boueux. Ce trou que l'on peut franchir d'un saut, il a trente mètres de profondeur, j'ai vu la pince qui le creusait en sortir au bout d'un câble. On a creusé un cylindre, on le remplit de béton, ce sera une colonne qui servira de fondation. Les chantiers offrent aux messieurs déjà mûrs ce spectacle propice aux rêveries de puissance, car c'est ça qui nous reste, des rêveries.

Noé dessine la pelleteuse jaune. Assis sur un plot de béton il a sur les genoux son carnet d'aquarelles aux coins émoussés, il esquisse au crayon gras, et puis recouvre tout de plusieurs couches d'une eau colorée qui me paraît simplement sale. Je ne sais pas comment il fait mais quand cela sèche la couleur se précise et les formes apparaissent, toutes à leur place, avec leur poids d'objets, je ne comprends pas comment il prévoit ça et le dirige, comment il peut poser de l'eau et qu'ensuite le monde apparaisse ; et au milieu, éclatante, d'un jaune vif de travaux publics, s'élève la pelleteuse.

« Beau jaune, dis-je.

— C'est du jaune indien. Extrait de l'urine de vaches nourries exclusivement de feuilles de manguier.

— C'est vrai ?

— J'en sais rien. Sans doute plus maintenant. Mais le jaune est beau, il va bien aux pelleteuses ; et puis peindre à la pisse de ruminant, c'est méditatif. »

Le chantier est en horaire de canicule, il commence à l'aube aux projecteurs, et dans la matinée on arrête tout, à mi-hauteur le soleil est déjà insupportable. Noé continue, il est sec et transpire peu, ce qui n'est pas mon cas. Je me mets à fondre dans un coin d'ombre, je le regarde faire avec sa lente obstination, je vois les ondes de férocité parcourir sa nuque et ses épaules, c'est par là qu'il pense, par ce carrefour qui relie les yeux aux bras. Sur ses genoux le chantier apparaît. J'aime les gens qui dessinent, ils créent à ciel ouvert. Ce qu'ils font, on le voit se faire, sans qu'il soit besoin d'aucun commentaire. Écrire ne se voit pas, ou alors il faudrait déclamer au fur et à mesure mais ça ne se passe pas comme ça. L'écrit vient par morceaux, pas dans l'ordre, on ne comprendrait rien. Alors que le dessin, il se fait, il est là, on le voit.

« Fait chaud, non ? »

Je soupire, je me plains un peu, c'est pour la forme, tout le monde fait ça pendant les canicules. Lui, non. Il est en fer forgé, cet homme, passé au feu, roué de coups.

« Dis, Noé, tu ne devrais pas prendre un peu de vacances ?

— Vacances ?... C'est ce truc où on fait rien ?

— Le moment où on fait ce qui plaît, ce qui fait plaisir, sans se presser, sans pression...

— Ce qui me fait plaisir c'est dessiner. Quand j'ai du temps, je me réjouis de dessiner. La pression, elle vient toute seule, c'est moi.

— Ralentis...

— C'est de ne pas me presser qui m'angoisse. Le temps passe sans me demander mon avis, et je ne dois pas le laisser me distancer. Alors, pas de vacances.

— Felice en dit quoi ?

— Elle est heureuse que je sois heureux. Et puis nous sommes partis une fois, à la mer.

— Et ?

— Nous ne l'avons fait qu'une fois. »

Noé

C'était important pour Felice d'arrêter d'être avocate pendant quelques semaines. De ne plus voir de dossiers, de ne plus parler fort, de ne plus rester ferme devant quelqu'un qui ne la croit pas, de ne plus éviter la corde aux gibiers de potence qu'elle défend, comme elle dit quand elle s'emporte.

« Tu voudrais faire quoi une fois là-bas ?

— Rien, vivre. »

C'était pour moi mystérieux, mais je voulais bien vivre aussi puisque c'était avec elle. Nous sommes allés en Istrie parce qu'elle aime le soleil, la chaleur, elle a pris dans sa valise un nouveau maillot de bain et un chapeau de paille à larges bords, de très grandes lunettes de soleil aux verres couvrants, j'ai rempli la moitié de la mienne de matériel de dessin, des carnets de plusieurs tailles, de l'encre et des pinceaux, deux boîtes d'aquarelles de tailles différentes, une pour la table, une pour les genoux, et une boîte de crayons de couleurs très intenses, puisqu'on allait dans des régions de couleurs intenses, j'avais vérifié sur les photos. Et puis deux paires de lunettes de soleil, des fois que j'en casse une. Maillot de bain ? Je l'ai oublié. J'en ai acheté un là-bas, de très mauvais goût.

Je n'étais jamais allé pour le plaisir dans ces mers chaudes. Sur photo c'était bien : nous avions choisi une petite ville ronde bâtie sur un promontoire rocheux qui plongeait dans la mer, une ville de pierre dominée d'un campanile vénitien, ciel azur, mer outremer, j'avais prévu des crayons bleus.

Mais là-bas, une fois installés dans une chambre impersonnelle, c'était inquiétant ce soleil, cette mer, rien d'autre. De dehors, même de près, ça avait encore l'air bien. J'ai mis mes lunettes de soleil, un carnet dans la poche de mon pantalon de lin flottant, Felice son grand chapeau ombreux et quelques affaires dans un sac de toile estival décoré d'un énorme toucan qui souriait bêtement, et nous nous sommes approchés par la route qui longe la mer. Chromatiquement tout était parfait, le ciel minutieusement uniforme avec un nuage blanc tout seul bien délimité, la brique claire et verticale du campanile vénitien, la mer comme une coulée de verre durci. Nous approchions, Felice était radieuse, je ne voyais dépasser de ses larges lunettes noires que le bout de son nez frémissant et son grand sourire. L'odeur de sel marin et d'aiguilles de pins chauffées au soleil commença à céder devant celle de poisson grillé et de crème solaire, mauvais mélange, mauvais signal, et dedans, dans l'étroite ville médiévale, c'était effrayant.

Les ruelles de pierre étaient encombrées de files ininterrompues de gens qui avançaient à pas lents, qui obligeaient à marcher à pas lents, entre des boutiques d'objets ridicules et des restaurants qui servaient le même poisson. Pas un bar où je pourrais occuper toute une table avec mon petit matériel, rien que des buvettes à chaises en plastique où l'on devait engloutir à la va-vite des sodas froids ou de la bière insipide, avant de céder sa place dans une rotation commerciale étourdissante. Nous étions touristes parmi les touristes, nous participions à l'encombrement, mais nous ne pouvions pas partir puisque Felice était ravie. Et nous restions là, Felice heureuse à rôtir sur la plage de galets sans se préoccuper de rien, et moi à errer dans les ruelles comme un manchot, me dandinant à petits pas avec mes bras inutiles dans la foule serrée, préoccupé de ne plus me préoccuper de rien, finissant à l'hôtel, à l'ombre, dans ma chambre où je lisais en attendant qu'elle revienne.

Felice

Je n'en reviens pas, de la réticence de cet homme aux choses les plus simples. C'est quand même pas compliqué les vacances ! Du soleil, un maillot de bain, du vin frais en soirée, quoi d'autre ? Du sexe ? On n'en a jamais manqué, ni ici ni ailleurs. Alors quoi ? Il me dit que le maillot de bain, il l'a oublié. Pour aller au bord de l'Adriatique il emporte des carnets, de l'encre, des crayons de couleur, et pas de maillot de bain. Oublié. Et ensuite le soleil, il me dit le craindre et préférer marcher à l'ombre. Et puis finalement le vin : il me dit que le rosé frais il n'aime pas ça, que le blanc frais qu'on lui sert n'est vraiment pas terrible, qu'il fait grincer les dents et qu'il a un arrière-goût fruité pas très clair. Je bois les deux en le fixant droit dans les yeux, le mien et le sien, verre sur verre, et ce premier soir de nos vacances, sur une terrasse au-dessus de la mer où nous mangions deux poissons grillés dans la nuit violette qui s'épaississait, j'étais parfaitement ivre et lui pas du tout, notre attelage cahotait. Je dépiautais le poisson à grands coups de couteau, sans rien distinguer dans l'amas de chairs blanchâtres explosées, mal éclairées par les pauvres lanternes alignées le long de la pergola, qui donnaient aux convives une lueur romantique, ou bien toc. Alors j'avalais tout, triais les arêtes en bouche en pestant comme une harengère, recrachais les débris pointus et mâchouillés au bord de mon assiette, faisant passer la bouchée d'un coup de rosé froid. J'avais une très jolie robe d'été ce soir-là, et aucune distinction, mais c'est les vacances, bordel ! Si on peut pas se lâcher ! Et lui me regardait en essayant de ne rien penser, se tenant très droit car il se tient toujours droit, portant la même chemise bleue qu'à la maison, repassée pareil, le même pantalon beige qu'à la maison, repassé aussi, et il était le seul de toute cette ville repeuplée d'Allemands et de Hollandais à ne pas porter de sandales à grosses brides, mais les mêmes chaussures qu'à la maison. Il ne pourrait pas changer un peu ? Pour un soir, pour quelques jours ? Mettre un peu de couleur ? Comme tout le monde ? Il m'agace. Et puis je l'aime. Son obstination est celle des sales types que je défends. Il est vissé à sa détermination comme du mobilier de bateau, le pont aura beau pencher, la chaise sera toujours au même endroit, on peut s'y asseoir les yeux fermés sans craindre qu'elle glisse à l'autre bout de la pièce au premier coup de roulis, c'est rassurant, et puis ça agace. Et puis ça rassure.

Le roulis j'en ai souffert ce soir-là, cette ville sur son promontoire n'était sans doute pas stable, ses ruelles en pente au sol plissoté de marches inégales étaient tortueuses à un point stupéfiant. Noé me retenait, me soutenait, me portait presque, il ne disait rien et je parlais tout le temps, digressant dans tous les sens, lui reprochant d'être ce qu'il est, et de ne pas être ce qu'il n'est pas, dans une belle confusion arrosée de vin froid, et lui, le visage impassible et doux, me ramenait, il guidait mes pas pour que je ne tombe pas, allait lentement pour que je ne trébuche pas, il me tenait solidement par la hanche, et sous sa main ma hanche s'amollissait, devenait un souffle d'air chaud sous pression qui gonflait ma robe en montgolfière arrondie. Dans ma conscience confuse, qui flottait comme un ballon captif au-dessus de mon flot de paroles qui dévalait les ruelles en roue libre, je le bénissais d'être ce qu'il était.

À l'hôtel, je l'embrassai, j'essayai de le déshabiller mais c'était trop compliqué, il s'est déshabillé lui-même, il m'a déshabillée ensuite, je l'ai pris dans mes bras, mes hanches brûlantes de désir de lui, et puis j'ai eu un hoquet, je me suis précipitée aux toilettes. Cette nuit-là, après m'être bien rincé la bouche, nous avons simplement dormi baignés de sueur, l'un contre l'autre, pas très bien de mon côté. Au matin, je l'ai rejoint au petit-déjeuner avec mes grosses lunettes noires, un peu piteuse, dissolvant une aspirine dans un verre avant toute chose. « Finalement, il n'était pas terrible, ce vin », murmurai-je. Il a simplement posé sa main sur mon bras, a serré doucement, longtemps, et je fus libérée de tout le poids qui envasait mon cœur et serrait mon crâne.

Noé

Sur cette côte rocheuse, ce que l'on appelle plage ce sont des fonds de criques recouverts de cailloux, des galets gros comme des poings d'enfant où contre toute attente, contre tout sens du confort, on étend de fines serviettes pour s'allonger et rester là. Et en plus ces criques sont rares, toutes exploitées par un hôtel, des bars et plusieurs restaurants de poisson grillé. Elles sont recouvertes d'un alignement de serviettes si serré qu'il est difficile de déplier entièrement la sienne dès que l'on arrive un peu tard. Felice s'obstinait à venir s'étendre en ces lieux inconfortables, chapeau à larges bords, grosses lunettes, sac de toile décoré, son maillot de bain élégamment coupé traçant peu à peu au pochoir le contour de ses seins et la courbe de ses fesses sur sa peau bronzée.

Ronchon mais patient, je ne quittais pas mes chaussures, ni ma chemise, je m'installais à la paillote la plus proche, à l'ombre, et j'éclusais des mauvais cafés ou des bières sans goût selon l'heure, bières fraîches il faut leur reconnaître ça, qui s'évaporaient en sueur avant que je ne m'enivre, le seul effet secondaire étant un léger ballonnement après plusieurs heures. Je lisais un peu, et je dessinais les gens allongés, le temps passait. Felice vivait, c'était son projet, je rêvais de ce que j'allais faire de retour à l'atelier, je commandais une nouvelle bière, « *Pivo! Molim…* », disais-je alors que je n'ai aucun sens des langues étrangères, et on me répondait en anglais, parfois en allemand, en m'apportant une nouvelle boîte toute mouillée de condensation.

Le parasol qui m'abritait laissait filtrer une ombre lourde, confite, j'allais mourir là, gros lapin mijoté à la bière, tandis que mon amour grillotait sans états d'âme sur la plancha de cailloux dans un parfum étouffant de coco et de vanille.

Je finis par louer une voiture, et l'emmenai sur une île dalmate pour changer d'air, d'endroit, de crique. Le paysage était sec et accidenté, de pierre blonde cassée et brûlante, Felice gardait la fenêtre ouverte, une main sur son chapeau dont les larges bords battaient comme des ailes autour de son visage. Les yeux clos elle respirait l'odeur des petits pins côtiers cuits par la canicule, et je la regardais tant que je pouvais, tant que la route me le permettait, parce que son visage m'exalte, il me procure un bonheur infini, une surprise permanente. Dans l'île imprononçable, après le panneau qui l'indiquait avec des mots qui ne comportaient que des consonnes, drôle de langue que le srpskohrvatski qui semble avoir vendu toutes ses voyelles au finlandais, je me dirigeais au GPS, les panneaux avaient disparu, puis ce fut la route qui s'évanouit, nous cahotions sur un chemin pierreux à travers une garrigue uniforme, pas trop vite pour ne pas soulever trop de poussière blanche, Felice me laissait faire, le petit point bleu qui nous représentait sur l'écran avançait vers la grande étendue bleue qui était la mer.

Nous finîmes à pied, par un sentier étroit entre des buissons aux feuilles cirées, qui dégageaient des parfums d'huiles essentielles quand nous secouions leurs branches. Il y avait au bout un petit quai de béton aux bords émiettés, une grue rouillée capable seulement de soulever une barque, et puis un bar sous les arbres fait d'un container percé de fenêtres, quelques tables de ciment à l'ombre d'un bosquet. Entre les rochers tranchants s'étendait une eau transparente et calme, quelques marches cimentées permettaient de l'atteindre. J'acceptai d'enfiler mon maillot de bain de mauvais goût, nous descendîmes vers l'eau tiède, incroyablement claire et très salée, qui nous porta avec beaucoup de sollicitude et glissait sur notre peau comme une huile légère. Nous voyions nos pieds suspendus au-dessus des rochers du fond, nos bras déformés par la réfraction nous portaient de quelques gestes lents, sans effort. Au bout de la mer bleue d'autres îles s'élevaient dans un éblouissement doux, et autour des tables de ciment s'étaient réparties deux ou trois familles, des femmes très blondes et opulentes, habillées de rose et les ongles peints de couleurs fluorescentes, des messieurs bedonnants en slip de bain trop serré qui fumaient debout en regardant l'eau, des enfants qui jouaient à perdre haleine, sautant dans l'eau, remontant en riant, recommençant, mais dans cette eau épaissie par le sel les impacts n'arrivaient pas jusqu'à nous.

Nous nageâmes un peu épaule contre épaule, tournant autour du quai à l'abandon, hypnotisés par la tranquillité et la beauté du lieu, la tranquillité des gens qui venaient là sans se baigner, presque sans parler, simplement au bord de l'eau. Tout avait l'air hors du temps, tout était vestiges d'une époque ancienne où rien n'était aménagé ni sonorisé. C'était la tranquille utopie d'un bonheur communiste, modeste et élimé, elle me suffisait bien.

Le soir, Felice voulut danser. Elle choisit la boîte la plus bruyante et la plus clinquante de cette partie de l'Istrie touristique, et je la suivis.

Le Narrateur

Ils vont dans le monde ensemble, mais à deux allures très différentes. Felice est élégante et féminine, elle réfléchit avant de s'habiller, et chaque jour différemment. Noé réenfile les vêtements de la veille, les change quand ils sont trop froissés, n'en parle jamais et n'y pense sûrement pas. Il est mal adapté, il est mal synchronisé aux circonstances, jamais vraiment à son aise. Elle s'adapte à tout comme naturellement, elle sourit à tout, et lui le plus souvent rechigne. Mais ils dansent ensemble.

Ils ne dansent pas très bien ni l'un ni l'autre, pour ça ils se ressemblent, mais ils aiment ça si c'est l'un avec l'autre. Quand c'est le lieu et l'heure, elle l'entraîne avec une belle tendresse, il la suit en oubliant sa maladresse, et leur danse pas tout à fait accordée à la musique dégage une telle harmonie qu'on les regarde, qu'on leur laisse insensiblement la place, et ils finissent par tournoyer dans un cercle vide qu'ils ne remarquent même pas, trouvant en leur for intérieur, les yeux clos, tout à fait naturel que rien ne les gêne ni ne les embarrasse quand ils dansent tous les deux. La musique s'arrête, ils ouvrent les yeux, se sourient, et s'effleurent les doigts en un contact plus intime encore qu'un baiser.

Je veux leur donner la parole à ces deux-là. Parce que le couple est une monade, un monde en soi et un monde pour soi, une chambre qui n'a ni portes ni fenêtres, on n'y voit rien du dehors et ceux qui y vivent n'éprouvent pas spontanément le besoin de dire, ils se suffisent. Mais si on les interroge sur leur amour avec un peu d'obstination, si on montre de la curiosité et que l'on a du temps pour les écouter, ceux qui s'aiment deviennent brusquement intarissables, car raconter c'est aimer encore, c'est éprouver d'aimer tout le temps que l'on parle, c'est un délice augmenté que de revivre dans le langage ce que l'on a vécu dans l'ordre du corps. J'écris, je suis là pour ça, je donne la parole.

Felice

Toucher Noé me console de tout. Il suffit d'un rien, du dos de la main, de la dernière phalange du plus petit des doigts, d'un instant si bref qu'il ne contient pas même la conscience de lui-même, et mon cœur s'accorde au sien. Tout agacement, toute tension, toute colère s'écoule aussitôt de moi par le petit endroit de mon corps qui est en contact avec lui. Le tact nous synchronise, je ne sais pas comment cela se fait, cela est, il en abuse. Il est insortable, invivable, mais ses mains m'apaisent. Toutes mes raideurs, celles qui me servent d'étais et de murailles, mes règles et mes principes qui contiennent mes agitations pour que je reste réunie en une seule personne, toutes se dissolvent instantanément à son contact, et je me dis que ce n'est pas si grave, que rien n'est grave si je le touche, même par presque rien, à peine du bout d'un ongle, rien qu'un instant.

Malheureusement nous n'avons pas les mêmes goûts, et tant mieux. De ces vacances calamiteuses que nous avons essayé de prendre ensemble, je ne lui en veux de rien. Je suis heureuse quand il l'est, il l'est quand il s'enferme dans son atelier et n'en sort que le soir, après n'avoir rien vu d'autre que ses mains, les murs, ses dessins. S'il s'essaie à une autre vie, il est pénible, je ne le reconnais pas, il est un bloc de refus auquel je n'ai pas accès, contre lequel je m'écrase sans parvenir à le déplacer. Il est impossible à transporter, il ne voit pas même l'utilité d'être transporté, alors je préfère partir seule plutôt que de traîner une statue de bois qui a vaguement ses traits. Noé est insortable au sens précis du mot, il est au mieux dans son atelier, et il n'y est que pour moi. Dans cette pièce emplie de lumière et de couleurs, interdite d'accès à toute autre, est un homme qui m'attend, un homme qui est à moi seule, et je suis à lui.

L'amour est une force si puissante que l'on n'y montre pas ses meilleurs aspects : on montre tout, et personne n'est reluisant en tout; mais on prend tout. On finit par aimer tendrement les faiblesses, les rugosités et les grumeaux obscurs, parce que c'est lui aussi. Alors les étés il reste à travailler, je prends des vacances en des lieux ensoleillés, nous vivons une, deux, trois semaines loin des yeux de l'autre. Nous nous écrivons, intensément, chaque jour. Pas pour raconter ce que nous faisons mais pour nous toucher encore à travers la distance, écrire ce qu'il lira, lire ce que le rythme de ses doigts aura tapé, éprouver la présence de l'autre à l'intérieur de soi, dire des bêtises et des détails parce que c'est lui le destinataire. Ce que nous faisons seuls nous n'en parlerons pas, ça n'intéresse pas l'autre puisqu'il n'y est pas. Mais du bonheur de revenir, nous en parlerons abondamment, ça c'est intime, ça c'est pour l'autre, ça c'est nous.

Je pars prendre le soleil et surtout je m'emploie à faire rien, c'est une activité à part entière pour laquelle j'ai un certain talent. Quand je reviens, c'est en tremblant. Je grimpe l'escalier en courant comme une amoureuse, je heurte ma valise partout, j'ai la poitrine gonflée, je suis essoufflée, j'entends mon cœur battre dans l'artère de mon cou, j'hésite à ouvrir, je m'arrête et j'essaie de calmer mon cœur, je reprends mon souffle devant la porte fermée, je prolonge le moment du juste-avant. J'ouvre la porte, il est dans la pièce, il me regarde comme une apparition et je reste là toute tremblante, il se lève et vient vers moi, je suis heureuse de lui offrir ce que je rapporte, du soleil sur la peau, de l'air, du dehors.

« C'était bien ?, demande-t-il d'une voix étranglée.

— Goûte... », dis-je dans un souffle. Et nous ne parlons plus.

Les vacances ? Vacances de quoi ? Vacances de la proximité, vacances de l'omniprésence, ça nous repose et nous affûte. Nous restons délicieusement vagues sur ce que nous avons vécu chacun de notre côté, lui sans plus d'horaire ni de régularité, uniquement préoccupé de ce qui s'agite en lui, ne reconnaissant plus le jour de la nuit, au bout d'une semaine sentant le fauve, les mains sales, les ongles incrustés de pigments, la gorge engourdie de bière ; et moi imprégnée de lumière crue, ayant passé mon temps à lire dans un hamac, à boire des mélanges d'alcools sucrés qu'en temps normal je déteste, et dansant longuement dans la pénombre et la sueur. Nous n'en parlons pas, au retour nous nous flairons, nous nous touchons. Cela suffit. Nos corps étaient séparés, en un instant ils se synchronisent, ils battent de nouveau au même rythme et nos esprits et nos pensées suivent.

Noé

Tu es ma colombe, précisément ma colombe, parce que je connais une histoire où cet oiseau est une figure de l'éternité. Imagine une boule d'acier de la taille de la Terre, qu'une colombe vient effleurer de son aile une fois tous les mille ans, eh bien quand la boule d'acier sera totalement usée, quand il n'en restera qu'une bille qui tiendra dans la paume de la main, l'éternité aura à peine commencé. Tu es ce tendre oiseau qui s'approche, qui m'effleure de son aile, qui me touche là où j'ignorais pouvoir être touché. J'en frémis, d'une joie que je ne connaissais pas. C'est une joie supérieure à toutes les autres car elle est au-delà de toutes les joies que j'attendais. Jusqu'à te connaître, j'ignorais qu'une telle joie existât, et qu'elle puisse durer. J'attends ton retour, à chaque caresse tu emportes un peu de moi, et quand mon corps sera tout usé, l'amour aura à peine commencé.

CHAPITRE XII

Ce qu'ils font dans la vie

Le Narrateur

Dans le jardin clos, ça sent le gaz. J'ai retrouvé Noé au cloître du musée des Beaux-Arts, qui est une bulle de fraîcheur arrosée chaque matin. Les passants le traversent sans le regarder, les touristes alignés le long de la bonne perspective tiennent leur téléphone à bout de bras, les enfants braillent, jouent, se goinfrent de molles brioches au chocolat pendant que leurs mères bavardent sur les bancs, et au milieu coule une fontaine.

« Et la vie, comment va-t-elle ? Celle de tous les jours... », lui demandai-je à peine il fut assis, ce qui manqua de le faire se relever, puis il consentit à s'asseoir, il se tassa sur le banc avec un soupir.

« Comment veux-tu que ça aille ? Comme tout le monde. Nous passons beaucoup de temps sans nous voir, chacun à ses affaires auxquelles l'autre ne comprend pas grand-chose. La vie amoureuse c'est pas tout le temps. Et en ce moment, pas souvent. »

Il s'arrêta, suivit des yeux les gamins qui braillaient devant nous, qui passaient dans un sens puis dans l'autre.

Ils m'agaçaient ces gamins, on ne s'entendait plus bavarder. Je me suis levé pour aller vers la mère du plus braillard, qui hurlait je ne sais quoi, une réclamation sans doute, les bras le long du corps et la bouche ouverte, ça semblait ne pas pouvoir s'arrêter, en tout cas pas avec les pauvres tentatives de sa mère, ses petits *chut mon chéri!*, qu'il n'entendait même pas avec le volume sonore qu'il produisait.

« Je vois que vous n'y arrivez pas...

— Oui, il est très énergique, répondit-elle en souriant, assez fière de ne pas maîtriser la bête.

— Je peux vous aider. Je suis torgnoleur indépendant...

— ... ?...

— Pour un euro cinquante, je peux lui mettre une torgnole de votre part. Vous verrez, ça calme.

— ...

— C'est l'euro cinquante qui vous gêne ? Une transaction est nécessaire pour que ce soit efficace, c'est comme la psychanalyse. Alors, on part là-dessus ? Pour trois euros j'en donne quatre, à répartir dans l'heure. »

Le gamin se tut, il leva la tête vers moi et me regarda droit dans les yeux, la morve de son nez avait figé, et il ne pensait pas à essuyer ses yeux tout poissés de larmes. Si je le torgnolais, j'allais m'en mettre partout.

« MAIS ÇA VA PAS ?! »

La mère hurla, une chance pour moi, elle m'agonit d'injures, elle en appela à tout le jardin. Je m'éloignai tranquillement, le gamin regardait sa mère vitupérer, il n'osait plus rien dire, calmé pour un moment. Je n'ai jamais eu d'enfants, mais au fond ça ne doit pas être bien compliqué.

Mais toujours dans le jardin ça sentait le gaz, Noé aux yeux sensibles les avait rouges, les miens me piquaient, une odeur légère et agressive flottait entre les buis assez grands pour contenir des bancs où les couples venaient se cacher, les enfants s'arrêtaient de jouer, ils se frottaient les yeux et couraient vers leurs mères demander un mouchoir. Dans le jardin clos, ça stagnait, c'était comme un bassin fermé où l'air se renouvelait trop lentement. Beauté, harmonie, mesure, il n'y avait pourtant que de l'art en ce jardin du musée des Beaux-Arts, mais envahissant tout flottait le relent lacrymogène des mouvements sociaux. La veille dans les rues du centre, là où sont les boutiques de luxe, on s'était battu.

Les manifestations avaient lieu le samedi. La semaine les gens travaillaient, ils venaient sur leur temps libre, je n'y étais pas. Je me sentais trop vieux pour courir sous les bombes, trop vieux pour être brutalisé par des jeunes gens en armure formés aux techniques de police, trop solitaire, et trop heureux de l'être, pour aller dans la rue avec des gens que je ne connaissais pas. Je n'y étais pas pour toutes ces raisons et d'autres encore, toutes aussi fragiles, toutes aussi égoïstes, et parce que j'exerce un métier flou dont l'existence même est chaque jour un miracle, je n'aurais pas su quoi réclamer, ni à qui. Ce qui montre la faiblesse de mon sens politique, car justement ceux qui manifestaient le samedi n'avaient ni collègues à qui se joindre, ni patron à qui réclamer, ni syndicats pour fournir des mots d'ordre raisonnables, alors ils venaient dans la rue avec ceux dans le même cas, et découvraient qu'ils faisaient masse.

Ils défilaient en réclamant des choses vagues et souhaitables, à la grande peur de ceux qui savent ce qu'ils veulent et qui travaillent à l'obtenir, ceux pour qui tout problème a une solution et qui ne voient pas le problème puisqu'ils sont les gagnants au jeu de société. Ceux-ci ne comprenaient pas, et ils auraient voulu qu'on les pende, ceux qui envahissaient les rues commerçantes le samedi, rendant les boutiques inaccessibles. La police, bonne fille, leur tirait dessus en visant la tête.

Le dehors m'appelait et je ne lui répondais pas, je n'y étais pas parce que je ne suis jamais nulle part, par goût inné de la solitude et pratique professionnelle de la contemplation. Je parle pour moi, mais pour Felice aussi, car si elle s'occupe des gens, elle va toute seule comme un chat sur la rambarde d'un balcon, d'un pas souple et sûr sans regarder l'abîme, même si elle ne l'oublie jamais. Elle a son équilibre, elle n'a besoin de personne ; sauf de Noé.

Les samedis nous nous retrouvions chez eux devant l'écran à regarder les nouvelles des rues engazées. Les gens sortaient quel que soit le temps, restaient dehors quoi qu'il arrive, cela nous touchait mystérieusement. C'était confus, contradictoire, désespéré ; et d'une grande vitalité. Felice et Noé étaient collés sur le canapé, et moi sur un fauteuil à l'écart, parce qu'avec eux on est toujours à l'écart. Le chat venait se poser sur moi, se pelotonnait sur mes genoux, et ronronnait les yeux clos.

« Tu y vas, toi ? », demandai-je à Noé. Ils rirent.

« Il y est allé une fois, dit Felice, et ça a failli mal tourner.

— Oh, j'ai pu filer…

— Mais quand tu es revenu, tu avais la face toute râpée et tu sentais le fond de piscine.

— C'était pour la bonne cause.

— Une cause politique ?, demandai-je, étonné.

— Non, l'œuvre. Le grand œuvre… »

Nous regardions l'écran sans rien dire, nous regardions les rues remplies d'une foule hésitante, canalisée par une police survoltée qui les faisait refluer dans un sens puis dans l'autre, la fragmentait et s'abattait à plusieurs sur les isolés, les renversait et les frappait à la matraque, voire à coups de pied. Nous regardions les gaz qui recouvraient tout, les jets d'eau surpuissants qui renversaient un homme pris de plein fouet, les grenades lancées comme des boules de pétanque qui explosaient au milieu des gens, les silhouettes qui s'effondraient comme une masse sous le tir d'une balle de défense, qui restaient à terre en se tenant le visage, les voitures renversées qui brûlaient, les magasins éventrés qui montraient leurs rayons vides, et le vacarme, le vacarme confus de cris mêlés, d'explosions, de cascades de verre brisé. La nuit tombait, des silhouettes s'agitaient dans la brume laiteuse coloriée d'orange par les réverbères et les grandes flammes des feux d'essence. Nous regardions avec stupeur l'extrême violence qui se déchaînait dans les rues dévolues au commerce, nous mangions des bricoles salées et buvions du vin, il fallait ouvrir une autre bouteille, et parfois encore une autre. Nous voyions sur l'écran la souffrance, l'humiliation, la rancœur qui jaillissaient en violence collective, comme un pétrole comprimé par mille mètres d'argile, libéré par un forage, et qui s'enflamme au contact de l'air. Je caressais le chat de plus en plus brutalement, il finit par s'échapper d'un bond avec un petit cri, et s'asseoir devant la télévision sans regarder l'écran, entreprenant de se lécher les pattes avec le plus grand soin.

Ça ne va pas très bien, le pays où nous sommes ; mais dans notre monde très urbain où l'on se préoccupe avec tact de droit, d'art et de littérature, on veut l'ignorer. Et parfois même on l'ignore sincèrement.

Sur le hublot de l'écran défilaient des images du dehors prises par les télévisions, par la police, par les manifestants, par des passants égarés et des gens penchés à leur balcon avec un téléphone, un tourbillon d'images dont il était difficile de déterminer le sens, sauf que ça cognait à deux pas de chez nous, sauf que sous nos yeux notre monde policé tournait au chaos. Des éditorialistes et spécialistes, réunis en tables rondes dans des décors d'un toc rutilant, analysaient les événements avec une mauvaise foi confondante, expliquaient ce qu'il fallait voir, ce qu'il convenait de comprendre, montaient en boucle les mêmes anecdotes et leur répétition passait pour une preuve. Sur leurs réseaux sociaux personnels, ils reprenaient les mêmes courtes analyses en les raccourcissant encore, augmentant leur violence de langage pour compenser la petite taille des phrases, ayant finalement recours au mépris affiché puis à l'injure. Jouant l'affolement, ils mimaient l'héroïsme, ils prétendaient qu'on voulait les pendre et en appelaient au sursaut républicain, à la fermeté de la police et au durcissement des lois. À ceux-là, la carte de journaliste servait de permis de chasse, et ils la brandissaient fièrement comme un sauf-conduit, prétextant des dictatures lointaines pour justifier leur droit imprescriptible à l'envolée lyrique. D'autres détenteurs de la même carte en faisaient un autre usage, mêlés aux foules du samedi pour tenter de voir et d'y comprendre quelque chose, ils se faisaient malmener comme tout le monde par la puissance publique, tirer dessus, confisquer leur matériel d'enregistrement, et parfois molester sous le regard indifférent d'un officier à qui on avait donné comme instructions *Cognez sur les premiers, ça fera réfléchir les autres.*

Un ministre, remarquable par son sourire de fouine heureuse, avait entendu de son bureau un grand craquement qui l'avait fait sursauter, la porte cochère de son ministère venait d'être défoncée par un transpalette. Évacué par son officier de sécurité remonté au pas de course, il sautait par la fenêtre, courait dans le jardin, s'inquiétait pour ses meubles. Cela me ravissait cette fuite paniquée de la fouine éperdue, je sais qu'on ne doit pas faire ça à la République, mais on ne met pas non plus des hommes comme ça à des fonctions importantes. Ensuite, tremblant mais recoiffé, il pianotait sur son téléphone un tweet fiévreux, aussitôt rendu public : « Nos réformes ne sont pas allées jusqu'au bout. Nous devons aller plus loin dans le changement, être plus radicaux dans nos méthodes, dans nos manières de faire, dans notre style. Nous avons trop composé avec certains conservatismes, nous allons changer ça. » Il fallait donc aller plus vite et plus loin dans les processus qui avaient engendré ce chaos : un tel talent dans le jet d'huile sur le feu était fascinant de la part d'un homme à l'intelligence capable de diplômes et formé pour l'exercice du pouvoir. Nous étions entre les mains d'enfants brillants, souffrant d'une incapacité totale à comprendre autre chose qu'eux-mêmes.

Ceux-là, issus des meilleures écoles, souhaitaient naïvement gérer la nation comme une entreprise, et ils étaient persuadés de bien agir parce qu'on leur avait appris cette seule forme de rationalité, qu'ils souhaitaient appliquer à tout. Et si redimensionner, délocaliser, licencier, toutes choses utiles pour l'entreprise, était nécessaire, ils le feraient, même si appliqués à une nation ces mots résonnent d'une étrange horreur, qu'ils ne perçoivent même pas. Les samedis nous étions les planqués du canapé, de simples spectateurs, et devant nous des gens manifestaient, ou plutôt *se* manifestaient, ils étaient les dégraissés de France SA, les victimes de la réduction de personnel, priés d'aller se débrouiller ailleurs, de s'employer eux-mêmes, ou chez des sous-traitants qui utiliseront au mieux leur force de travail sans pour autant les payer. Ils étaient ceux dont on oublie l'existence, ceux plongés dans l'ombre parce qu'on a coupé le courant, ceux que l'on remercie de leur attention mais que l'on n'aidera pas, puisque *les caisses de l'État sont vides*. Alors les samedis ils se montraient, ils se manifestaient et ce qu'ils disaient était beaucoup plus simple qu'une revendication sociale : une injonction morale. Nous sommes la nation; considérez-nous. On s'effrayait du désordre. Nous ne savions pas quoi faire sinon regarder, nous vivions à l'écart, solitaires dans l'âme.

« *Die Welt ist Chaos, aber es gibt Kunst und Liebe* », dis-je alors un de ces samedis, d'une voix empâtée par le vin blanc, parce que le saut d'une langue à l'autre gomme la banalité du propos, parce qu'en mettant des majuscules partout, grandes choses et petites choses, l'allemand transforme une blague de papillote en formule métaphysique, et puis parce que quand même, il n'y a que ça : le monde est chaos mais il y a l'art et l'amour.

« Je n'aurais pas dit mieux, soupira Noé.

— J'espère bien », dit Felice dans un grand rire qui nous emporta tous les trois.

Le chat revint se coucher à côté de moi.

Felice

Je prends tout trop à cœur, c'est Noé qui le dit; il a sans doute raison car à force de me regarder il me connaît mieux que moi-même. Je prends depuis toujours tout trop à cœur, alors quand je dus choisir des études j'ai appris le droit, pour mettre à distance tout ce qui m'agresse, pour traduire ce qui m'envahit en règles rationnelles, avec lesquelles on peut ensuite calculer et conclure. Quand j'étais assise à la bibliothèque universitaire, avec devant moi les livres rouges en piles, tous les codes possibles pour tous les cas de la vie, ça allait. Toutes les violences du monde se réduisaient alors à des situations abstraites dont on pouvait par le calcul extraire les conséquences. Quand maintenant j'étudie les vrais dossiers, je me perds un peu, ils sont trop épais, ils débordent d'expertises, de rapports et de dépositions, de témoignages et d'avis, les éléments ne correspondent jamais très bien, c'est souvent contradictoire ou sans lien, il faut négliger ceci, monter en épingle cela, raconter une histoire dont je sais la fragilité, et puis convaincre, persuader la cour qui connaît tous mes trucs que cette histoire est vraie et que seule celle-ci est vraie, et si on lui applique le calcul juridique, on doit conclure à un acquittement, ou à une peine supportable pour le prévenu qui déjà a perdu sa consistance, réduit à une ombre sur la paroi de la caverne, pas plus solide que le numéro de dossier qu'on lui a donné pour l'occasion.

Et quand je les rencontre, tout vole en éclats. Nous sommes assis de part et d'autre d'une petite table en mauvais état, mélamine rayée, coins cassés, je les interroge, je les écoute, et en regardant leurs yeux cernés, leurs lèvres qui tremblent, les traits de leur visage qui s'animent au ralenti quand ils me parlent, quand je regarde leurs épaules affaissées par le séjour en cellule, leur posture voûtée, leurs odeurs corporelles acides où se mêlent l'inquiétude et la fatigue, la colère émoussée par les heures passées sous les néons implacables à avoir faim, soif, envie de pisser et devoir demander pour tout comme quand ils étaient enfants, envie de dormir et ne pas pouvoir, à perdre leurs chaussures dont on a confisqué les lacets, leur pantalon privé de ceinture, quand je les rencontre dans la cabine exiguë dévolue aux auditions, toutes mes belles constructions, impeccables parce que je suis soigneuse, volent en éclats. Je crois leur histoire même si elle est fausse, même s'ils m'embrouillent et m'enfument plus ou moins habilement, je crois au désarroi, je crois en ces hommes enfermés qui en un dernier sursaut essaient de me convaincre, je vois au ramollissement de leurs traits, à l'odeur de pisse qui flotte dans les couloirs du dépôt, je vois à l'étincelle de leur regard qu'ils font les fiers une dernière fois parce que je suis une femme qui a l'âge de leur mère, et l'élégance distante de leur prof de lettres au collège.

Il y a aussi de vrais bandits dans les tribunaux, ceux-là ne se démontent pas mais ils ont leur avocat personnel, moi on m'appelle pour les peccadilles, les jeunes hommes un peu violents, un peu perdus, ceux coupables de petits délits qui auraient pu mal tourner par maladresse, et sous les néons grillagés vissés au plafond ils ont l'air usés et blafards, ils se redressent une dernière fois pour m'impressionner un peu, mais j'en souris, j'ai une voix douce, alors on parle.

Je fais un travail de femme de ménage, j'entretiens la société en nettoyant les salissures dues à l'usage, je frotte les rampes, je secoue les paillassons, j'essuie les contours des interrupteurs, tous les détails qui rendraient la vie inhospitalière si on ne s'en occupait pas.

Quand je suis descendue au dépôt après les manifestations du samedi, c'était différent. On jugeait jour et nuit, on ne savait pas où les mettre, on organisait des flux entre les commissariats et les tribunaux, on les laissait dans les fourgons en attendant que les cellules se vident. On m'attribua des prévenus, plusieurs à la fois, au tribunal ça durerait un quart d'heure, pas plus, pour juger le cas. Il fallait que ça tourne, il fallait statuer vite avant que les délais ne forcent à les relâcher, il fallait faire des exemples, montrer que la police est ferme, que la justice est ferme, que l'État est ferme, montrer que personne ne vacille, que tout tient debout et que rien ne fout le camp ; mais je prends tout trop à cœur.

Ce qu'on avait là, ce n'étaient pas les jeunes gens habituels, les types survoltés et perdus qui avaient volé un sac, qui avaient trop bu, conduit sans permis, bousculé quelqu'un ou brûlé un scooter, c'étaient des messieurs plus âgés, plus tranquilles, des prévenus un peu penauds gardés par des policiers à la vigilance assoupie parce qu'ils savaient ne rien risquer, ni esclandre ni évasion, pas de bagarres avec ceux-là. En les voyant, je me suis exclamée tout haut, et ce n'était pas avec le ton de l'avocate mais avec celui de la femme qui prend tout trop à cœur, comme dit Noé qui me regarde vivre et respirer, parfois défaillir : « Mais comment ça se fait qu'on n'ait pas les casseurs ? »

Les policiers n'ont pas protesté, un lieutenant qui était là, un beau gars sportif aux traits mâchonnés par l'insomnie, m'a répondu avec fatalisme. Il était à côté de moi, et regardait comme moi les gens assis, les gens normaux menottés pour la première fois de leur vie ; j'avais parlé en mon nom, il m'a répondu de la même façon.

« Ils courent plus vite, madame, ils sont plus malins. Ils viennent pour ça alors ils savent quand il faut filer, ils nous échappent et on n'a que les naïfs, les lents et les surpris, on attrape ceux qui pensaient seulement manifester et qui se sont fait embarquer dans autre chose. »

J'ai soupiré. J'y ai passé la nuit. Je suis revenue les jours suivants, je dormais à peine, je ne savais pas où était Noé, dans son atelier sans doute. C'était ridicule, c'était une cour de sûreté de l'État comme on en fait pendant les guerres civiles, mais avec comme accusés des employés, des artisans, des chauffeurs routiers, des élagueurs de haies, des préparateurs de commande, des aides-soignants, des peintres en bâtiment travaillant surtout au noir, un petit peuple considéré comme factieux pour la possession d'une paire de lunettes de piscine. Pour ceux qui avaient exagéré dans la posture, la sanction était impitoyable.

Dans le sas vitré de l'entrée ils étaient plusieurs, menottés, attendant de se faire enregistrer ; en face, ceux déjà enregistrés, devenus numéros de dossier, se serraient dans la cellule grande comme deux chambres d'étudiant, une quinzaine à l'intérieur, la plupart debout contre les grilles. Il en venait trop, ça engorgeait, au-delà de quinze par jour la machine bloque, et là ils étaient beaucoup plus. Il fallait que je commence au plus vite, je poussai la grosse porte vitrée à l'épreuve de tout, du feu, des balles et des sons, j'entrai dans les souterrains de l'État peints d'une couleur qui fait peur. J'en frémis toujours à cause de la lumière, c'est blanc sale et beigeasse, sans détails, c'est éclairé jour et nuit pour ne montrer rien, et flotte de jour comme de nuit, car le temps y est aboli, un relent ammoniaqué de pisse, de tabac refroidi et de chaussettes. Il y a des cellules où ils s'entassent à plusieurs, avec un banc de ciment d'un bleu délavé, un urinoir en métal, une couverture donnée le soir et reprise au matin pour de mystérieuses raisons de sécurité, malgré le froid qui est là tout le temps. Dans une petite cabine d'audition, je me suis entretenue avec eux, un par un. Je dis le nom, la référence du dossier, on me l'amène, on le démenotte, il s'installe sur la chaise rayée, il faut que ça aille vite. La lumière blanche est insupportable, on a tous un air cadavéreux.

Le premier avait dix-neuf ans, l'air vif et buté.

« Pourquoi vous manifestiez ?

— Pour mes parents. Ils ne s'en sortent pas. »

J'ai senti qu'en le vouvoyant je le mettais mal à l'aise, à son âge il me voyait comme une dame, au moins comme sa mère, alors je l'ai tutoyé mais c'est moi qui étais mal à l'aise, je n'avais plus l'impression d'être avocate, mais sa mère justement :

« Pourquoi as-tu jeté un pétard sur les CRS ?

— Pour les disperser. »

La réponse était claire, et j'éclatai de rire. « C'est un peu présomptueux, non ? »

Il se ferma comme une huître, le moment où nous aurions pu parler était passé, je ne l'avais pas pris au sérieux, c'était fini. Je passai au suivant, puis au suivant.

Dans la salle d'audience ils étaient trois magistrats, la présidente plus jeune que moi, coiffée et maquillée sans excès et sans défaut, elle manifestait sans fatigue ce genre d'intelligence rapide qui réussit en tout car elle ne connaît pas les états d'âme, elle maîtrise le calcul juridique même face à ceux à qui elle va l'appliquer. Ce à quoi j'arrive mal, ce qui fait que je ne suis pas magistrate.

Le premier de mes dossiers à passer était un grand gaillard en pull rouge. À peine sorti du métro, des policiers l'avaient contrôlé, avaient ouvert son sac, et trouvé un masque à gaz, une raquette de tennis, et un sachet en plastique de cinquante boulons d'acier, encore fermé, étiqueté d'un code barre, et un ticket de caisse de Leroy Merlin.

« Vous n'aviez pas de balles ?

— Des balles ?

— De tennis…

— J'ai oublié d'en prendre…

— Monsieur, visiblement vous n'alliez pas jouer au tennis.

— On a le droit d'avoir des boulons, non ?

— Et aussi une raquette, bien sûr, mais les deux ensemble, ce n'est plus un jeu. »

J'ai essayé d'argumenter le ridicule de l'armement, de montrer en le mimant que lancer des boulons avec une raquette de tennis, à imaginer que ce soit possible, ne risquerait pas de blesser le moindre membre des forces de l'ordre, protégés comme ils le sont, mais on me rétorqua la préméditation. Préméditation ridicule alors, marque d'amateurisme, risque peu sérieux, tentai-je. Préméditation ; quatre mois. Ferme. Il fut menotté à nouveau, repartit pour le dépôt.

Affaire suivante.

Un ouvrier d'abattoir, désosseur au chômage, a été pris dans sa voiture où il dormait, garée depuis la veille dans un garage souterrain. Réveillé en sursaut par des policiers qui frappaient à sa vitre ; dans son coffre ont été trouvés un casque, un plastron, deux protège-tibias, et une grenade fumigène.

« Avec ce que j'ai vu à la télé, j'ai pris peur. J'ai ramassé tout ce qui pouvait me protéger.

— Et la grenade ?

— Pour me protéger, vous dis-je. En cas de charivari, je la lance derrière moi et je file, je profite de la fumée.

— Charivari ?

— Oui, de carnaval, quoi. Vous n'avez pas vu la télé ? Je ne voulais pas prendre de mauvais coup. »

Deux mois ; sursis. Affaire suivante.

« J'ai bien jeté quelques cailloux mais ils étaient trop loin, je n'en ai pas touché un seul, même pas sur le bouclier. Et puis ils se sont rapprochés en courant, j'ai été gazé, direct dans la figure. J'ai eu un coup de sang, j'ai foncé tête baissée, j'ai tout de suite pris un coup et je ne me souviens pas de grand-chose. »

Il avait un énorme coquard violet sur la moitié du visage, un pansement encroûté de sang sur le front.

« Pourquoi avez-vous dit : “Vous servez à rien, putes du président.”

— Je m'excuse, je n'aurais pas dû dire qu'ils servent à rien, ils sont utiles.

— Mais *putes* ?

— Ah ça… quand même… faut pas se voiler la face… »

Coups, injures, insinuations sexuelles, quatre mois fermes. Affaire suivante.

Le retraité aux cheveux blancs, au cou fragile où pendaient deux fanons de peau fripée, comparaissait pour pillage.

« Ça balançait de partout, il y avait des cailloux qui pleuvaient par-derrière, des grenades qui volaient par-devant, la vitrine du Decathlon devant moi était cassée et il y avait un casque rouge sur le trottoir, un casque de vélo avec encore l'étiquette. Je l'ai ramassé, je me le suis mis sur la tête, c'était pour me protéger. Ensuite j'ai été embarqué. Jeté par terre, roué de coups, et puis embarqué. Heureusement que j'avais le casque.

— Les caméras de surveillance montrent que la vitrine a été brisée intentionnellement à la masse, et que les rayons ont été pillés, particulièrement les rayons golf et base-ball qui ont fourni des armes aux casseurs. Il faut être ferme sur les pillages, poser des limites, surtout s'ils sont suivis de distribution d'armes par destination.

— Moi j'avais seulement un casque…

— Vous avez participé à un délit collectif.

— Délit collectif ? Mais madame la présidente, ça n'existe pas !, intervins-je, offusquée.

— Vol aggravé, commis en réunion, avec projet de s'en prendre physiquement aux forces de l'ordre à l'aide d'armes de catégorie D, volées dans cette intention… maître, ça vous convient comme ça ? Je vais un peu vite dans les formulations mais on n'a pas toute la nuit.

— Mais il avait un casque de vélo… et vous avez vu son physique ? Il a des bras de poulet… Vous le voyez casser une vitrine à la masse ? Madame la présidente, je suis un peu offusquée de la façon dont la justice se passe, en tout cas en ce qui concerne mes clients. »

Là encore, je n'avais plus ma voix d'avocate, la belle argumentation volait encore en éclats, je prends tout trop à cœur.

« Maître, à partir de 9 heures du matin tous les médias relayaient en boucle les affrontements. Ceux qui ont décidé de se rendre sur les lieux savaient que ce n'était plus pour manifester pacifiquement, c'est donc en connaissance de cause et à leurs risques et périls qu'ils s'y rendaient. Le simple fait de rejoindre la manifestation les rendait complices des délits avec préméditation qui ont été commis.

— Avec cet argument, on arrête des gens qui n'ont rien fait.

— Qui *allaient* faire.

— Arrêter par précaution, et condamner sur une probabilité, ce n'est pas l'usage dans un État de droit...

— Maître, on ne va tout de même pas attendre que le délit soit commis pour réagir !

— Mais si... parce que sinon, ça signifierait quoi, la justice ? »

Il a pris deux mois, j'ai fermé le dossier comme on claque une porte, avec du papier ça fait moins de bruit, je me suis mordu les lèvres. Je prends tout trop à cœur, c'est certain. Je rentrai épuisée.

Le Narrateur

« Il y a un bonheur absolu à dessiner », me dit Noé. Je veux bien le croire mais je n'y connais rien, je l'espère pour lui parce que c'est ce qu'il fait toute la journée. Dans l'activité d'écrire qui est celle que je connais, il y a plutôt de l'agitation, de l'inquiétude et beaucoup de découragement. Écrire, c'est faire du ski en station, ce vieux loisir du siècle dernier qui passe de mode et disparaît en même temps que la neige. C'est un peu ça, écrire : avoir froid et faire la queue avant toute chose, piétiner, espérer de ne pas déraper et se casser bêtement la figure avant de commencer, voir les télésièges arriver, se placer maladroitement, se faire engueuler par le personnel, appréhender le choc, s'embarquer avec quelqu'un qu'on ne connaît pas, un autre anonyme sous son équipement ridicule, craindre pour les skis qui pendent et les bâtons qui encombrent, appréhender encore l'atterrissage, déraper, faire la queue encore, et puis voir la piste, la craindre un instant, et filer, enfin. Le bonheur d'écrire est là, quand ça marche, quand ça vient, dans les quelques minutes de glisse sur la neige gelée, dans le moment bref où tout s'enchaîne sans frottements, et puis on arrive et on s'arrête, on recommence, cela n'a pas duré. Tout ça pour ça ; et on continue, on reprend, des heures d'attente pour un peu de légèreté, le froid qui fige, ça va revenir, on glissera à nouveau. Mais je m'égare. Je suis là pour écouter.

Noé m'a parlé du bonheur de dessiner parce qu'il avait déroulé le grand œuvre, un dessin de quinze mètres de long, un mètre cinquante de haut, un rouleau de papier kraft épais qu'il avait posé par terre et déroulé devant moi. Il y avait là des centaines de personnages grands comme la main, tous avec un visage reconnaissable, tous avec un geste précis, tous avec des vêtements identifiables, et tous ensemble ils allaient dans la même direction, vers la gauche, à contresens du sens de lecture courant, ils défilaient en agitant des drapeaux et des pancartes sur lesquelles des inscriptions minutieuses avaient été tracées, et tous disparaissaient dans la vapeur lacrymogène. À l'autre bout du dessin étaient rangés des CRS figés dans l'encre noire dont on ne voyait que les yeux, par groupes de trois, un qui brandit le bouclier, un qui le guide en le tenant au collet, le troisième avec un fusil lance-grenades dirigé vers la foule, parfois plié pour le recharger de munitions, et erraient autour d'eux les meutes de la BAC, en blouson de cuir et brassard orange, casque hétéroclite et matraque télescopique, visages dissimulés, traînant le contrevenant par terre, le cognant pour le maîtriser et le menottant sans égards. C'était gigantesque, épique, enveloppant. C'était la tragédie de l'émotion populaire, l'élan revendicatif et la violence policière, un tableau français comme Delacroix qui se lisait en marchant le long de ses quinze mètres de dessin serré, c'était grandiose comme *La Liberté guidant le peuple*, mais refaite après l'invention du cinéma, de la bande dessinée, des arts séquentiels.

« Tu as passé combien de temps à faire ça ?

— Je ne sais pas. J'ai commencé, je n'ai pas pu m'arrêter. »

C'est là qu'il m'a dit qu'il y avait un bonheur absolu à dessiner, et que cela suspendait le temps et la fatigue. Et quand il n'en pouvait plus de dessiner accroupi, de manipuler plusieurs outils sur la vaste étendue brune du papier kraft, il se relevait, allait s'asseoir, et avec seulement de l'encre appliquée à la plume il dessinait sur du bristol blanc très lisse, il dessinait la même chose, les gens qui défilent et s'affrontent mais autrement, du noir, du blanc, en grosses masses bien délimitées ; et quand il était las de si peu de diversité, il retournait s'accroupir et continuait sa grande fresque où chaque geste était libre. De changer le reposait, chaque dessin le reposait de l'autre, il pouvait tenir longtemps, jusqu'à épuisement de son sujet, et de son propre corps.

« Les fragments à l'encre, je voudrais en faire un livre, comme il n'y a que du noir, l'impression sera simple, il n'y aura aucun problème de nuances. Mais je voudrais un texte pour tous les relier. Tu ferais ça ?

— Un texte sans nuances non plus ?

— Tu peux sûrement faire ça. »

Il m'a fait plaisir avec cette proposition, moi aussi j'avais envie de raconter ce qui nous étreignait chaque semaine sans que nous soyons capable de rien faire de plus actif que de regarder encore et toujours sur un écran des scènes de violence et de dévastation des rues commerçantes. C'est sûr que ça m'attirait, de raconter le corps social qui tousse et qui s'agite sans pouvoir parler.

« On pourrait l'appeler : *Alors, ça gaze ?*

— Vas-y, continue, c'est à toi... »

Noé

J'étais à genoux, j'ai mis un coussin sous chaque genou, et j'ai dessiné les personnages un par un. Je voulais que tous ceux qui participent à la grande émotion populaire que je mettais en scène ressemblent à quelqu'un, pas deux pareils, aucun d'inventé, j'avais mes croquis pris sur place et aussi des photos trouvées sur internet, imprimées de façon que les personnages aient tous la même taille pour les contours et la posture, et je leur donnais à chacun un visage. Je ne pensais à rien d'autre qu'au trait, j'étais dedans, avec eux, j'y ai passé des heures pendant des jours, j'en pleurais de concentration, j'avais les yeux rouges comme si j'étais environné des gaz, j'avais des crampes, des bleus aux genoux et aux phalanges comme si j'avais reçu des coups. Je flanchais, je dormais un peu, j'y retournais. J'ai dû perdre trois kilos avec ce dessin, pas plus parce que sinon c'est de l'os et du tendon.

Felice était très absente, je ne lui demandais rien, et elle ne me demandait rien, elle rentrait à des heures irrégulières, elle repartait n'importe quand, moi j'étais dans l'atelier, je ne remarquais rien. Quand je suis arrivé au bout du rouleau, c'était le petit matin, je suis allé me coucher, elle était là, elle dormait. Je me suis déshabillé, je me suis glissé contre elle, elle sentait la sueur, sa merveilleuse sueur organique et fruitée dont elle croit qu'il faut se débarrasser mais qui m'enivre. Quand je me suis réveillé, elle était encore là. Nous avons paressé au lit.

« Tu ne vas pas travailler ?

— C'est fini. Et toi ?

— Plus de papier.

— Moi, plus d'audience. »

Elle a ri, moi aussi, elle était chaude sous la couette, onctueuse comme un pain sorti du four, celui dont on croque l'extrémité dorée avant de rentrer à la maison.

« Tu faisais quoi tous les jours ?

— Un dessin.

— Un seul ?

— Oui, mais très grand, très long. J'ai dessiné les manifs du samedi. Je l'ai montré à Karim, il l'expose sur tous les murs de la galerie, il dit que c'est de la peinture d'histoire et qu'il va en faire un monument. Le grand œuvre est fini. Et toi ? J'ai l'impression que tu as passé beaucoup de temps dehors.

— J'étais aux comparutions immédiates. On jugeait les manifestants des samedis. »

Nous nous sommes regardés. Nous nous retrouvions, interloqués, ébahis, épatés.

« Alors… dans l'esprit nous n'étions pas très loin l'un de l'autre !

— Jamais loin… mais moi j'étais avec les gens.

— Moi aussi. À ma manière. Tu sais que j'ai du mal avec les gens quand je suis enfermé avec eux. Mais sur ce dessin, tout était là ; physiquement, je ne peux pas faire plus. »

Nous ne sommes pas sortis de la journée.

CHAPITRE XIII

La condition floue de l'artiste

Le Narrateur

Je continue de suivre les conseils si avisés de mon éditeur, je fréquente, je dîne. Quand on m'invite, je viens, quand on me questionne, je réponds, quand on me demande mon avis, je le donne.

Les gens sont fascinés par les écrivains, ils tâchent de s'en approcher, ils veulent leur parler, et leur disent beaucoup de conneries en toute sincérité. Les gens croient en l'écrivain, et c'est étrange en ces temps où le livre est un objet perdu, en ces temps où l'on craint le difficile, où l'on lit moins, chaque année un peu moins, et plutôt des choses transparentes, de plus en plus transparentes, jusqu'à disparition de toute substance. Bientôt on vendra des livres aux pages blanches où le lecteur projettera sa propre vie en fronçant le sourcil d'un air inspiré. Malgré cette lente absorption par un trou noir de toute la galaxie Gutenberg, on continue de prêter aux écrivains une lucidité miraculeuse quant à l'état du monde et aux profondeurs de l'âme, alors nous vivons à crédit, abusant sans vergogne de ce que l'on nous prête, nous en vivons et ne le rembourserons jamais. S'ils savaient combien c'est peu romantique d'être écrivain, de passer ses journées assis face au mur comme n'importe quel employé de centre d'appels, à essayer de raconter quelque chose de vivant alors que l'on vit cloîtré.

Mais en cet âge de désolation, on croit aux artistes. On croit d'ailleurs en beaucoup de choses qui ne sont visiblement pas là, et qui dans la réalité ne sont jamais à la hauteur du rôle qu'on leur prête : l'efficience des marchés, le salut par l'innovation, la communication par les réseaux et le génie naturel des données, on croit en tout et n'importe quoi, on croit en toute chose qui pourrait nous sortir de là, parce qu'on sent bien que ça ne va pas.

On croit en l'artiste, bien plus qu'en l'art d'ailleurs, dont on s'accommode très bien qu'il soit mort, on croit en la personne de l'artiste comme on croit confusément aux superhéros : on n'y croit pas tout à fait, mais quand même, parce qu'on sait très bien que c'est seulement pour ceux dotés de superpouvoirs que ce monde-là est fait, l'homme normal n'y survit pas. L'artiste est bien placé dans la course à la croyance, il est censé être voyant, prophétique, alors qu'il a tout inventé. L'artiste fait des trucs et les montre, il laisse le soin aux autres d'y voir quelque chose, et quand ils commencent à dire ce qu'ils ont cru voir, le piège s'est refermé, c'est gagné. Si on le voit artiste, l'artiste, eh bien il l'est, artiste. C'est fascinant, circulaire, autoréalisateur, et le moteur de tout ça est la croyance en sa forme dégradée de crédulité, croyance que l'artiste possède quelque chose que l'on ne sait pas, le superpouvoir, la supervision, la clé qui ouvre la porte des mondes. Ha ha ! S'ils savaient. Ils savent, au fond d'eux-mêmes, mais ils ont besoin de croire.

Cela ne semble effleurer personne que je n'aie pas d'avis sur tout, et quand j'en ai parfois un, il ne vaut pas mieux que celui de n'importe qui, mais on me prête des dons de prescience parce que j'écris des livres. Alors, bon garçon, je m'exécute, comme un spirite qui après s'être fait un peu prier s'installerait au guéridon d'un air inspiré, et le bousculerait discrètement du genou pour qu'il tourne, pour ne pas décevoir, et puis il y a un bon dîner après. On remarquera que toute l'économie du siècle est basée sur le prêt, la dette, la jongle de trois boules avec seulement deux mains, l'illusion qui court vite et par là échappe à la vérification. Répondre avec aplomb à toute question, distiller quelques banalités sur un ton de confidence, faire croire à celui qui vous écoute qu'il a tout compris parce qu'il a déjà entendu ça quelque part, c'est un talent de société que je ne pratique pas plus mal qu'un autre. Mais malheur à qui effleure les domaines où j'ai un peu d'assurance, les rares où j'ai des idées puisqu'il s'agit de mon travail, mon seul travail, ma seule activité, qui consiste à raconter des histoires que l'on mettra des jours entiers à lire.

Cette dame, apprenant que j'écrivais tout un roman sur l'amour, en fut émoustillée. Nous étions côte à côte à un dîner, et confondant droite et gauche elle m'avait piqué mon pain par erreur, l'empressement des excuses qu'elle m'avait présentées en rougissant avaient créé un lien. Elle était charmante, mûre et rêveuse, elle voulait participer à la création en bavardant. Elle roucoula, ce qui était *gorgeous* (mot que j'aime bien parce qu'il me fait penser aux tourterelles), et elle m'aurait ouvert d'érotiques perspectives si je n'avais pas été retiré de ce genre d'affaires.

« Un roman consacré à l'amour, enfin !, dit-elle, déjà enflammée. Vous allez nous faire votre *Belle du Seigneur* ?

— Oh, pas du tout. Je vais même faire exactement le contraire.

— Le contraire de l'amour ?

— Non, le contraire de cet affreux roman dont vous parlez.

— Affreux ? Allons… l'amour y est sublimé !

— Je m'étonne toujours que l'on croie que *Belle du Seigneur* soit un roman d'amour, alors qu'il en est la destruction la plus méthodique. Ce mystère tient sans doute à ses mille pages, il fut bien vendu mais peu d'exemplaires ont été lus jusqu'au bout. Ou alors les gens ne comprennent rien à l'amour.

« Parce que quand même, il faut lire ce qui est écrit : beaucoup plus que de l'amour, il est question des ridicules de la bourgeoisie goy, de son strict entre-soi qui empêche les juifs plus brillants qu'eux d'en faire partie. Bien plus que l'amour, le problème du beau Solal est celui-ci : la reconnaissance sociale. Il est ce que la petite île de Céphalonie a produit de mieux, il est beau, brillant, séduisant au dernier degré, il est doté de toutes les qualités intellectuelles et physiques, il a été pourvu de tous les dons, et dans l'étriquée petite Genève on lui refuse la place qu'il mérite. Albert Cohen, que l'on reconnaît en transparence derrière l'écran de papier, a bien connu Genève, c'est sa vie de haut fonctionnaire international qu'il raconte, et il s'acharne à longueur de pages sur les limites et les ridicules du mari d'Ariane qui incarne toutes les petitesses qu'il déteste et qu'il a dû accepter, dont il a dû détourner le regard toute sa vie, jusqu'à ce qu'on se réjouisse que cet imposteur de mari soit cocu, oui, cocu, ce terme ridicule, tellement petit-bourgeois, il ne mérite que ça.

« Et quand dans les pages qui restent il est question d'amour, c'en est la destruction pierre à pierre. Ce portrait d'un Solal blasé qui ne croit plus en rien est au fond le roman dépressif d'un vieil homme déçu de tout, qui regrette que la

Céphalonie n'ait pas conquis le monde alors qu'en lui donnant naissance elle le méritait. Le seul amour qui vaille en ces pages est celui qui n'a pas lieu, le moment le plus intense est celui où Ariane, dans la robe neuve qu'elle a fait faire pour l'occasion – ce qui vaut un chapitre entier d'inquiétudes et d'hésitations chez le tailleur –, traverse Genève pour rejoindre son amant qu'elle n'a pas vu depuis trois semaines. Elle vibre, elle est éblouissante, elle ne va nulle part puisque rien n'aura lieu, l'idée de l'amour à venir est la seule qui soit sublime, le bonheur s'arrête là. Sinon tout est désespérant, l'amour est une idée vague, une tromperie consentie qui se dissipe à la moindre manifestation de la réalité, qui se détériore au moindre remugle ou borborygme, à la moindre allusion physiologique : dans l'amour tout doit être sublime, donc inexistant. L'amour selon Cohen, ou selon Solal, je ne sais pas s'il faut faire une différence, est une pensée élevée gâchée par les corps réels qui pètent, qui mouchent ou qui pissent ; alors que c'est des corps organiques que l'on reçoit la présence, c'est par eux que l'on aime, c'est d'eux que l'on jouit, et que l'on est. Sans ce corps à vapeur qui trépide sous la pression, ce serait quoi, l'amour ?

— Ah bon ?, dit-elle ébahie.

— Oui madame. »

C'est vrai, quoi, ce livre dont on parle plus par ouï-dire que par expérience, assez gros pour qu'il reste opaque à la plupart de ses citateurs, ne contient que dégoût du corps, haine du vivant, recherche d'une perfection absurde et stérile qui rend toute vie impossible et voue ceux qui y croient (dans sa forme dégradée de crédulité) à un enfermement de maniaques sans autre issue que l'isolement, le dépérissement et la mort.

« Ce livre narquois, madame, est un long démontage dépressif de l'amour, la description minutieuse d'une toxicomanie qui ronge ceux qui s'y laissent engloutir. C'est pas mieux que ça, l'amour ? Ça ne mérite pas mieux que de devoir être dénoncé, moqué, décortiqué jusqu'à n'en laisser qu'une illusion vide, bonne à jeter ? L'amour, ce ne serait pas mieux que sa déception, qui fait souhaiter qu'il n'ait pas lieu ? C'est pas bon, l'amour ?

— Ben… si.

— C'est ce que je pense, mais les romans dont on croit qu'ils en parlent ne font que le détruire, sous prétexte de dénoncer la niaiserie des illusions bourgeoises. *Anna Karénine*, c'est aussi la description d'une toxicomanie amoureuse qui finit sous le train pendant une crise de manque, c'est d'abord une mise en garde contre ceux qui s'éloigneraient de la terre russe, de ses champs à moissonner et de ses bonnes joues rouges. *Aurélien*, c'est la chronique d'un amour qui n'a jamais lieu, et on trouve ça mieux. *Jour de souffrance*, c'est, dans le monde flottant de la partouze, le surgissement inattendu de l'amour, mais considéré uniquement par son envers, la douleur de peut-être le perdre. À croire qu'il n'y a que la poésie pour dire l'amour, pour en transmettre la vitalité, l'exaltation et l'élan, en quatorze vers pas toujours clairs mais qui sonnent bien. Le roman, avec son réalisme et sa lucidité, semble ne pas savoir le raconter autrement qu'en le disséquant avec méchanceté, jusqu'à n'en laisser plus qu'une poignée de ridicules et quelques amants malheureux. L'illusion romanesque s'acharne à déconstruire et à détruire l'illusion amoureuse : c'est de la rivalité envieuse, ou quoi ? »

La dame s'est désintéressée de moi.

L'art, je ne sais pas si c'est bien la peine qu'il existe, mais il a un usage personnel qui suffit pour que l'on en fasse. L'artiste, c'est celui qui dessine la femme qu'il aime et qu'il désire, parce qu'il en veut encore et que le monde tout entier, et le temps tout entier, ne lui suffiront pas pour aimer cette femme-là, il lui faut au moins l'univers, et l'éternité. L'artiste c'est celui qui se réveille après l'amour, qui se lève pour aller chercher ses outils et dessine l'amoureuse encore endormie, enveloppée dans le drap qu'ils viennent tous les deux de froisser, parce que dans son corps éreinté la même flamme qui les a embrasés brûle encore, et le profil de l'endormie se détachant sur l'oreiller l'émeut encore, et de cette émotion il veut s'approcher, encore. L'art c'est ce seul mot : encore.

Parce que plus je m'approche de toi, Felice, plus l'espace entre nous se charge de magnétisme, une force qui rend l'air élastique et solide, étrangement résistant, par cette loi universelle qui se manifeste lorsqu'on rapproche deux aimants disposés *à l'envers*. Je réduis encore la distance, et la résistance qui reste devient encore plus intense, chaque millimètre d'avancée aussitôt compensé par une augmentation de force magnétique, qui rend l'air plus solide encore. Je m'obstine, c'est effrayant comme le monde résiste au désir, la fente infime qui nous sépare devient d'une résistance infinie, mon émotion est intense, je tremble, prêt à exploser, la proximité absolue est une impossibilité, une absurdité logique follement désirée, le désir est une nostalgie au moment même d'apparaître. Et puis tout se dissout dans la brusque déflagration de la jouissance, dans le bref évanouissement pendant lequel l'espace qui nous sépare n'existe plus, petite mort, bulle d'obscurité qui éclate, le corps bat comme si l'on avait couru alors que l'on n'a presque pas bougé, à peine d'une fraction de millimètre. C'est d'une profondeur infinie, mais en échange cela n'a pas de durée.

Tu es là, je t'aime, tu m'aimes, et c'est toujours trop peu ; tout ce qu'il est possible de faire pour saisir l'amour est trop peu. Mais il est pour moi un monde d'encre et de papier où je te rejoins ; et mon métier depuis toutes les années que je le pratique m'a seulement appris ça, et c'est le plus important : j'y plonge à volonté. Dessiner est un espace où la distance n'est pas une calamité, en faisant une image de toi je l'accepte parce qu'elle n'est plus séparation mais intime contemplation.

Je dessine ses jambes, uniquement ses jambes, sur une feuille de papier épais qui retient bien les poudres de pigment, c'est une étendue de sable. L'encre par-dessus a des aspects de soie. Je dessine ses jambes. Quand Felice marche dans la rue ses talons claquent, ce tintement sec l'accompagne, c'est sa cuirasse et sa bannière, c'est une icône sonore qui la montre et qui la protège, et ainsi brandi, son corps vêtu est l'emblème de son corps timide, elle va très droite dans les rues d'un pas régulier, fine étrave d'un vaisseau qui tranche les vagues et laisse derrière lui le murmure d'un sillage. Dehors elle règne, par le claquement régulier de ses talons sur les sols durs, béton, bitume et carrelage ; quand elle revient elle ôte ses chaussures, elle est plus petite de quelques centimètres, et tendrement pusillanime.

J'ai dessiné ses jambes qui marchent, j'ai dessiné ce compas régulier qui donne à mon cœur son équilibre et sa mesure. Je les ai dessinées sur un fond rouge intense constitué de plusieurs pourpres mêlés et malaxés, comme un sang qui pulse par giclées hors d'un cœur percé. Ses deux jambes assombries de bas arpentent le pourpre, l'une est levée, floutée par le mouvement, l'autre plantée droit dans le sable de l'arène que j'ai disposée autour d'elle, chaussée d'un fin soulier à bride au talon décidé, vertical, une chaussure de reine qui va sans hésitation ; c'est le moment immobile du claquement sur le sol, les chaussures sont peintes d'une encre noire et luisante qui sonne comme du cuir verni.

Felice est une reine que j'ai placée sur le cercle de sable, il n'est pas de lieu plus exposé que l'arène où je viens la rejoindre ; il n'est pas de femme plus menacée que la reine au grand jeu des échecs, mais il n'est pas non plus de femme plus puissante, et de lieu plus sacré que le cercle de sable où a lieu le dessin. Je l'entends monter l'escalier et fermer la porte, en entrant elle ôte ses chaussures, plus de bruit, ses pieds tâtonnent avec précaution, elle se déplace avec légèreté, elle s'approche. Elle m'embrasse.

« Ce sont mes jambes ?, demande-t-elle.

— Ce sont tes jambes. »

Felice

Karim m'apaise avec son pragmatisme joyeux. Je n'aurais jamais pensé employer ces deux mots ensemble avant de le connaître, mais c'est ce qu'il fait, c'est ce qu'il est, un esprit pratique jamais pris en défaut, mais qui maintient avec toutes choses une distance amusée, ce qui lui fait trouver que tout, le meilleur et le pire, prête heureusement à sourire. Et puis il était là ce jour où ma vie prit une autre voie, c'est lui qui m'a désigné Noé, qui m'a avancé une chaise, qui m'a servi à boire. Et puis il lui a glissé dans la main avec un sourire innocent, ou complice, ou les deux car c'est l'homme des paradoxes, le papier plié où était écrit le chiffre pour me retrouver.

Il est notre témoin, notre diablotin, il est celui toujours là, et je viens souvent dans sa galerie pour me reposer de tout, je m'assois au même endroit, lui s'installe comme il était à ce moment-là, et nous buvons un verre. Le grand œuvre de Noé occupe trois murs, les figures brutales émergent des gaz, on en a les yeux qui piquent.

Je le regarde, il me laisse regarder en silence, il faut pour le voir en entier tourner la tête, parcourir physiquement les quinze mètres du dessin plié sur trois murs, on doit accompagner les gens dans le cortège et se perdre dans l'affrontement dissimulé de brouillard. Il finit par me dire avec un sourire tendre :

« Il est bien, non ?

— Ça va se vendre, ça ? Grand comme c'est…

— Oh Felice ! Femme inquiète… »

Il éclate carrément de rire, mais de ce rire-là, le sien, je ne me formalise jamais. Je me demande pourquoi c'est cette réflexion-là qui m'est venue et que j'ai prononcée tout haut, pourquoi celle-là avant toute chose, et pourquoi d'un ton très froid, comme détaché, je me suis inquiétée d'argent. Il pose sa main sur mon bras, une main très douce, cet homme est apaisant.

« Ne sois pas impatiente, c'est en cours mais c'est long, le temps de la vente est lent dans ce marché. Je m'en occupe… je m'en occupe très bien de ton Noé… ceci sera vendu au mieux.

« Et puis regarde ce qu'il a fait en attendant. Pour patienter pendant que je m'occupe de sa gloire, et aussi pour avoir quelque chose à vendre. »

Il se lève pour prendre un livre sur une pile, une bonne grosse pile posée sur son bureau que je n'avais même pas remarquée. Il me le porte, je le feuillette, c'est très beau, c'est d'un noir brutal sur fond blanc, un beau noir intense et profond sur un papier épais, très doux. *Alors, ça gaze ?* C'est le titre.

Il y a un texte, un long texte dont je lis quelques lignes, puis plusieurs pages, c'est vif, c'est mordant, un peu méchant comme un pamphlet poétique dont le sujet serait politique, je ne sais pas qui l'a écrit mais il connaît très bien ce que fait et pense Noé, c'est saisissant, comme s'ils avaient passé beaucoup de temps à bavarder ensemble. En regard du texte disposé au milieu de la page en pavés étroits et gras rayonne un dessin en pleine page, uniquement à l'encre noire. Ce sont les personnages du grand œuvre qui sont là par petits groupes, comme des photos d'actualité prises par quelqu'un qui serait parmi la foule, une personne, trois, dix, tracées en traits souples, l'espace autour d'elles en vastes aplats noirs comme une gravure sur bois, chaque image entourée d'un filet d'encre qui la limite et lui donne une présence d'instantané, une capture d'instant, c'est la durée de la bataille de rue découpée en fines tranches immobiles, les photogrammes peints à la main d'un film qui a eu lieu, vraiment, une séance tous les samedis.

« C'est beau, dis-je.

— Oui. »

Karim sourit tranquillement bien adossé à son fauteuil, il déguste son verre, il me laisse apprécier. Quand il trouve qu'il a réussi quelque chose, il affiche un sourire candide que l'on ne peut pas trouver prétentieux.

« Ça se vend bien, tu sais. On en parle. »

Karim n'a aucun état d'âme devant la réussite. Si ça marche, c'est bien, rien de plus, pas de quoi en faire un plat, si ça marche pas, tant pis, c'était une belle aventure où il aura appris quelque chose. Il aime l'art avec une naïveté rare en ce milieu où on s'y connaît plutôt qu'on ne l'aime, et il gère ses affaires avec une grande minutie. Heureusement qu'il est là.

« Heureusement que tu es là pour que mon Noé mange…

— Oh, chacun son rôle. J'ai toujours voulu dessiner et quand j'étais petit, je restais dans ma chambre à dessiner des fleurs. Ma mère pensait que ma vie était foutue, la sienne aussi, parce qu'un garçon ça ne dessine pas des fleurs. Alors j'ai arrêté de dessiner, je me suis marié, j'ai eu des enfants, ma mère est rassurée ; et je fais commerce de dessins de fleurs. »

Noé torse nu, pieds nus, vêtu d'un large pantalon de lin bleu, est assis dans son atelier entouré de ses dessins, les jambes écartées et les poings sur ses genoux ; il regarde celui qui est en cours, devant lui, à ses pieds, il le scrute et le juge. Il est beau et puissant quand il est assis comme ça. Il a la peau d'un homme de cinquante ans, légèrement trouble mais tendue sur ses muscles, ses os et ses tendons qu'elle laisse apparaître sans secrets. Je connais la fermeté et la puissance de ce corps, sa douceur quand il s'approche de moi, sa vigueur et son endurance, son abandon à mes bras quand tout est accompli. Je suis rentrée, je me suis déchaussée, j'ai posé sac et manteau, tous ces accessoires de cuir fin qui me permettent d'exercer mon métier sans que l'on regarde en moi autre chose que la femme élégante, la juriste compétente, rien de personnel, je ne le supporterais pas. Je passe sans bruit dans l'appartement, et de le voir ainsi par surprise, par la porte entrouverte de son atelier, cela me serre le cœur, déclenche une brusque ébullition dans ma poitrine, une envie de faire quelque chose mais je ne sais pas quoi, cela me rend floue, mon pas hésite, se suspend, je reste en équilibre, mes bras sont à demi levés, ma bouche entrouverte, je voudrais dire quelque chose qui lui soit destiné, qui soit à la hauteur de mon trouble, mais je ne sais pas quoi. Je sens un sourire, un sourire tendre et heureux s'élargir sans contrôle sur mes lèvres, il envahit tout mon visage, le tourbillon qui me renverse à l'intérieur se résout ainsi. Je ne suis plus qu'un sourire maintenant, un sourire tremblant qui déborde, un sourire adressé au dessin précis de ses muscles et de ses épaules, aux poils blancs qui parsèment sa poitrine, aux lunettes avancées sur son nez qui lui sont nécessaires pour voir ce qu'il fait, à sa force et à sa fragilité qu'il me montre à son insu. Et puis il lève la tête, il me voit, me regarde, il me tend la main. « Viens. » J'entre pieds nus dans son atelier, en faisant attention de ne rien écraser.

Ces deux jambes qu'il a dessinées sont saisissantes. Je reconnais les chaussures, ce sont les miennes mais pas tout à fait les jambes. De façon générale je ne me reconnais pas sur les photographies ni dans les miroirs. Il faut qu'il me dessine pour que je me voie, je me vois alors avec ses yeux, avec ses mains, alors seulement je me reconnais, mais j'ose à peine comprendre que c'est moi.

« Tu es sûr que je suis comme ça ? Ce n'est pas trop beau ?

— J'invente ta beauté Felice… »

Je le frappe de mon poing, petit poing rieur sur son épaule dure.

« Tu aurais pu mentir par politesse…

— Mais inventer, ça ne veut pas dire que ça n'existait pas. C'est le vieux mot que l'on emploie pour les trésors enfouis. C'était là et on ne le savait pas, on s'approche et on trouve. On donne un nom, mais seul le nom est nouveau puisque le trésor était déjà là ; maintenant on sait, ce qui était caché brille aux yeux de tous. J'invente ta beauté, Felice, je la mets au jour ; tu étais une jarre scellée que j'ai ouverte, et maintenant tu me donnes vie, tu es un puits sans fond rempli d'eau vive, qui est délicieuse. Mais je ne montre que ce qui existe : c'est toi et bien toi. »

Je me demande si ce n'est pas trop, et puis je ne me demande plus rien. Noé est toujours sincère. Loufoque, excessif, inattendu au point d'en être obscur, préoccupé d'expliquer ce qu'il fait pour qu'on se trompe le moins possible, mais ce qu'il sent est vrai, c'est la quille de plomb qui maintient son navire. Tout ce qu'il dit est imprégné de sensation vraie, ses mots ne sont jamais vides.

Je m'assois sur ses genoux, il m'entoure de ses bras nus, et me serre, il pose son front très doucement sur mes petits seins, et la bouche presque contre ma peau, seulement séparée par la soie de mon chemisier fin, il murmure pour moi seule, je sens sur moi les mouvements de ses lèvres : « Je n'en aurai jamais fini avec toi, Felice. Tu es mon inépuisable. »

Noé

Il fait nuit mais nous ne dormons pas. Ta présence auprès de moi provoque un séisme continu, l'immeuble où nous habitons gronde et tremble comme si nous étions couchés dans un bateau, les machines dans la cale font vibrer le pont, les cloisons et les couchettes. Tu te retournes, je t'effleure, tu te glisses dans mes bras, ma cuisse est entre les tiennes et tu t'y frottes très lentement. Tu engloutis mon sexe et je t'appartiens, je te le donne, fais-en ce que tu veux, tout ce que tu voudras sera délicieux pour moi. Je dévale en ton sexe, tu me l'offres, il est mien. Nous nous appartenons. Je descends en ton jardin voir cette pousse nouvelle, cette jeune vigne qui étend ses vrilles et s'accroche aux piquets d'acacia que j'ai plantés en une ligne régulière, je descends voir ce grenadier chargé de fruits fermes qui éclatent de suc quand on les mord, le jus m'en déborde des lèvres, m'en coule sur le menton, je suis barbouillé du jus rouge des grenades dont je me régale, pendant qu'avec tes dents d'émail aigu, assise à l'ombre de mon noyer, tu dégustes les noix fraîches, tendres, encore amères.

Nous poussons des cris, nous nous allongeons côte à côte, essoufflés.

Nous sommes épuisés de ne pas dormir ; nous effleurer nous réveille, nous entendre respirer nous réveille, et le magnétisme des chairs nous fait basculer l'un sur l'autre, nous coller l'un à l'autre, prendre plaisir l'un de l'autre jusqu'à enfin nous endormir d'un sommeil léger qu'un rayon de soleil interrompra. Couchés l'un à côté de l'autre, nous sommes sûrs de mal dormir. Mais nous renonçons au sommeil.

CHAPITRE XIV

L'effroi que procure la beauté

Le Narrateur

La vendeuse du volailler est d'une beauté excessive. Excessive, ça semble étrange, mais c'est la beauté d'un mannequin russe dont on reçoit on ne sait pourquoi la photo dans sa boîte à courriel. « J'adore littérature et musique classique, écrit-elle avec l'accent, je cherche homme attentionné pour relation sérieuse, même un peu âgé, français très bien. Viens sur mon site, voir plus de photos et vidéos très chaudes. » La vendeuse du volailler a des yeux bleus transparents mis en valeur par les couleurs subtiles dont elle les a entourés, des cheveux souples d'un très beau blond qu'elle a relevés sur sa nuque et une bouche charnue qui serait terriblement inconvenante si elle en peignait les lèvres en rouge. Mais contrairement au mannequin russe apparu par miracle dans ma boîte, la vendeuse du volailler paraît très gentille, se fout de la littérature et de la grande musique pendant les jours ouvrables, elle ne veut rien savoir d'autre que ce que je veux aujourd'hui, poulet, lapin ou canard, car oui elle vend aussi des lapins parmi les bêtes à plumes, oui elle vend des conils, et je pense à ce que l'on fait aux conils avec la langue, je rougis, je bredouille, un filet de poulet, dis-je. Un seul, pour une personne. Elle sourit en plantant ses yeux froids dans les miens, elle les plisse et c'est plus doux, elle sait très bien l'effet qu'elle fait aux messieurs comme moi, mais elle n'est que la vendeuse du volailler et elle ne veut de moi que l'appoint de ma petite facture, cinq euros soixante-cinq pour déjeuner seul, un petit billet, trois pièces jaunes, une pièce cuivrée, et je m'enfuis avec mon petit poulet.

Cette jeune femme avait à son corps défendant transformé mes emplettes d'homme seul en poussée délirante. Elle n'avait sûrement à cette heure pas d'autre préoccupation que d'emballer joliment mon achat, de me rendre scrupuleusement la monnaie en me souriant tant que faire se peut, et de passer au suivant, une vieille dame qui la regardait d'un air furieux, mais elle regardait tout le monde d'un air furieux, cela s'était à force gravé dans la forme de ses rides. J'avais acheté une fade nourriture à une jolie femme, et voilà, ça suffit. Je suis un homme mûr, un porteur de bite en panne de déploiement, mais l'équipement mental est encore intact, le générateur d'images continue de produire, c'est comme une forme de folie qui se déclenche d'elle-même à partir de presque rien, un détail qui fait signe.

Je crains les femmes parce qu'elles me font de l'effet. Alors je m'en éloigne, plus loin que la portée du bras, hors de portée mais pas hors de vue. J'ai une sensibilité déraisonnable à la beauté des femmes, je ne les approche pas mais je ne peux m'empêcher de les regarder de loin, et je vis en permanence dans la grande tromperie visuelle. Comme vieux mâle blanc, j'ai grandi et vécu parmi les images, les images de femmes décomposées en kaléidoscope de stimuli visuels, les autres sens ne comptant pour rien, n'accédant pas à la conscience, ou dans la plus stricte intimité ; et encore. C'est une malédiction culturelle dans laquelle on s'est collectivement enfermés, un drame intime parce que le visuel embrase, il produit un brusque incendie, feu de paille, feu de papier froissé, feux d'essence, un choc sans consistance qui brûle et ne dure pas, je le sais parfaitement, il n'y a pas plus lucide que moi, j'en fais même profession de ma lucidité puisqu'en écrivant j'aide les autres à mieux se comprendre. Et moi ? Moi… rien, je plonge bêtement dans la grande illusion d'optique qui dans mon cas n'est jamais corrigée par le toucher.

Quand vient l'été, je regarde les tatouages gravés sur la peau des femmes. Elles se dénudent, leurs épaules, leur dos, leurs cuisses, et sur leur peau qui prend le soleil apparaissent des dessins, un art pariétal qui reste caché pendant l'hiver, ou bien seulement visible dans l'intimité de la chambre ou de la douche. L'été, on voit, et certaines sont comme enveloppées d'un peignoir de soie orné de vastes peintures dont on ne saisit que la moitié, c'est rageant, ce qu'il leur reste comme vêtement empêchant d'en avoir une vision d'ensemble, et de comprendre, alors on suppute ; et d'autres sont couvertes de petits dessins autonomes, comme si elles étaient un bloc téléphone sur lequel on avait griffonné au hasard des conversations.

Sur le long escalator du métro, j'ai le temps de regarder ; elle est quelques marches devant moi, donc plus haut, je vois ses pieds sans baisser les yeux, et au-dessus du calcanéum, là où l'arrière du pied ressemble à la poupe arrondie d'un bateau qui s'éloigne, sont tatoués deux mots en majuscules, un sur chaque pied, qui clignotent sous mes yeux parce qu'elle gravit les marches. NEVER. STOP. Je me demande pourquoi c'est en anglais, cette langue triviale de mineurs, de marins et de managers. En français aussi cela aurait pu se dire en deux mots : Jamais Arrivée. Sans Fin. Jamais

Fatiguée. Plus Loin. Tellement de sens divers auraient été possibles avec une langue que l'on comprenne, et non pas ces blocs opaques seulement capables d'être des signaux, des logos, des stimuli clignotants. En haut de l'escalator nous sommes à la même hauteur, les mots disparaissent et dans les couloirs je la perds de vue. Mais c'est l'été, et aussitôt une autre jeune femme apparaît, vêtue d'une robe à fines bretelles qui laisse nus ses épaules, sa nuque, ses bras. Sur le triceps droit elle affiche un biface acheuléen parfaitement dessiné, avec tous ses reliefs, sa pointe et ses tranchants, les traces d'éclats et la base arrondie. En marchant derrière elle je me demande ce qui a pu guider son choix de se faire orner le bras d'un outil vieux d'un million d'années, à moins qu'elle ait été séduite par le mauvais jeu de mots qui attribue la taille de ce silex à Homo erectus. Elle se perd dans la foule des rues, je m'installe à la terrasse d'un café à l'ombre des platanes d'alignement, et à trois tables de moi une jeune femme encore, qui lit sans s'occuper de rien. Il fait chaud ces jours-ci et elle dévoile sa poitrine en un profond décolleté qui laisse entrevoir le déploiement de ses seins, et entre l'ébauche des deux globes est tatoué un œil ouvert, qui me fixe. Je rougis, baisse les yeux, reviens à mes affaires. Elle n'a rien remarqué, son corps lui-même est son gardien, il veille et renvoie comme un miroir les regards qui ne sont pas sûrs d'eux-mêmes, les regards qui n'aimeraient pas être appliqués à eux-mêmes mais ne le savent pas car cela ne leur est jamais arrivé. Quand ce qu'ils regardent les regarde, les regards appuyés apprennent leur désagrément ; maintenant ils savent, et ils se détournent.

J'éprouve devant les femmes un mélange d'émerveillement et de terreur. Émerveillement parce qu'elles me font quelque chose, terreur parce qu'elles me font quelque chose. Et ce quelque chose que je sens, je découvre avec effroi qu'il est déjà en moi avant qu'elles n'apparaissent, qu'il vivait déjà dans mon intime avant que je ne m'en aperçoive, comme si j'avais avalé par inadvertance un rat vivant. L'image est dégoûtante, mais je parle d'une terreur organique. Il suffit d'un détail visuel pour que l'agitation en moi se réveille.

Alors je me tiens loin des femmes pour me tenir loin de l'effet qu'elles me font, même si se tenir loin de ce qui est déjà dedans est une course folle dépourvue de but, mais les terreurs confuses ne poussent pas à réfléchir, elles poussent à la fuite. Je me crispe, je verrouille les passages dedans-dehors, je ne laisse rien entrer, je ne laisse rien paraître, j'essaie d'être calme pour laisser croire à la paix. Je ne sais pas qui est prisonnier de ces portes que j'ai fermées, mais je tiens à ce qu'on ne mélange pas, je ne tiens pas à ce que le dehors m'envahisse et me fasse de l'effet, un effet que je ne maîtrise pas. *Moi c'est moi*, dis-je en tournant en rond dans ma maison bien rangée mais close et désaffectée, portes fermées, volets tirés, sous la lumière artificielle que j'allume et que j'éteins à volonté. Je suis seul mais en vie, je ne laisse pas approcher la menace, je ne la regarde pas. Mais je la sens. Moi, c'est moi, dis-je. Et le rat que j'ai avalé court dans les murs avec un petit trottinement, et il me ronge. Même enfermé, toutes portes closes, il est là.

Mais que l'on ne s'y trompe pas, je suis plein d'estime et de reconnaissance envers celles qui ont accepté que je les prenne dans mes bras, ces femmes qui m'ont souri, qui ont accepté de bon cœur que ma langue caresse leur langue, que mes mains caressent leurs courbes, envers ces femmes qui dans un soupir se sont entrouvertes pour moi.

À mon âge on a appris à dire comme ça : un qui agit, une qui accepte qu'il agisse, une puissance mâle et un réceptacle femelle comme c'est décrit avec le plus grand sérieux dans la *Physique* d'Aristote. Je sais que l'on peut dire autrement, je sais que cela peut se passer autrement, je sais qu'il est question maintenant de partage et de symétrie si j'ai bien compris, mais j'ai arrêté les contacts intimes, j'ai peut-être même arrêté pour cette raison-là, parce que les règles ne sont plus les mêmes que du temps où j'en apprenais laborieusement d'autres, devenues obsolètes, ou au moins très mal vues par celles plus jeunes que moi, ce qui fait maintenant pas mal de monde. Je ne vais pas reprendre tout un apprentissage, je crains le faux pas, alors je me contente de regarder, d'imaginer, de supputer. J'écoute. J'écris ensuite.

Noé

Viens, que je te regarde. Tu es mouvement, tu n'es que mouvement, et quand tu es immobile, tu n'es que suspendue, tu es ce moment intense de la balle lancée en l'air qui un instant s'arrête avant de retomber, moment d'équilibre sur le faîte suprême qui contient sans bouger tout le mouvement d'avant et d'après, toute la parabole de la balle lancée en un seul point vibrant. La précision de tes gestes déclenche mon désir.

Au matin tu sors nue de la douche, quelques gouttes perlant encore sur tes épaules et ton dos, tes cheveux mouillés peignés en arrière, et devant le placard ouvert tu hésites. Je te vois de profil, je suis assis à boire un café, je t'attends patiemment, tu choisis ce que tu vas mettre. J'ai tout le temps de regarder, je regarde ton cul rond, tes reins cambrés, l'arrondi de ton ventre ; je regarde tes pieds gracieux un peu soulevés, ne touchant le sol que par leur pointe, tes seins qui sont de petites grappes, trop petites pour ballotter, et ta bouche, ta bouche fraîche, entrouverte et que je n'ai pas encore embrassée, ton nez droit comme un regard franc. Tu te penches, ta chevelure glisse et découvre la ligne pure de ta nuque. Je ne dis rien pour ne rien troubler, mes mains vibrent d'un désir de dessin mais c'est la métaphore du désir de m'approcher de toi. Tu choisis un par un les vêtements du jour, tu les enfiles, pièce à pièce tu te recouvres et ta peau disparaît. Je regarde jusqu'au bout, je ne me lève pas, je n'interromps pas ce suspens, je ne veux pas détendre cette corde d'arc. Je goûte ce plaisir sublime de ne pas te toucher, ce bonheur qui n'est pas un manque, puisque tu es mienne et que je suis tien.

Ton flanc est souple, ton corps est d'un seul jet, chacun de tes pas un trait calligraphique. Oh que tes pieds sont beaux dans ces petits souliers qui les redressent ! Tes talons claquent sur le carrelage de la cuisine, tu viens vers moi en souriant, j'admire la ligne de ton cul qui avance, tu es une corde tendue qui vibre à chacun de tes pas. Tu m'embrasses, et tout ce que j'ai vu tient dans ce baiser. Tu es là, tu t'assois, je te verse un café. Nous sommes chacun d'un côté de la petite table, nous sommes deux personnes qui vivent ensemble, et qui au matin prennent le petit-déjeuner.

Felice

Je pars pour une journée entière de visites et de rencontres, où des messieurs brutaux sans même s'en rendre compte vont me scruter sans dissimuler leur insistance, croyant me rendre hommage, croyant créer un lien. Je vais rencontrer des notables de la magistrature qui méprisent la petite avocate que je suis, petite main de la misère, commise d'office en charge de petits dossiers qui nécessitent un quart d'heure d'audience et aucune contorsion intellectuelle pour les résoudre, des messieurs d'âge mûr qui tout en écoutant les résumés que je leur fais, pas trop longs pour qu'ils m'écoutent, vont lorgner distraitement sur le bouton qui clôt l'embrasure de mon chemisier blanc, espérant rêveusement qu'il saute, ce qui ne les avancerait à rien car aucune grosse poitrine n'en jaillirait, je n'en ai pas, même si par le chemisier entrouvert la dentelle dans l'ombre en indique l'emplacement. Je continue, je lis, j'explique, ils ponctuent de petits grognements indifférents, si j'étais un homme ils se redresseraient et me répondraient vivement, échauffés par le goût des luttes où ils sont habitués à vaincre puisqu'ils sont à cette place-là, à cette fonction-là, sur un vaste fauteuil de cuir alors que je ne suis que sur une chaise, mais non, je suis une femme, ornement de la vie de bureau, alors mes paroles glissent sur eux comme la pluie sur un canard, seuls les signes de féminité qu'ils cherchent sur moi les maintiennent éveillés, tant mieux, je ne suis pas invisible, je continue, je résume les dossiers, je fais mon boulot, je défends les gens qui ont perdu la partie, à ce jeu dont il sont les vainqueurs.

Je vais visiter des justiciables en différents états d'avancement de leurs parcours, des messieurs de tous âges en différents états de solitude et de colère, colère rentrée, colère désespérée, colère folle, des messieurs que l'on sort de leur cellule pour qu'ils puissent me voir et qui sont toujours prêts à me poser une question supplémentaire pour que je reste encore un peu, et qui, à tout âge, regardent mes lèvres quand je parle et mes fesses quand je me lève et m'éloigne. Mais je ne me rends pas invisible.

J'ai l'impression d'affronter tous les jours l'hydre des messieurs, la bête inquisitrice à mille têtes au bout de mille cous flexibles, chacune des têtes avec deux yeux avides comme des bouches qui cherchent à s'approcher jusqu'à toucher et vouloir gober chaque signe de féminité que je m'obstine à porter. On en tranche une, il en repousse deux ; je ne les tranche pas, je passe.

Au matin je me suis vêtue pour cette longue journée, je suis assise face à Noé qui me regarde, qui sans un mot me verse du café. Nous déjeunons ensemble avant qu'il retourne dans son atelier frotter du papier, et avant que j'aille traverser la forêt de Blanche-Neige qui laisse traîner ses branches pour que je trébuche, qui se hérisse d'épines pour agripper mes vêtements, pour les saisir, pour les arracher, pour que je sois brusquement dénudée dans un énorme éclat de rire narquois de tous les animaux de la forêt. Mais chaque jour je la traverse d'un pas assuré parce que j'ai un talisman. Je porte la grosse bague que Noé m'a offerte, une bague très visible par sa masse mais sans ornement, elle est une forme pure, elle est simplement son poids d'argent massif. Quand je la porte elle alourdit mes gestes et je les sens distinctement, avec elle mes gestes sont différents, plus harmonieux, plus précis, mieux situés dans l'espace, ils sont plus souples et je crois plus élégants, je le sens. Ils sont plus érotiques je suppose, Noé les suit des yeux avec davantage d'intensité. Il regarde mon épaule et mon bras, ma main, mes doigts, le doigt où brille la grosse bague d'argent. Plus je suis femme plus il est homme, et plus je me sens femme, et lui homme.

Cette bague me protège, elle est le sceau marqué de son nom, posé sur mon cœur qui ne s'ouvre que pour lui ; et j'ai scellé ses lèvres d'un baiser, qu'elles ne s'ouvrent que pour moi. Je suis à lui, il est à moi, vers moi le porte son désir, vers lui m'emporte le flot d'amour. Le lourd talisman à mon doigt me le rappelle toujours.

Dans la cuisine où nous sommes assis, la lumière du matin est encore oblique, rasante, et je vois sur sa tempe le relief d'une veine bleue. Il me regarde et la veine bat, je devine en surface les mouvements de son sang qui dévale en lui avec des bouillonnements de torrent. Ce vacarme intime, je l'entends quand j'approche mon oreille de sa peau. Sa peau est si mince, si peu isolée de graisse, que j'entends tout. J'entends le fleuve Amour qui descend des montagnes sibériennes à la mer, il ne s'arrête jamais car l'amour est mouvement, il nie l'immobilité. Ce qui ne bouge pas, l'amour l'ébranle, le bascule et l'emporte. Dans nos corps vivants il n'est que la mort qui ne bouge pas, et l'amour est fort comme la mort, il est le mouvement qui prend la place exacte de l'immobile, rien ne l'éteint ni ne le freine, rien ne l'empêche. L'amour se meut, il prend la place de son absence, et de son absence il ne reste rien.

J'y vais maintenant, lui reste là. Il circule peu, moi davantage, je pars et je reviens. Je pars loin parfois, deux jours, trois jours, je dors dans des hôtels anonymes à la décoration toujours semblable, je visite des tribunaux, des prisons, et puis je rentre. Deux ou trois heures de train, c'est parfait pour penser à lui, et progressivement avoir envie de faire l'amour avec lui. Je somnole et je rêve dans la voiture toute gainée de moquette, en première avec des messieurs en costume et des femmes en tailleur, ils ont posé un ordinateur sur la tablette escamotable, et ils travaillent. Les yeux mi-clos je lorgne sur leurs feuilles de calcul, je suis habillée comme eux mais je ne fais rien de visible, mon corps bat de plus en plus fort à mesure que le train approche de son but. Je l'entends battre dans mes carotides quand je descends sur le quai, les deux rames se vident, mille personnes descendent avec moi, j'essaie de filer dans cette foule qui me retarde, qui me gêne, j'arrive hors d'haleine au métro. Les dix stations je les fais debout, accrochée à la barre de métal glissant, ne regardant rien, frottant lentement mes cuisses l'une contre l'autre à l'abri de ma jupe. L'escalier, je le monte hors d'haleine, quand il m'ouvre la porte je transpire, il met son nez dans mon cou, à la base de mes cheveux, il me sent. « C'est bien toi… », dit-il en riant. « C'est bien toi aussi… », dis-je en embrassant ses doigts tachés d'encre. Le chat est assis au bout du couloir, il nous regarde en penchant légèrement la tête, parfaitement immobile.

Le Narrateur

Assis dans le jardin tout près du Printemps, nous regardons passer les élégantes aux yeux dissimulés de grands verres noirs. Elles marchent en se tenant très droites, et balancent au bout de leur bras des sacs en papier, décorés de logos de grandes marques d'accessoires. Ces sacs qui ont la taille d'une valise sont surtout remplis d'air, de leur grand air, et contiennent peut-être une culotte qui pèse moins qu'une plume, un bijou dans une toute petite boîte capitonnée de velours, un parfum dont chaque goutte, si elle était pesée, vaudrait davantage que de l'or. Nous regardons, nous sommes les mâles blancs de plus de cinquante ans, nous regardons les passantes qui se sont apprêtées pour que nous les regardions.

Une jolie jeune femme chez qui tout est maîtrisé vient s'asseoir sur un banc du jardin. Nous sommes étonnés de la voir ici avec ses vêtements parfaits en camaïeu de gris relevé d'un peu de bleu, elle nous étonne d'emprunter les allées de sable tassé avec ses escarpins vernis à talons très fins, qui appellent le bitume ou le carrelage ; cela nous étonne de la voir simplement s'asseoir sur un banc, comme si elle était une passante banale et non pas une fée destinée à l'édification des messieurs, une figure animée chargée de signes. Je remarque le badge qui se balance devant sa poitrine, retenu par une bride orange passée autour de son cou, une vendeuse, c'est une vendeuse de grand magasin, au rayon luxe, parfum, accessoires, une employée dont le contrat stipule que chaque jour elle doit être une apparition, se déplaçant par rafales de claquements secs en laissant derrière elle des effluves parfumés. Elle se penche vers le sol et ôte son escarpin verni, vérifie le talon fin, la semelle rouge, elle l'époussette soigneusement avec un chiffon doux et le range dans un sac de velours noir. À son pied nu elle passe une ballerine un peu fatiguée. Elle fait la même chose pour l'autre escarpin, pour l'autre pied, elle ferme le sac de velours en tirant un lacet coulissant et le range dans son grand sac Vuitton. Elle le passe à son coude, elle se lève et s'en va, elle se dirige vers la station de métro qui est au bout du jardin, elle retourne chez elle sans doute, loin d'ici où elle n'a pas les moyens d'habiter.

Ses premiers pas en ballerines sont un peu vacillants, un peu courts, posés par terre par une trop grande surface de pied, sa silhouette s'est légèrement affaissée, ses fesses plus basses, ses épaules ne flottant plus en hauteur comme détachées, portées par un véhicule céleste dans l'empyrée des signes. Elle oscille à chaque pas, le poids du sac visible dans sa démarche la déporte de son côté, tendant l'autre côté, participant au mouvement d'un corps en équilibre qui avance malgré la gravité, pas après pas, pour simplement rentrer chez elle.

Avec Noé nous la regardions en silence, s'asseoir, se déchausser, s'éloigner, dans une fascinante métamorphose, et c'est Noé qui a commencé à parler, mais de dessin.

« C'est ce qui est difficile à rendre quand on dessine le corps humain : qu'il soit à la fois un élan et un poids, dans une seule image fixe. C'est tout l'échec des images de synthèse, celles que l'on dessine à partir de rien, directement sur un écran avec des outils qui donnent tous l'impression de frotter une vitre avec un stylo bille. Regarde ces dessins synthétiques : il y manque toujours le poids du corps.

« Les dessins numériques ne sont que des mimes de dessin. Ils peuvent être beaux, ce sont des mimes. C'est à cause des outils numériques, qui offrent tous la même sensation parce que ce ne sont pas des outils, mais des fonctions. Crayon numérique ? Bic sur plaque de verre. Pinceaux, fusains, pastels ? Bic sur plaque de verre. Le résultat sera différent, la sensation sera toujours la même. Comment montrer quoi que ce soit quand il faut réfléchir à des réglages, prendre des décisions, qui n'apportent en retour que la même sensation, toujours ?

« Je dessine à l'encre, avec un pinceau de poils animaux, sur des feuilles de papier qui sont du coton comprimé. C'est rustique quand on y pense, voire préhistorique, mais ce sont des matériaux qui existent dans le même monde que la chair de ma main, que l'os de mon bras, que la gélatine de mon œil qui laisse passer la lumière jusqu'à l'intérieur de ma tête. Je sens les encres, leur odeur et leur viscosité, je caresse le papier, son épaisseur, son grain, je différencie la plume du pinceau par ma main qui ne réfléchit pas, qui agit de façon sauvage sans que je ne lui ordonne rien. C'est lui qui fait apparaître le dessin : mon corps sauvage. Non pas le corps furieux : mon corps sauvage.

« Avec les techniques humides, les papiers gondolent, c'est bien. Le crayon s'use en traçant, la fin d'un trait n'est pas identique à son début, c'est comme ça. Le pinceau manque d'encre au bout de quelques centimètres, il faut mesurer ses gestes. Tout est réaction, limitation, empêchement, tant mieux. Le papier et l'outil sont dans la même dimension que ma main. Je suis dans le même monde que le papier, je peux le déchirer, le manger et le chier, je peux le froisser, le zébrer, le peindre, je peux boire l'encre, me laver les mains à l'aquarelle, me planter le crayon dans le bras. Nous sommes dans le même monde, nous interagissons l'un avec l'autre. C'est un peu dégueulasse ces pigments séchés, ces pinceaux encrassés, ces crayons cassés, toutes ces taches partout, c'est dégueulasse comme un corps humain qui sue, qui pète, qui sent fort et qui éjacule. J'en passe. Mais comment veux-tu inventer quelque chose en restant dans l'ordre de la pensée ? C'est bien pratique ces petites conneries numériques, mais ça ne fait pas jouir. Ce sont des machines célibataires qui tournent en rond.

— Eh bien, tu ne m'en a jamais tant dit…

— C'est cette fille. Je me demandais comment la dessiner après qu'elle est redescendue de douze centimètres. Je le sentais dans mes doigts, mais il fallait tout ça pour te l'expliquer. »

Noé

Tu veux que je te regarde ? Déshabille-toi. Descends dans l'arène, place-toi sur le cercle de sable, prends le siège des modèles appuyé contre le mur, déplie-le, assieds-toi ; et prends patience, laisse faire. Je te regarde. Ton peignoir bleu s'est ouvert, il montre tes jolis seins trop petits pour tomber et ton ventre arrondi légèrement plié par la posture. Dans l'atelier devant moi, tu trônes avec la volupté de tes hanches, la violence de ton nez, avec ta chevelure de tempête et ton regard noir. Tu es reine, et je te dépeins furieusement pour ne pas être dévoré par ton regard de défi. Il n'est pas de lieu plus exposé que ce siège face au papier où je dessine, et pas de femme plus puissante que toi que mon regard essaie d'affronter, toi que mon dessin arrive à peine à saisir, et puis y parvient, in extremis. L'amour est le lieu de la plus grande exposition, il y a entre nous de la férocité, et de la contemplation, et puis heureusement l'espace du dessin qui évite que le sang coule.

Felice ; oh Felice ! Félicité... je te dessine, et deux hommes se battent en moi, celui qui donne et celui qui dévore, le meilleur des deux t'appartient, je te le confie, je te l'offre. Dessiner, c'est tenir conversation avec des fantômes, le fantôme du modèle qui apparaît au cours du travail, et le fantôme du peintre qui guide la main qui trace, et bien sûr en trouble le geste. Comment peut-on imaginer qu'un portrait puisse être le calque fidèle de quelqu'un ? C'en est la violente déformation, la vérité profonde que l'on ne peut qu'entrevoir sous peine d'en être foudroyé, qui n'apparaît jamais sur les photos courantes, vite prises par des appareils automatiques.

Dessiner, être dessiné, c'est se déshabiller et se présenter nu devant ces fantômes. Ils sont dans l'ombre, habillés de noir et à peine visibles ils guident les marionnettes vides qui montrent leurs beaux habits en pleine lumière. Ils attendent le moment avec impatience, avec avidité, ils tendent leur main tremblante pour toucher la peau nue, leur main froide est attirée par cette chaleur qui leur manque, par ce corps lourd qu'ils n'ont pas. Chacun des gestes du crayon ou du pinceau est une tentative de caresse destinée au modèle placé au centre de l'arène, mais ces frôlement fragiles n'atteignent que difficilement sa peau, ils sont bus en route par les fantômes toujours plus nombreux ; abreuvés de cette riche nourriture ils se multiplient, et le sol autour du chevalet dressé qui porte la feuille de papier, autour des pieds du dessinateur, est jonché de grands papillons ratés, échoués par terre, leurs ailes pâlies, déjà secs.

On aimerait éliminer les fantômes, on aimerait être simplement soi et inventer des relations naturelles et directes entre les hommes et les femmes, on aimerait voir le vrai, tout cru, comme il est, et pour cela on a inventé le téléphone dans la poche, qui capture automatiquement des images sans que l'on s'en mêle, mais cela ne sert à rien puisque seul l'esprit humain voit le corps humain dans sa vraie présence, le reste n'est que contours, toujours exacts mais peu importe l'exactitude des contours, la chair ne s'y trouve pas, la chair n'a pas de contours puisqu'elle vibre, déborde et respire.

Felice ; oh Felice ! J'essaie et j'essaie encore, je griffe, je détrempe, je déchire, j'essaie de saisir ta présence aimée qui me fait battre le cœur, j'essaie de franchir la distance entre nos deux peaux qui ne peut être réduite, j'essaie de surmonter tous les obstacles, j'essaie de t'embrasser avec des bras plus grands et plus nombreux que les seuls bras que j'ai, et autour de moi comme des feuilles mortes s'empilent les essais que je fais et que je jette, tous ratés, tous pas assez, tous insuffisants mais je continue. Le lendemain je les ramasse, je les regarde, et quelques-uns me conviennent. C'est sans fin tant que mon cœur bat, c'est la vie inépuisable que je mène avec toi.

CHAPITRE XV

Le principe de la Reine rouge

Le Narrateur

Avec un éditeur, on se débrouille comme on peut. On peut ne lui donner que des livres finis, un tous les deux ans et jamais rien entre, à part une carte de nouvel an, ou bien le laisser nous prendre la main, lui envoyer chaque semaine la version du moment qui annule la précédente, et le réveiller à 2 heures du matin pour lui hurler les trois lignes que l'on a enfin réussi à pondre et que, à cette heure-là, l'appartement éteint, la ville endormie, on trouve plus sublimes que tout ce qui a jamais été écrit, et il faut que quelqu'un l'entende, quelle que soit l'heure.

Mon éditeur était inquiet, il me fit une demande, ce qu'il ne faisait jamais : il voulait lire un chapitre. Enfin, il m'a dit *deux ou trois chapitres...*, les points de suspension sont de lui. J'ai bien senti dans ce chiffre indécis, dans le ton de la demande, qu'il était inquiet, agacé aussi, qu'il voulait en finir le plus vite possible avec ma lubie.

Je vins dans son bureau encombré, avec sous le bras un très grand carton à dessins, si grand que coincé sous mon épaule je n'en attrapais pas le bas, il m'avait fallu une poignée en fil de fer que l'on trouve facilement dans les boutiques de beaux-arts.

« Tu as apporté… deux trois chapitres ? »

J'ouvris le carton et lui montrai les portraits de Felice. Il n'y avait pas de place sur son bureau entre les piles de dossiers pour étaler quoi que ce soit d'autre, alors je les lui montrai debout, les tenant un par un devant moi. Il les regarda tous, gardant le silence, je lui reconnais cette honnêteté de la sensation qui lui fait reconnaître la beauté et l'aimer, même là où il ne l'attendait pas, même si cela contrarie ses plans.

« C'est ce Noé qui fait ça ?

— Oui.

— C'est sa femme ?

— Felice, oui. »

L'art du portrait chez Noé a ceci d'étrange que même s'il tord, malaxe, recouvre et reprend, on reconnaît toujours le modèle. La ressemblance formelle ? Il y a le photomaton pour ça. Et les caricaturistes de rue, les illustrateurs de presse, les cours de dessin. Lui déplace, pétrit, et ce qui émerge c'est encore le sujet, c'est même ce que l'on avait toujours soupçonné de lui, cette singularité inimitable qui flotte sur ses traits et qui permet de le reconnaître, un charme, la vie sur le visage, ce qu'on avait toujours été incapable de définir, et brusquement il le montre. C'est ça !

Mon éditeur garda le silence, j'ai bien senti à ce moment-là qu'une pipe lui aurait été utile pour asseoir son personnage et lui donner une contenance, pour tirer quelques bouffées pensives, pour m'adresser la parole en pointant sur moi le tuyau de bakélite noire ; mais c'est fini ces gestes, on ne le fait plus, ils n'existent plus que dans des films au noir et blanc fuligineux à cause de la quantité de tabac que l'on y fume.

« Ils ont quel âge, déjà ?

— La cinquantaine. Passée.
— Ils sont ensemble depuis combien de temps ?
— Dix, douze ans.
— Jamais ils ne se calment ? »

Je regardai le dernier dessin que je lui avais montré, et en effet il irradiait de foudre. C'est bien ça que je voudrais écrire, faire le récit de l'amour parcouru de tempêtes. Parce que ce sont elles le météore naturel de l'amour : pas le soleil même ardent, pas la pluie même torrentielle, pas la neige splendide et immobile : non, les tempêtes. Ni dilution, ni sécheresse, ni étouffement : l'agitation furieuse. Les amours sont des cavales dans les plaines de Grande Sauvagerie, elles galopent dans un grondement de tonnerre, elles s'ébrouent, ruent, montrent les dents, leurs flancs tremblent d'excitation et de terreur, et repartent. Il est malaisé de les approcher, impossible de les dresser, difficile de les monter. Alors ça peut lasser toute cette difficulté, et comme moi on laisse courir, on continue sa vie à pied. Eux continuent, ils cherchent la tempête.

Heureusement qu'il y a le dessin, dit Felice, sinon Noé se dévorerait lui-même après m'avoir dévorée. Mon éditeur continuait de pointer le dessin que je lui montrais, son index animé d'un balancement nerveux, attendant une réponse à sa question.

« Se calmer ? Non… », lui dis-je enfin dans un sourire.

Il grommela, n'ajouta rien, accepta de ne pas lire deux ou trois chapitres, voulut bien attendre encore un peu.

Le monde est instable, il bouge, il flue, il est tout entier soumis au temps. Le monde est par nature un escalator que l'on prend à l'envers, cela nécessite quelques adaptations.

Alice et la Reine rouge, de l'autre côté du miroir, commencèrent à courir. On ne sait pas pourquoi leur vint l'idée de courir, mais tout ceci se passe de l'autre côté du reflet où il n'est pas de pourquoi pour tout ; et même jamais de pourquoi très clair. En courant, Alice remarqua que rien ne changeait de place. Elles avaient beau se dépêcher, aller très vite toutes les deux, elles ne passaient jamais devant rien.

« Nous n'avons toujours pas bougé, s'écria-t-elle essoufflée.

— Plus vite, plus vite, ne parle pas, répondit la Reine, sévère.

— Mais nous sommes encore sous le même arbre.

— Bien sûr, répliqua la Reine. Comment voudrais-tu que ce fût autrement ?

— Dans mon pays, si on court vite, on arrive ailleurs.

— Que ton pays est lent !, s'exclama la Reine rouge. Ici, il faut courir tant qu'on peut pour rester au même endroit, et si tu veux te déplacer, il faut courir au moins deux fois plus vite que ça. »

Pourquoi je raconte ça ? On le verra bientôt.

Noé

Le tiers est là, toujours. Quand on est en couple, on est trois. Le troisième est celui contre lequel on se bat, celui qui finit par venir, celui qui veut s'introduire dans l'œuf pour en détruire l'harmonie. Son nom est légion.

Celui qui rôde, je le reconnais, il est celui avec qui elle devrait être plutôt qu'avec moi. Il est beau et large d'épaules, il porte négligemment des costumes coûteux, il est d'âge mûr, grisonnant aux tempes, les traits harmonieux et durs, il est plein d'assurance et pour lui l'argent n'est pas un problème parce qu'il l'a dressé et lui fait faire des tours. Il conduit une belle voiture et connaît du monde, il est mieux nanti que moi qui ne sais pas nouer une cravate, qui ai des pièces de monnaie dans mes poches, et qui ne possède qu'un vélo, pas très rutilant. Ils ne sont pas difficiles à reconnaître ceux qui rôdent, parce que ce sont ceux avec qui elle devrait être : ils lui ressemblent, ils se ressemblent tous entre eux et ne me ressemblent pas. Par malheur Felice leur plaît. Mais comment ne leur plairait-elle pas ? Elle me fait un tel effet, je pourrais passer tant de temps à simplement la contempler, qu'elle ne peut que plaire à tous. Les regards sur elle, je les pense comme les miens, pleins d'admiration et de désir ; et les hommes qui l'approchent, je les vois comme des zombies qui rôdent, attirés par l'odeur de la chair vivante. Ils avancent, ils s'approchent d'elle avec leurs yeux exorbités et un faux rictus dû à la disparition de leurs lèvres, les mains en avant pour agripper, ils avancent inexorablement d'un pas désarticulé. Elle ne voit rien, elle rayonne sans rien remarquer, je suis à ses côtés, je veille. Je protège ma Felice des zombies, une batte de bois dur posée sur mon épaule, prêt à éclater des crânes. Ils sont nombreux ; elle plaît, mais comment ne plairait-elle pas ? Elle est mon trésor, mon trésor trouvé, et j'écraserai à coups de pelle la face de tous ceux qui s'approcheront trop.

Il est deux sortes de messieurs jaloux, selon leur réaction quand on approche leur femme : celui qui tue sa femme, et celui qui tue l'amant. On peut aussi se tuer soi, mais il est un peu déplaisant de sortir du jeu en laissant toute la place à l'amant, je préférerais quand même rester. On n'est bien sûr pas obligé de tuer jusqu'au bout, il est des messieurs jaloux qui se contentent de casser la gueule à l'amant, et puis d'autres qui battent leur femme, et ensuite l'enferment.

Mais j'aime la liberté de ma femme parce que c'est cette liberté qui me la rend désirable, alors je n'abattrai que l'amant car c'est lui qui ne sait pas se tenir. Felice est libre, mon égale parmi les femmes, mon reflet dans le miroir de la différence des genres, elle est à moi et je suis à elle, elle plaît. Je le sais puisqu'elle me plaît, je m'en réjouis et m'en désespère, on ne peut rien y faire, je souffre de mon bonheur même. Alors qu'ils restent tous à distance. Et quand je vois venir le tiers avec son élégance, son sourire séducteur, son grand appartement bien placé et son portefeuille plein de cartes de crédit de différentes couleurs, je me dis que c'est avec lui qu'elle devrait être. Plus Felice me plaît, plus je pense à lui qui vient, plus je tremble. Toujours, toujours, toujours, j'ai peur que l'on s'empare de mon amour, que l'on me dépossède de mon trésor trouvé, que l'on me dépouille de ma richesse et que l'on me laisse nu, seul, perdu, et qu'ensuite je meure de froid. Mais je ne peux la cacher, l'enfermer, la ligoter, parce que c'est ainsi qu'elle me plaît, avec toute sa liberté de mouvement, sa part mystérieuse toujours à venir, tout ce que je ne maîtrise pas et qui m'échappe. L'amour est une foi, il est une confiance sans preuve définitive, et il est difficile de le garder quand les zombies rôdent.

Quand on aime et qu'on est deux, le reste du monde, qu'est-ce qu'on en fait ?

Le Narrateur

Chez des amis, je les ai vus ensemble, Felice et Noé. Nous étions treize à table, pas de chance, parce que six couples et moi qui ne viens avec personne ça ne fait pas un nombre pair, je romps l'alternance un homme une femme et on me place à côté de Noé, il me tiendra compagnie et je le dériderai. Nous mangeons, nous buvons, nous bavardons. Ce sont surtout des amis de Felice car Noé n'en a pas assez pour remplir une si grande table, il voit ses amis seul à seul, un par un comme il me voit, il n'a pas le sens de la relation sociale ni celui du dîner de couples. J'observe Felice, souriante et pleine d'aisance, qui parle de tout avec pertinence. Quand elle est rassurée, elle parle et c'est magnifique, elle a une belle voix musicale, des lueurs vives dans le regard, des gestes sensuels de ses longues mains aux ongles rouges, et je vois Noé boire ses paroles, la dévorer du regard, Felice lui suffit pour toute nourriture. Noé, le bel homme sombre aux traits durs, à la belle chevelure désordonnée, à la chemise trouée, est son gardien. C'est par sa présence qu'elle est rassurée et qu'elle parle d'abondance, qu'elle charme les convives et réjouit Noé.

Je les connais tous les deux, et je sais par expérience qu'ils ne sont pas ce qu'ils montrent. Felice est élégante et discrète, souriante et partout à l'aise, mais elle est toujours aux aguets comme une chatte qui ne dort pas, même les yeux clos. Elle est d'une intelligence pénétrante qui se déploie dans son bureau quand elle est sûre des places, quand elle est l'avocate et l'autre le prévenu, sans doute possible puisque chacun est assis sur le siège qui correspond à son rôle, un fauteuil de cuir et une chaise en bois. Là, rassurée sur le bon ordre des places, elle rayonne, elle surmonte les obstacles, et résout le cas insoluble qu'on lui propose, elle est une excellente praticienne à l'intuition fulgurante et aux connaissances à toute épreuve. Mais dehors tout se désagrège, elle se demande si ce n'est pas elle l'accusée, la coupable, la condamnée, elle bredouille et rougit à la moindre attaque. Il lui faut son bureau et sa robe d'avocate pour que s'exerce sa parole ; ou bien il lui faut Noé près d'elle, quand elle est l'amante et lui l'amant, sans que cela ne se discute, preuve en étant donnée par leurs corps qui fondent par simple regard de l'un sur l'autre, et explosent au premier contact.

Noé est mal adapté à tout, par principe, sauf à son atelier ; il regarde férocement ce qui l'entoure, et quand il sourit, c'est si franchement que c'est un soulagement pour tout le monde. Il est comme un mineur au visage encrassé qui n'exprime aucun sentiment car sculpté dans la houille, mais quand il vous regarde, ses yeux sont d'une clarté inhumaine, et son sourire dévoile ses dents éclatantes et la tendresse inimaginable de l'intérieur de ses lèvres. Il n'est pas d'homme plus sombre et plus ligoté de colères que lui, il n'est pas d'homme plus doux, aimant, émerveillé de sa chance, inquiet que tout disparaisse.

Felice et Noé je les connais ensemble, l'un n'est jamais très loin de l'autre, et si l'on bavarde avec l'un, on finit toujours par parler de l'autre, comme s'ils étaient en contact par des ondes qui abolissent les distances. Quand on connaît l'un, on apprend à connaître l'autre, et si la rencontre a lieu elle se fait sans surprise car on le connaissait déjà. Mais surtout, si on fréquentait l'un sans connaître l'autre, on ne comprendrait rien : on le trouverait incohérent. On ne voit pas bien comment chacun pourrait vivre si l'autre n'était pas là, pas loin, jamais loin, l'autre toujours en arrière-plan, en musique d'ambiance, en tâche de fond ; on ne voit pas comment chacun pourrait survivre à ses noirceurs et à sa fragilité. Ensemble ils y arrivent ; seuls ils y succomberaient. L'un est la coque, l'autre la voile, ils peuvent échanger les rôles selon les circonstances mais toujours ils forment ensemble un vaisseau qui reste à flot, ils naviguent tant bien que mal, ballottés par les vagues, heurtés par les baleines, parfois pris dans les glaces, mais rien de grave tant que le mât reste droit, tant que la voile reste arrimée à la coque par une brassée de cordages.

La brisure du mât entraînerait le naufrage, la dérive et l'engloutissement de tous les débris. Ensemble, jamais ils ne coulent. Je les admire pour ça, pour cette étreinte furieuse qui les fait vivre, qui dure depuis dix ans, douze ans, sans que la force du saisissement ne diminue. Il y va de leur vie.

Felice

Walter est là avec sa femme, une blonde impeccable, fine et jolie, intelligente et policée, on croirait qu'elle a réussi un entretien d'embauche. C'est *impeccable* qui la résume le mieux : aucun reproche ne peut lui être fait, toute réserve à son égard passerait pour de la mauvaise foi. Nous sommes de temps à autre amenées à nous croiser, je lui ai parfois parlé, mais je ne me souviens pas de ce que nous nous sommes dit. Si Walter ne travaillait plus avec moi chaque jour, le souvenir de cette femme s'effacerait comme un dessin à la craie sur le trottoir, pluie, ruissellement, ombre blanchâtre, et puis plus rien. Elle tient sa place avec compétence ; voilà tout ce que je sais d'elle.

De l'autre côté de la table, Walter me regarde avec insistance, il frémit à tout ce que je dis, il sourit du coin des lèvres, s'étonne du sourcil, s'extasie les yeux ronds, j'ai l'impression de jouer du violoncelle avec son cœur, avec mes paroles comme archet et son visage comme caisse de résonance, alors je joue, je trouve en moi des trésors de verbe et j'en vérifie l'effet. Je ne sais pas si quelqu'un remarque que je parle pour lui, pas pour qu'il comprenne quelque chose mais pour que son visage bouge sous l'effet de mes lèvres.

Walter a toutes les qualités d'un avocat, il a le lien facile, la parole aisée, le sourire communicatif, il a l'instinct de s'adapter à chacun et de dire ce que l'autre aimerait entendre, de formuler ce qu'il aurait aimé dire, et par là d'inspirer confiance. Et puis l'élégance des costumes, l'art de la conversation, et un goût très sûr en termes de choix de cravates, de montres et d'automobiles, dont il peut parler pendant un temps ridiculement long. Je me demande parfois si ces qualités ne sont pas des défauts que l'aisance verbale de la profession nous persuade de trouver positifs. Nous sommes collègues, nous travaillons dans le même cabinet, c'est un homme séduisant et empressé, il connaît ma garde-robe sur le bout du doigt et me complimente à chaque nouvelle tenue, c'est un homme qui souhaite faire une pause dans nos journées trépidantes en m'emmenant à l'hôtel qui s'élève de façon provocante de l'autre côté de la rue, alignant ses fenêtres identiques toutes voilées de gaze blanche, en face des baies vitrées de nos bureaux. Du bureau on ne soupçonnerait rien, de la chambre on observerait le bureau avec ironie. Il me regarde, regarde par la fenêtre, rêve ; je sais exactement à quoi, tout est en place, décor, scénario, casting, si nous étions dans une série cela aurait lieu dès la première saison, premier épisode pour rendre la suite piquante, ou au dernier comme un aboutissement, au lit avec lui pendant la pause, étreinte minutée de 13 heures à 13 h 30, nos vêtements éparpillés sur la moquette et des boîtes de traiteur chinois ouvertes et entamées sur la table à côté du téléphone.

Et quand je le regarde, je me dis qu'avec lui la vie aurait été plus simple, j'ai le sens du déguisement et j'aurais occupé sans peine la place de sa jolie blonde impeccable. J'aurais parfaitement su quoi lui dire et quoi faire, parfaitement su comment il réagirait en toute circonstance, bien mieux qu'avec mon cataclysme ambulant. Quand je regarde sa peau douce, ferme comme l'habillage cuir d'une voiture de luxe, ses muscles fuselés par une pratique régulière de sports en salle, ses lèvres pleines qui s'entrouvrent en souriant sur des dents parfaites, ses traits lisses sans aucune ride de contrariété, je me dis à chaque fois que le toucher doit être bien agréable. Sans questions, sans soucis, sans conséquences.

Après dîner, nous passons au salon, une grande pièce dont les baies ouvrent sur la nuit. Le sol de béton ciré est recouvert d'un tapis et nous nous installons sur des sièges de toutes sortes, parfaitement dépareillés, bien sûr chinés. Nous sommes un peu serrés, du champagne a été ouvert, chacun porte sa flûte et nous bavardons joyeusement. J'ai trouvé place dans un grand canapé rouge, les fesses tout au fond, les jambes croisées, je continue de bavarder avec des gestes amples, le poids délicieux de ma grosse bague lance ma main comme une balle de fronde, un peu plus loin que je ne le souhaite, et brusquement je fracasse le verre de mon voisin, le liquide éclabousse ses genoux, les débris de verre se répandent sur le canapé rouge, et lui reste ahuri, le pied intact de sa flûte serré dans sa main dégoulinante, heureusement de champagne et pas de sang. Tout le monde se tait et se tourne vers nous, je suis un peu gênée mais taraudée d'une envie de rire. Tout le monde rit enfin et s'exclame, et puis tout repart, mon malheureux voisin s'éponge et rassemble les débris, on lui donne une flûte pleine, les conversations reprennent, j'ôte ma bague et la glisse dans la poche de ma veste. Ma main me paraît nue et fragile maintenant, mais légère.

Quand Walter s'approche de moi, s'assoit en souriant sur l'accotoir rembourré du canapé qui en lui-même constitue un siège, je sens Noé se crisper. Il est un peu plus loin, il y a deux personnes entre nous, il me tourne le dos et il est en train de discuter de son air grave avec je ne sais qui, mais je le sens se crisper de tout son dos, il a des yeux placés derrière pour savoir ce qui me concerne sans même me regarder.

Il m'épuise Noé, de toujours tout prendre au plus grave, alors que Walter, sculpté dans un savon doux, vient simplement s'installer près de moi sans heurt et sans gêne, à l'aise, toujours parfaitement à l'aise.

« Ce soir tu as l'élégance dévastatrice, Felice, dit-il en riant.

— Tu en doutais ? », réponds-je sans sourire, en balançant mon pied menu, ce qui fait remonter vers le ciel le talon aigu de mon escarpin.

Noé

Quand Felice n'est pas rentrée, j'ai cru mourir. Ce n'est pas une image, ce n'est pas une exagération, c'est ce qui s'est passé. Elle ne rentrait pas, la nuit avançait et mon cœur se contractait, il devenait une pierre dure que je portais avec peine, j'en ressentais des douleurs entre les côtes, au bas du thorax, et puis dans l'épaule et le long du bras gauche. J'ai reconnu les signes, je faisais un infarctus, je mourais. J'ai appelé le Samu, le répartiteur m'a fait décrire les symptômes, je les lui ai récités avec beaucoup de précision sans en oublier aucun. Je les connais par cœur pour les avoir lus, pour les avoir recopiés et révisés, j'ai des fiches pour ça, je veux reconnaître ce qui m'arrive au cas où cela m'arriverait, et l'infarctus est bien placé dans la liste des troubles qui pourraient m'emporter. Comment faire confiance à un organe qui ne dort jamais et qui s'affole dès qu'arrive quelque chose, dans le bonheur comme dans le malheur ?

Au téléphone je lui dévidais d'une voix altérée et sans erreur la liste complète des symptômes. À chacune de ses questions, je répondais comme à un examen de médecine. C'était convaincant, on est venu me chercher très vite, on m'a emmené aux urgences, et allongé sur un lit roulant je suis passé devant tout le monde, devant les hématomes, les blessures et les luxations, mon état semblait critique. Je ne me souviens absolument pas de ce qu'on m'a fait, je me suis réveillé dans le couloir, mon lit à roulettes garé contre le mur, sous mon drap d'où dépassaient mes pieds chaussés, je n'avais plus mal. Une femme s'est penchée sur moi, elle était en blouse blanche entrouverte, très jolie, et ses traits sculptés par la fatigue rayonnaient d'une intensité attentive. Quand j'ouvris les yeux et la fixai, elle me sourit. Son sourire était légèrement oblique mais parce que j'étais couché et elle penchée, dans chacun de ses yeux brillait un reflet de néon que j'aurais très bien su noter avec de la gouache blanche pour donner la lumière de son regard.

« Vais-je mourir, madame ? Vais-je mourir ?, soupirai-je.

— Mais non.

— Mais mon cœur ?

— Il n'a rien, votre cœur.

— J'ai pensé mourir.

— Pas cette fois. J'y ai un peu pensé aussi, avec tout ce que vous aviez raconté. J'ai fait des examens, rien.

— Je ne sens plus rien.

— Je vous ai donné un anxiolytique léger et un décontractant musculaire. Tout s'est dénoué.

— Je ne me souviens de rien.

— Amnésie antérograde, rien du tout, classique avec ce type d'angoisses et ce type de médicaments. De toute façon il ne s'est rien passé d'intéressant dans ce moment qui vous manque, oubliez en paix. Quand vous serez un peu plus solide sur vos jambes, vous rentrerez chez vous.

— C'est tout ?

— Pour vous, oui. »

Je lui pris la main. Elle était vraiment belle, et rassurante, j'avais besoin d'elle.

« Je peux vous dessiner ? »

Elle sourit et retira sa main très doucement, elle disparut dans le couloir bondé. Elle avait du travail, une marée de nécessiteux menaçait d'engloutir l'hôpital, ils étaient peu nombreux pendant la nuit pour maintenir les gens vivants.

Quand je suis rentré, le jour se levait, Felice était là, habillée, assise dans un fauteuil, elle avait gardé son manteau qui l'enveloppait comme une couverture de bivouac, elle attendait.

« Ça va ?, lui dis-je.

— Ça va », dit-elle.

Je suis entré dans l'atelier, j'ai fermé la porte, et j'ai dessiné.

Felice

Quand il sort de son atelier c'est le soir, c'est à nouveau le soir, j'ai attendu toute la journée, j'ai somnolé, j'ai veillé, je n'ai pas quitté ce fauteuil où je l'attendais, enveloppée dans mon manteau de la nuit précédente.

Quand il sort je me lève et sans rien dire je lui prends la main, je l'emmène dans notre chambre, je chasse le chat du lit, je ferme la porte derrière lui, et je déshabille Noé. Il ne bouge pas mais n'oppose pas d'obstacle non plus, il ne dit rien, sa peau fine et sans gras frissonne, tous ses poils se redressent, les noirs, les blancs, sa queue se réfugie dans sa toison pubienne, on la voit à peine ; je le pousse sur le lit pour qu'il s'allonge, et je me déshabille à une vitesse extraordinaire, en un instant je suis contre lui. Il fait nuit noire.

Je sens ses muscles tendus, je sens ses tendons étirés à craquer, il est un pont dans la tempête, les haubans souffrent, ils tiennent parce qu'ils sont solides mais de justesse, le tablier ondule, c'est un gros serpent qui menace de se retourner, et là tout se briserait.

Qu'est-ce que je suis allée foutre avec un homme aux os de carbone et aux muscles de silicone, toujours souples, toujours lisses, toujours doux ? Le seul que j'aime est d'acier, à l'ancienne, quand il est tendu il vibre, dans l'ouragan il chante, j'entends sa musique. Les corps souples et parfaits sont des corps stupides qui n'appartiennent à personne, j'ai l'impression d'avoir fait une sieste agréable sur un oreiller à mémoire de forme, mais mon but n'est pas de dormir.

« Noé, tu es mon inconfortable, lui murmuré-je de mes lèvres au creux de son oreille, aucune vie pleine n'est possible sans toi », et dans le noir je le sens sourire, je le sens accepter mes bras, accepter d'être tenu, mon front est contre le sien et son souffle se calme. Je continue mes murmures.

« Baise-moi… baise-moi pour de vrai, baise-moi comme toi seul sais le faire… comme toi seul en as la force, l'attention et la douceur…

— Pourquoi ?… gémit-il. Pourquoi cette nuit où tu m'as laissé seul ?

— Parce qu'il y a un monde autour de nous. Parce que nous vivons les yeux dans les yeux sans rien voir d'autre que nous. Parce que le monde frappe à la porte et que je me demande pourquoi, je me demande si je rêve, s'il existe encore, ce monde. Parce que tu m'as réparée, grandie, et que tu m'as rendue forte, alors je suis allée voir, je suis allée ouvrir… mais non, il n'y avait personne. Alors je reviens à toi parce que je sais que tu es le seul, les yeux dans les yeux, les miens dans les tiens, et ce sont les seuls yeux dont je veux être regardée de près. »

Je sens sa queue grandir, se dérouler et s'approcher de moi, je sens les trapèzes arrimés à ses épaules se relâcher, se dégonfler, se détendre, je sens le fluide vivant qui se déplace le long de ses muscles, la violente tension stockée dans la nuque, dont il n'y a rien à faire sinon des migraines, aller à l'autre bout de son corps avant même qu'il ne le sache, et là créer cette pression qui nous donne tant de plaisir. Je le sais, j'ai les mains posées sur lui, je sens tous les déplacements de la vie en lui, toutes les vagues qui le parcourent. Son corps tendu est une harpe, et quand il est dans mes bras je vibre comme lui, son désir alimente mon désir.

Ce soir-là, nous ne faisons rien de nos mains ni de nos langues, nos caresses sont mentales. Son pieu de chair rectiligne entre en moi sans qu'à peine je le sente tellement je suis liquéfiée du désir qu'il vienne. Ce soir le plaisir vient sans que nous ne fassions rien pour le provoquer, il n'est que lui qui puisse me donner ce plaisir-là, et de qui j'accepte ce plaisir-là. Tu m'ouvres précautionneusement à ce que je ne sais pas de moi, alors que mon mari me mettait la tête dans un sac et jouait avec, seul, sans rien dire, et que Walter, cet ignorant heureux, ne l'approche même pas.

C'est comme un rêve que d'ainsi jouir sans bouger, un rêve d'amants pour qui la chair obéit à leur seul esprit, et l'émotion de ce rêve meut le corps, il vit par lui-même comme si on ne le savait pas. J'éprouve un plaisir doux et profond à être là, et à ce qu'il soit là, à ce que nous soyons deux. Quand nous nous sommes endormis, embrassés, il avait encore sa queue en moi.

CHAPITRE XVI

Battre des ailes

Le Narrateur

« Ça me fait réfléchir, ton histoire.

— Mon histoire ?

— Oui, bon… ton roman. Ton roman dont je ne veux pas, que tu ne devrais pas écrire, et dont je vais quand même attendre que tu l'aies fini pour le lire jusqu'au bout ; et peut-être même le publier. »

Il soupire.

« Mais là, ce n'est pas l'éditeur qui parle, c'est l'homme.

— Tu fais la différence ?

— Oui… parfois… pas toujours. C'est compliqué. »

Il se tait, je le laisse se taire. Nos pieds ne touchent pas le sol, nous sommes sur des tabourets hauts, accoudés au bar recouvert d'une feuille de zinc, face au grand miroir que fragmentent des dizaines de bouteilles alignées sur plusieurs rangs. Nous suivons des yeux deux barmen identiquement barbus, identiquement vêtus d'une chemise blanche avec des boutons de manchette et d'un gilet pied-de-poule, le reste on ne sait pas, parce que c'est derrière le comptoir et pas dans le reflet, mais on n'imagine rien, on n'en a pas besoin.

En silence les deux hommes-troncs captent les gestes et les commandes, ils servent, ils assurent une présence feutrée qui fait que l'on peut très bien venir seul, on se sentira accueilli.

« Un autre ? »

Nous buvons un whisky qui a passé pas mal de temps dans sa barrique, il en a gardé une grande concentration d'arômes et une complexité étonnante, une seule gorgée suffit pour méditer longtemps, mais il en faut plusieurs pour comprendre ce que l'on boit.

« C'est ma tournée, dit-il. Et toutes les suivantes. Ce sera aux frais de la maison, sur le budget de recherche-développement. On travaille, là. »

L'un des barmen remplit nos verres, nous goûtons, après un silence respectueux il reprend.

« Je me demande pourquoi ça ne dure pas, la félicité… »

Disant ça face au miroir, son reflet perdu entre les lueurs ambrées des rangées de bouteilles, les épaules arrondies, tenant solidement son verre, il avait l'air assez abattu.

« Ça t'inquiète ?

— Pas toi ?

— Plus. Tout ça c'est derrière moi.

— Pas pour moi. Je ne m'y fais pas.

— Personne ne s'y fait, sans doute. On ne se fait pas à l'usure des sens, au déclin des forces, à l'extinction lente et à la mort qui rôde ; personne.

— Que ce soit partagé ne me rassure pas, mais alors pas du tout. Je pense à moi quand je dis ça, que les autres se débrouillent.

— "Le soleil se lève, le soleil se couche, fumée de fumées, tout est fumée. Tous les torrents vont à la mer et la mer n'est pas remplie. Ce qui a été cela sera, ce qui s'est fait cela se refera", dis-je avec emphase, martelant les virgules.

— C'est quoi ?
— Qohélet.
— Comme le bateau ?
— Non, un livre de l'Ancien Testament. En hébreu, c'est le mot qui désigne celui qui s'adresse à la foule rassemblée. En grec on dit l'Ecclésiaste, en français écrivain.
— Et c'est censé me consoler, ces torrents qui se perdent sans rien remplir ?
— La vie, si on la regarde, ne console pas. Toujours pareille, rien ne change, tout s'épuise.
— C'est malin. Je te dis des choses déprimantes, et tu en rajoutes... »

Il lève un doigt, et puis l'agite en tourbillon autour de nos verres, le barman aux gestes fluides les remplit et disparaît. Je goûte à nouveau, j'avance dans la compréhension du breuvage, je ne vais pas le laisser dans cet état d'inquiétude.

« Rien ne dure, c'est l'état des choses. Si on le laisse à lui-même l'amour s'étiole, et en trois ans il a disparu. Ça peut être trois mois, selon les exigences que l'on a.
— Qu'est-ce que tu veux y faire ? On va pas faire semblant...
— L'amour laissé à lui-même c'est un oiseau qui se lance dans le vide en déployant ses ailes, et tout content de voler, de voir le monde de haut, il ne pense plus à bouger une fois qu'il est en l'air, il profite du moment. Il croit voler, mais plutôt il plane, au bout d'un moment il se pose.
— Mais qu'y faire ?
— Battre des ailes.
— Se débattre ? Se battre contre la gravité grâce à l'épaisseur de l'air ?
— Quoi d'autre, pour continuer de voler ? Toute personne qui vivrait en ne pensant qu'à l'amour est protégée de sa fin.

— Tu crois ?
— C'est ce que j'essaie d'écrire.
— Eh bien continue, que je te lise. Tu en reprends un ? »

Felice

Ce n'est pas qu'il est con, Walter, il est très intelligent, et sensible, et souriant, mais il est si parfait que je ne sais pas qui il est. Il est la norme, c'est-à-dire personne.

Il m'a raconté ses vacances dans le Golfe, c'est la destination qui monte, assurait-il avec un tel aplomb que pendant les quelques secondes où il l'a prononcé j'y ai cru, et puis je me suis demandé ce que ça voulait dire, *monter*, pour une destination. Rien.

« Ma femme (il ne me dit jamais son nom) a adoré le shopping. Tu verrais ça ! Des galeries marchandes climatisées sur plusieurs étages, avec toutes les boutiques, toutes les marques, elle ne savait plus où donner de la tête, elle poussait des cris d'adolescente. Et les restaurants ! Il y a une offre fabuleuse, toutes les cuisines du monde, rien que lire les cartes c'était un voyage. Nous avons dîné thaïlandais au centième étage, tous les murs étaient des baies vitrées, avec vue sur le désert.

— Vous voyiez quoi ?

— Rien.

— Une étendue jaune sous un ciel bleu ?

— Même pas. Un air granuleux et rougeâtre comme sur les photos de la planète Mars, il y avait des vents de poussière qui cachaient le sol, on ne voyait pas vraiment les autres immeubles, à peine le ciel. Mais tu imagines ? Nappe blanche, porcelaine et argenterie, curry rouge, tout au champagne en tête-à-tête à quatre cents mètres au-dessus du désert…

— Vous avez beaucoup baisé ? »

Je me suis surprise de mon ton cru et blasé, si désaffecté qu'il en devenait agressif.

« Pas trop. Décalage horaire, champagne, trop de clim, on n'avait pas vraiment la forme. Après le dîner, elle s'est endormie aussitôt, on s'est réveillés avec mal au crâne. Mais elle a adoré le shopping… »

Il s'est interrompu, le regard dans le vague, cherchant quoi dire pour me donner envie, et ses yeux brillaient d'un sentiment un peu mystérieux pour moi. Je pensais au petit bonheur communiste dans lequel Noé m'avait un jour entraînée, ce moment infime qu'il était impossible à raconter en public, surtout à Walter en pleine ivresse touristique, clim, shopping et champagne. Il ne continua pas, il posa sa main douce et forte sur mon bras.

« Je prends ma pause. Je vais déjeuner au bar de l'hôtel en face. Tu m'accompagnes ?

— Walter, laissons ça. »

Sa main se fit soudain absente, dévitalisée, j'essayais de trouver le ton juste, qui soit définitif mais pas blessant.

« Non ?

— Non. »

Il se leva et partit seul. Je suis allée me rafraîchir dans les toilettes luxueuses et méticuleusement propres de notre cabinet d'avocats. Dans la glace, soulagée, je ressemblais à celle qui trouve la paix.

Noé

Je donne rendez-vous à Felice et je l'attends en regardant passer les gens. J'aime l'attendre, j'ai peur de l'attendre, mon cœur bat de façon désordonnée quand je l'attends, j'essaie de lire, de dessiner, de m'occuper, mais je ne fais rien d'autre que de regarder les gens, rien d'autre que d'attendre de la voir surgir de la foule, Felice née de la cohue, *Vénus née de l'écume urbaine*, tiens ça ferait un tableau. À 18 heures on se presse sur les trottoirs dans le quartier du tribunal, les gens sortent du travail, certains trottinent en portant une petite serviette où tient la vie des gens, accusation, défense, aménagement de peine, d'autres sont soulagés que ce soit enfin l'heure et ils vont à pas lents pour goûter le soleil, sur la terrasse où je suis on s'entasse, elle est à l'ombre maintenant, on respire. Je me distrais en regardant les visages, j'ai l'air contemplatif mais je suis aux aguets, j'attends l'apparition de Felice.

La rue est une boule à neige que je retourne d'un mouvement de tête, d'un côté puis de l'autre, les visages qui passent en sont les flocons qui dansent. Je vis dans une grande ville pour ce tourbillon, pour ces visages humains inconnus dont la diversité est une forme de l'infini. Combien voit-on de visages au cours d'une vie ? Tant. De combien se souvient-on ? Si peu, croit-on. On ne sait pas, on ne sait pas les compter, mais quand l'un d'eux dont on avait tout oublié revient devant nous, il s'accompagne d'un sentiment de familiarité, plus ou moins fort, plus ou moins vrai, on ne le savait pas mais on se souvenait de lui, de lui-même ou de traces dispersées sur d'autres, on se souvient d'une quantité vertigineuse de visages. Je me demande où tout est caché, où sont stockés les visages connus qui sont le sujet de mon travail, j'aimerais bien le savoir, je me pose des questions professionnelles en attendant Felice, c'est mieux, ça me calme toujours. Si notre mémoire était sous forme de photographies il faudrait des hangars remplis de caisses pour les contenir, et sans cesse remplir de nouvelles caisses et construire de nouveaux hangars, mais tout tient dans la tête, ce ne sont que des souffles et des frissons dans les deux poignées de graisse que nous conservons dans la coquille d'os de notre crâne. Il n'y a pas beaucoup de place, c'est très serré, alors parfois on confond, des fragments se mélangent avec d'autres, on reconstitue un ensemble, on voit par transparence plusieurs possibilités, on croit voir quelqu'un d'autre, on se trompe, on finit par trouver, cette mémoire a une capacité sans limites. Je feuillette les visages qui passent, c'est une encyclopédie sans début ni fin, un de ces gros livres qui contiennent tout le savoir du monde mais que l'on peut quand même prendre à deux mains et soulever ; c'est un infini humain que l'on peut serrer entre ses bras, comme Felice… je l'aperçois au loin.

Dans la foule elle est à peine visible, je vois quelques pixels et je la reconnais avec si peu. Qu'a-t-elle de plus que les autres, mon aimée ? De plus, rien. Mais je la reconnais entre mille qui marchent dans la rue, je reconnais son épaule, son front, son geste, je la reconnais à travers les gens, au-dessus du flot, par-dedans la masse. Je la reconnais comme si elle était seule, comme s'il n'y avait qu'elle, je la reconnais par un bref mouvement, par un seul fragment, car pour moi elle n'est que charme, car tout en elle n'est que grâce.

Voilà ce qu'elle a de plus que les autres mon aimée : je la reconnais de loin. Et quand elle est près de moi, c'est encore elle. Je le précise parce que voir de loin et voir de près ce n'est pas la même chose, ce ne sont pas les mêmes sens, toucher c'est encore autre chose, c'est parfois trois personnes différentes selon comment on s'approche, mais chez elle tout est pareil, tout s'emboîte, elle est semblable à elle-même à toutes les échelles ; à toutes les distances, c'est elle, toujours elle.

La voilà !, dis-je en l'apercevant ; voilà ma compagne !, dis-je en l'approchant ; te voilà retrouvée, part séparée de ma chair !, dis-je en l'embrassant. Les mots d'amour se moquent bien d'avoir déjà été dits, ils veulent être redits sans cesse. Si vous la voyiez, mon aimée, sauriez-vous quoi lui dire ? Dites-lui simplement que je suis malade d'amour ; mais elle le sait.

Elle se penche sur mes lèvres et m'embrasse, elle s'assoit en soupirant, pose son sac et croise les jambes. Je lui prends la main, la pulpe de ses doigts lisse et ferme, toutes les inquiétudes s'évaporent aussitôt, l'attente disparaît. Il ne s'agit pas de nier les écueils, mais de savoir comment continuer de voguer une fois qu'on s'est emplâtré dedans.

« Tu m'attends depuis longtemps ?

— Non. »

L'attente a disparu sans laisser de traces.

Sans rien dire de précis nous regardons passer les gens, il fait tellement chaud en ces derniers jours de juin, sur nos verres de vin doré la condensation forme un voile de gouttelettes. Tout est bien comme ça. Je la regarde, je regarde son profil, son nez hardi et son regard dirigés ailleurs que sur moi, et la forme de son visage est pour moi un parfum. Le coin de ses yeux est creusé de rides en éventail, son cou a un pli que je n'avais pas encore remarqué, mais un pli d'elle c'est encore elle. Ses joues n'ont plus le tracé qu'elles avaient quand j'y ai posé le premier baiser mais c'est toujours elle. Elle se tourne vers moi, elle accepte que je la regarde en silence, ses yeux étincellent quand je la regarde et elle sourit.

Je ne sais pas quel âge elle a ; c'est simplement elle, exactement elle, entièrement belle.

Quand tu me souris, je suis entre tes mains. Moins que ça, l'amour n'est rien.

Felice

Je suis allongée sur le canapé, il lit, j'ai mis une musique feutrée qui fait doucement pulser l'air autour de nous. Cela n'a pas l'air de le déranger que je le regarde, que je le contemple, ma rêverie l'enveloppe, je rôde autour de lui par le regard, il est tellement concentré, il ne remarque rien. Il a ses lunettes, il fronce la racine du nez, ses yeux vont et viennent sur la page, ses lèvres bougent, sourient, s'émeuvent, vocalisent sans bruit, expriment à mouvements légers la suite de sentiments qui lui viennent au fil de sa lecture, un roman, un gros roman qu'il lit depuis plusieurs jours. Je l'aime d'être ainsi toujours ouvert à mon regard, de me laisser le lire sans penser à cacher son âme, je la vois s'agiter en transparence, s'ébattre, palpiter, tout entière occupée par son bonheur de lecture.

« Noé... », murmuré-je. Il se retourne lentement, avec la douceur d'un homme qui se réveille. Je lève mon pied nu. « Tu me masses ? » Sans répondre il marque sa page, ferme son livre, ôte et range ses lunettes, toutes précautions bien ordonnées qui me font sourire ; il vient près de moi, il prend mon pied entre ses deux mains, et je ferme les yeux.

Les yeux clos, je perçois du dedans. Il caresse ma peau et puis il la traverse, il me touche à l'intérieur. Ses doigts sont rompus à l'usage ferme et subtil des crayons et du pinceau, et avec cet art il me caresse dedans, muscles, tendons, os, et je me dénoue. Mon bassin s'épanouit, s'ouvre, ses mains légères l'effleurent comme un courant d'air, une brise chaude, c'est tout entière que je désire qu'il me touche. J'ai les yeux fermés, je les garde fermés, mes yeux ne servent à rien, tout est dedans, tout se détend, mes lèvres s'amollissent et laissent échapper un soupir. Des deux mains, à tâtons je l'attire à moi, je le débraguette et je saisis sa queue, elle a le diamètre et la dureté d'un manche de pioche, toujours sans le regarder je le caresse et le guide en moi, et quand il entre je soupire, je fonds, je geins, il est en moi, il est à moi, je sens son cœur battre contre le mien, mais c'est sans doute la musique qui continue.

Quand j'ouvre les yeux, il est là.

Il y a une grande glace sur la porte de mon armoire à vêtements où après la douche je me vois nue, tout entière. De face, de côté, de dos, je touche ma peau, je pince ma chair, j'enfonce l'index dans mes flancs et dans mes hanches, je me contorsionne, je remonte mes seins et les relâche, je me hausse sur la pointe de mes pieds et j'en juge l'effet sur la forme de mes fesses. J'ai de trop petits seins pour qu'ils tombent, j'ai des rondeurs de fesses qui empêchent ma peau de se froisser, tout ce que je n'aimais pas en moi étant jeune, croyant avec dépit n'être pas comme il faut, prend maintenant toute sa valeur. Je me demande si cela durera toujours. Quand je suis de moins joyeuse humeur, je me pose la question différemment : je me demande combien de temps cela durera.

De quoi je parle ? De la beauté, de la féminité, de l'érotisme, de tout ce bazar dont on s'encombre, mais surtout du désir que l'on veut bien m'accorder, du regard des hommes, du regard d'un seul homme, de la concupiscence heureuse que je devine avec joie dans le regard d'un homme dont tous les regards qu'il pose sur moi me font frissonner. J'aurais aimé le rencontrer plus tôt pour que cela dure plus longtemps, mais je n'étais pas prête. Rien ne dure, je le sais, je me demande seulement jusqu'à quand.

Je me penche, je m'approche tout près du miroir, je me regarde dans les yeux. J'ai les yeux vraiment noirs, on voit à peine la pupille, on la distingue par le reflet qui se pose au sommet du bombement de la cornée. Je me regarde sans bien me reconnaître, comme toujours, je ne me vois pas vraiment malgré tous les miroirs, les photos et les films de quelques secondes qui encombrent la mémoire des téléphones sans jamais intégrer la mienne. Je porte pour moi-même une part d'invisibilité qui m'enveloppe, que j'essaie d'écarter en me scrutant dans le grand miroir du meuble à vêtements, sans succès. Je ne sais pas comment je suis ni ce que je suis ; et j'ai la chance, la très grande chance d'être avec un homme qui me regarde sans fin, qui me dessine sans se lasser, qui me touche de ses mains habiles, la très grande chance d'être avec un homme qui me voit.

Je bombe les lèvres et me souris dans une ridicule pose de selfie que j'efface aussitôt, je passe mes doigts autour de mes yeux, c'est doux, c'est une peau fine et fragile qui est censée protéger mes yeux, la pauvre, c'est elle qui doit être protégée tant elle est tendre. Je passe tout doucement mes doigts autour de mes yeux, je guette la poche qui pend, la paupière plissée qui bascule, mais pour l'instant rien de grave, vraiment rien de grave. En plus, me dis-je les yeux dans les yeux face au miroir, ça ne se joue pas là ; ça ne se joue vraiment pas là.

Où alors ?

Je ne sais pas. Dans l'espace de l'ardeur sans doute.

Noé

Le charme court sur ton visage et la vie jaillit de tes gestes. La vie pure résonne aussi dans le grain de ta voix, et donne la grâce aux quelques pas que tu fais pour venir jusqu'à moi ; tu m'enlaces avec force et je t'embrasse, rien ne s'arrête, rien n'a de raison de s'arrêter si on donne assez d'élan.

L'amour n'est pas une consolation qui donnerait à la vie l'apparence de l'intact ; il est la vie intense qui permet de vivre auprès des failles sans en mourir. Il est une vitalité, il est un courage, l'amour c'est la vie même.

Je ne m'inquiète pas, moi vivant cela n'aura pas de fin. La beauté dure toujours.

REMERCIEMENTS

À Pascale Robert-Diard, pour l'humanité et l'humour discret des chroniques judiciaires qu'elle écrit pour *Le Monde*, dont je me suis inspiré, parce que tout y est parfaitement raconté, on ne pourrait dire mieux.

Et à l'auteur du Cantique des cantiques, quel qu'il soit, lui ou elle, pour son aplomb dans la description de l'ardeur amoureuse, mythologique et intemporelle, toujours présente pour les siècles des siècles.

Œuvres d'Alexis Jenni (suite)

Aux Éditions Paulsen

J'AURAIS PU DEVENIR MILLIONNAIRE, J'AI CHOISI D'ÊTRE VAGABOND : UNE VIE DE JOHN MUIR, 2020.

Aux P.U.F.

LE MONDE AU XXIIe SIÈCLE : UTOPIE POUR APRÈS-DEMAIN, 2014.

Composition : PCA.
Achevé d'imprimer
sur Roto-Page
par l'Imprimerie Floch
à Mayenne, en août 2021.
Dépôt légal : août 2021.
1er dépôt légal : mars 2021.
Numéro d'imprimeur : 98891.

ISBN 978-2-294011-8 / Imprimé en France.

404925